CB021840

# ELLE KENNEDY E SARINA BOWEN

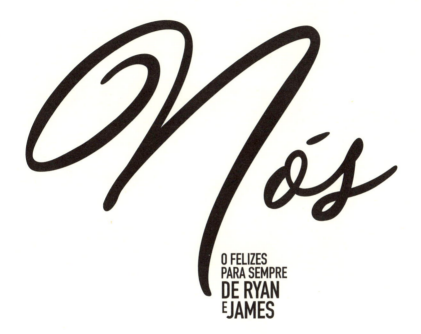

## Nós
### O FELIZES PARA SEMPRE DE RYAN E JAMES

Tradução
LÍGIA AZEVEDO

*1ª reimpressão*

Copyright © 2016 by Elle Kennedy e Sarina Bowen

Tradução publicada mediante acordo com Taryn Fagerness Agency e Sandra Bruna Agencia Literaria, SL.

A Editora Paralela é uma divisão da Editora Schwarcz S.A.

*Grafia atualizada segundo o Acordo Ortográfico da Língua Portuguesa de 1990, que entrou em vigor no Brasil em 2009.*

TÍTULO ORIGINAL Us
CAPA E FOTO DE CAPA Paulo Cabral
PREPARAÇÃO Antonio Castro
REVISÃO Luciane Helena Gomide e Adriana Bairrada

Dados Internacionais de Catalogação na Publicação (CIP)
(Câmara Brasileira do Livro, SP, Brasil)

Kennedy, Elle
    Nós : o felizes para sempre de Ryan e James / Elle Kennedy e Sarina Bowen ; tradução Lígia Azevedo. — 1ª ed. — São Paulo : Paralela, 2019.

    Título original: Us
    ISBN 978-85-8439-141-7

    1. Ficção erótica 2. Ficção inglesa 3. Homens gays – Ficção I. Bowen, Sarina. II. Título.

19-24786                                        CDD-813

Índice para catálogo sistemático:
1. Ficção : Literatura em inglês   813

Cibele Maria Dias – Bibliotecária – CRB-8/9427

[2021]
Todos os direitos desta edição reservados à
EDITORA SCHWARCZ S.A.
Rua Bandeira Paulista, 702, cj. 32
04532-002 — São Paulo — SP
Telefone: (11) 3707-3500
www.editoraparalela.com.br
atendimentoaoleitor@editoraparalela.com.br
facebook.com/editoraparalela
instagram.com/editoraparalela
twitter.com/editoraparalela

# NÓS:
# O FELIZES PARA SEMPRE DE RYAN E JAMES

# 1

**WES**

Vancouver é uma cidade linda, mas mal posso esperar para ir embora.

Acabamos de chegar ao fim da viagem mais longa do nosso calendário e estou louco para ir para casa. No quarto de hotel chique com vista para o lago, tiro o papel de seda da camisa que acabei de comprar na loja da esquina. Faz tanto tempo que estou vivendo das roupas da mala que não tenho mais nenhuma limpa. Mas é uma ótima camisa. Trocamos olhares enquanto eu passava diante da vitrine na volta de uma sessão de autógrafos num almoço beneficente.

Eu a desabotoo e visto. Verifico o caimento no espelho do hotel e vejo que ficou bom. Ótimo, até. É de algodão fino, com um leve xadrez verde-limão. Bem britânica, e a cor vibrante me lembra de que não vai ser inverno para sempre.

Agora que sou obrigado a usar terno e gravata três ou quatro vezes por semana, preciso ser mais cuidadoso com meu guarda-roupa. Na época da faculdade, usava terno umas três vezes por ano. Mas isso não é problema, porque adoro roupas. E, a julgar pelo espelho do hotel, elas também gostam de mim.

Sou sexy pra caralho. Só queria que a única pessoa com quem me importo estivesse aqui para apreciar.

Ontem à noite, detonamos Vancouver, e não estou me gabando quando digo que foi graças a mim. Dois gols e uma assistência — minha melhor atuação até agora. Estou tendo o tipo de temporada de estreia que ganha as manchetes. Ainda assim, neste segundo, eu trocaria tudo isso por uma noite na frente da TV com Jamie e um boquete. Estou *cansado*. Acabado. Detonado.

Por sorte, tudo o que resta dessa viagem é o voo de volta no jatinho do time.

Pego o celular da escrivaninha e desbloqueio a tela. Com a câmera de selfie, tiro fotos do meu abdome, com a camisa aberta para revelar o tanquinho e a mão sobre a virilha. Demorei um tempo para perceber que Jamie curte minhas mãos. Juro que gosta delas até mais do que do meu pau.

Mando a foto. Nem preciso escrever nada.

Dou uma última olhada para o quarto do hotel, mas já guardei tudo. Aprendi rapidinho a não deixar o carregador do celular ou a escova de dente para trás. Viajamos tanto que fazer as malas se tornou minha nova especialidade.

Meu telefone vibra com a chegada de uma mensagem. *Porra. Vem logo pra casa. Meu pobre pau solitário nem precisa de foto. Já está duro.*

Tenho a impressão de que ele está só esperando que eu pergunte. Então escrevo: *Quão duro?*

*O bastante para pregar um quadro nas nossas paredes vazias*, ele responde. É verdade que não chegamos exatamente a decorar nosso apartamento. Trabalhamos demais e não tivemos tempo ainda.

Sexo está sempre acima da decoração do lar na nossa lista de prioridades. Escrevo pra ele: *Me mostra*. Tem um bom motivo para eu manter a tela do meu celular sempre bloqueada. Jamie e eu gostamos de trocar fotos íntimas.

Ele não responde. Talvez não esteja em casa. É de tarde em Vancouver, e Toronto está algumas horas à frente... Merda. Estou cansado de ter que ficar fazendo essa conta o tempo inteiro. Só quero ir para casa.

Pego a mala e desço. Alguns caras já estão esperando no saguão, tão a fim de ir para casa quanto eu. Vou até eles.

"Nossa, é melhor minha mulher estar em casa e sem roupa quando eu chegar", Matt Eriksson diz quando me aproximo. "E as crianças estarem dormindo. Com tampões de ouvido."

Oito dias é bastante tempo, concordo por dentro. Mas não digo nada, porque, mesmo que meus companheiros de time sejam legais, não converso sobre esse tipo de coisa com eles. Não é meu estilo mentir, e não finjo que uma garota está me esperando em casa. Tampouco estou pronto para dizer quem está. Então fico na minha.

As feições nórdicas de Eriksson se viram para mim, e um sorriso bobo surge em seu rosto. "Caralho, meu olho! Acho que fiquei cego."

"Por quê?", pergunto, sem muita vontade. Eriksson está sempre fazendo piada.

"Essa camisa! Meu Deus!"

"Sério", o veterano Will Forsberg diz, rindo enquanto cobre os olhos com a mão. "É brilhante demais."

"É *gay* demais", Eriksson corrige.

O comentário não me abala nem um pouco. "Isso é uma camisa Tom Ford, e é foda", murmuro. "Aposto vinte pratas que vai aparecer no blog de uma fã antes do fim da semana."

"Exibido", Forsberg acusa. Na verdade, ele aproveita a atenção da mídia mais do que qualquer outro cara do time. Quando comecei a aparecer no gatosdohoquei.com, ele não gostou nem um pouco da concorrência.

Mal sabe ele que, no que depender de mim, pode ficar com todas as fãs.

"Só estou dizendo", Eriksson insiste, "que você poderia se dar bem nos bares da Church Street com essa camisa."

"Ah, é?", pergunto. "E você sabe disso por experiência própria?"

Isso o faz calar a boca. Mas Blake Riley está olhando pro meu peito agora. Ele parece um filhote de cachorro gigante, com cabelo castanho sempre bagunçado e nenhum tipo de filtro.

"É quase hipnótico. Como se dissesse: 'Te desafio a desviar os olhos'."

"O que diz é: 'Trezentos dólares, por favor'", corrijo. "Sai caro ficar bonito assim."

Blake desdenha, enquanto Forsberg diz que eu deveria pedir meu dinheiro de volta. Então o assunto muda para outro tipo de enchção de saco e a possibilidade de que a gente morra com as bolas congeladas no frio de Vancouver antes que o ônibus de fato apareça.

Finalmente, ele chega e embarcamos. Sento sozinho. Estamos na metade do caminho para o aeroporto quando o celular vibra. Configurei o aparelho para que nenhuma das minhas mensagens (especialmente as com fotos) apareça na tela bloqueada. É uma precaução importantíssima, e, depois que libero a tela com minha digital, vejo que o que Jamie acabou de me mandar prova isso. A imagem que preenche a tela é um perigo no ambiente de trabalho. Também é, ao mesmo tempo, safada e hilária. O pau bem duro de Jamie está em destaque. Ele aponta para a parede, com a cabeça rosada apoiada num prego em que parece estar batendo. Jamie deve ter usado algum aplicativo para desenhar uma carinha feliz na glande. O efeito é surpreendentemente transformador. O pau dele parece... uma criatura alienígena bastante enérgica fazendo pequenos reparos na casa.

Dou uma gargalhada. Eles acharam que minha *camisa* era gay. Se vissem isso...

"Wesley?"

Blake levanta do assento atrás de mim para dizer alguma coisa. Aperto o celular com tanta força para mudar de tela que meu dedo até estala. "Oi?" Me pergunto o que foi que ele viu.

"Lembra que perguntei se você gostava do seu prédio?"

"Claro."

"Fizeram minha mudança ontem. Sou seu novo vizinho. Décimo quinto andar."

*Sério?*

"Legal, cara", minto. Quando ele me perguntou a respeito, eu deveria ter falado só das partes ruins. *Fica longe demais do metrô. O vento frio que vem do lago é foda.* Nada contra Blake, mas não quero ter um conhecido como vizinho. Eu me esforço bastante para ficar fora do radar.

"A vista é demais, né? Só fui durante o dia, mas com as luzes à noite deve ficar espetacular."

"É incrível", admito. Como se eu ligasse. Tudo o que quero ver neste momento é o rosto do meu namorado. E tenho um voo de quatro horas pela frente até encontrá-lo em casa.

"Você pode me apresentar os melhores bares da região", Blake sugere. "Te pago uma bebida."

"Ótimo", digo.

*Porra*, penso.

Levo dezoito anos para voltar a Toronto.

Até aterrissarmos e pegarmos as malas, já são sete da noite. Estou louco para passar um tempo com Jamie, mas vai ser limitado. Ele sai às seis da manhã para um jogo no Quebec com seu time de juniores.

Só temos onze horas, e ainda não estou com ele.

Cada farol vermelho no caminho para casa me deixa furioso. Mas, finalmente, estaciono na garagem do prédio (uma facilidade sobre a qual tinha me gabado para Blake, merda). Puxo a enorme mala de rodinhas até o elevador, que, por sorte, vai até o nosso apartamento no décimo andar sem parar uma única vez. No caminho, procuro a chave no bolso para já deixá-la à mão.

Finalmente, estou a vinte passos de distância, talvez dez. Então abro a porta. "Oi, lindo!", chamo, como sempre faço. "Cheguei." Entro com a mala e a deixo ao lado da porta, jogando o paletó em cima dela, porque tudo de que preciso é um beijo.

Só então noto o aroma incrível que se espalha pelo apartamento. Jamie fez o jantar para mim. De novo. É o homem perfeito, juro por Deus.

"Oi!", ele diz, chegando pelo corredor que leva ao nosso quarto. Está só de jeans — e de barba, o que é inusitado. "Conheço você?" Ele abre um sorriso sedutor para mim.

"Ia perguntar a mesma coisa." Fico encarando a barba loira dele. Jamie sempre teve o rosto lisinho. Quer dizer, nos conhecemos desde antes de termos pelos no rosto. Ele parece diferente. Mais velho, talvez.

E gostoso pra caralho. Sério, mal posso esperar para sentir sua barba contra meu rosto, e talvez meu saco. *Nossa*. O sangue já está correndo para baixo, e só faz uns quinze segundos que cheguei em casa.

Mas fico parado por um momento no meio da sala, porque, muito embora faça oito meses que estamos juntos, ainda fico um pouco tonto com a minha sorte. "Oi", repito, feito um idiota.

Ele vem até mim, e seu jeito de andar é tão familiar que meu coração se derrete um pouquinho. Então põe as mãos nos meus ombros e massageia bem ali. "Não fica mais fora por tanto tempo. Se fizer isso de novo, vou ter que entrar de fininho no seu quarto de hotel."

"Promete?", digo, e minha voz sai áspera. Jamie está próximo o bastante para que eu possa sentir o cheiro de seu xampu e a cerveja que bebeu enquanto me esperava.

"Se um dia tiver uma folga, com certeza", ele diz. "Sexo no hotel depois de um jogo? Parece bem gostoso."

Agora estou medindo a distância para o sofá e contando as camadas de roupas que vou ter que tirar nos próximos noventa segundos.

Mas Jamie tira as mãos dos meus ombros. "Já comi, mas seu prato está no forno. Acabei de deixar lá, na verdade. Enchilada de frango. Leva uns quinze minutos pra esquentar."

"Valeu." Meu estômago ronca, e ele sorri. Acho que não é só de uma coisa que tenho fome.

"Quer uma cerveja?"

Sempre. "Vou pegar. Senta aí. Vai colocando o próximo episódio. Podemos ver enquanto esperamos." Pareço excessivamente educado aos meus próprios ouvidos, mas voltar de uma viagem longa sempre é meio esquisito. Tem uma readequação breve, mas sempre estranha, pela qual eu nunca esperara.

Não participo das conversas domésticas dos meus companheiros de time casados. Mas, se fosse do tipo que compartilha as coisas, ficaria tentado a perguntar se vai ser sempre assim. Caras que estão com alguém há mais de dez anos também sentem isso? Ou é a novidade do nosso relacionamento que torna as coisas meio estranhas por uma ou duas horas depois do meu retorno?

Gostaria de saber.

Minha primeira parada é na cozinha aberta, onde pego duas cervejas, que abro e deixo na mesinha de centro. Já faz quase seis meses que moramos aqui, mas ainda não temos muitos móveis. Estivemos ocupados demais para arrumar o lugar. Mas temos tudo de que realmente precisamos: um sofá de couro gigante, uma mesinha de centro foda, um tapete e uma tv de tela grande.

Ah, e uma poltrona bamba que achei na rua e trouxe para casa apesar das objeções de Jamie. Ele a chama de poltrona da morte e evita chegar perto dela, insistindo que tem energia negativa.

Você pode tirar um garoto da Califórnia, mas não pode tirar a Califórnia do garoto.

Começo a ir para o quarto me trocar, mas paro e faço uma pergunta. "Ei, o que acha desta camisa? Comprei hoje, porque não tinha nenhuma limpa pra usar."

Jamie aponta o controle remoto para a tv. "É bem verde", ele diz, sem virar para olhar.

"Eu gostei."

"Então eu também." Ele vira e a barba me pega desprevenido de novo. Seu sorriso me manda correndo para o quarto.

A cama está perfeitamente arrumada. Jogo a calça, a camisa bem verde e a gravata sobre o edredom, querendo voltar logo para Jamie. Visto uma calça de moletom e volto para a sala. Ele está apoiado no braço do sofá, com as pernas esticadas sobre as almofadas. Nem me dou ao trabalho de fingir que tenho autocontrole. Deito à frente dele, com a cabeça contra seu ombro, as costas tocando seu peito.

"Droga", digo quando me dou conta. "Deixei as cervejas fora de alcance."

Ele enlaça meu abdome. "Pega lá", diz.

Me estico pra pegar as garrafas enquanto ele me segura para que eu não caia. A mesinha está na posição perfeita para que estiquemos os pés quando sentados, mas temos que fazer essa pequena manobra em caso de emergências relativas a cerveja quando estamos abraçadinhos. O que às vezes acontece.

Passo a garrafa dele por cima da minha cabeça e o escuto tomar um gole. Os créditos de abertura de *Banshee* — nossa série do momento — passam na tela. "Você não me traiu enquanto eu estava viajando, né?", pergunto.

"De jeito nenhum. Mas o último episódio não terminou com um gancho para o próximo nem nada. Então eu nem passei muita vontade."

Tomo um gole de cerveja e retorno à solidez de seu peito quente. Em geral, me envolvo bastante com a trama estranha e as cenas de luta malucas dessa série. Mas, esta noite, é só uma desculpa para ficar coladinho no sofá com meu homem enquanto a comida esquenta. A barba dele faz cócega na minha orelha. É diferente. Viro a cabeça para esfregá-la no meu rosto também. Nem vejo a tela, mas não me importo.

Jamie afunda o queixo e esfrega a barba na minha bochecha, então desliza os lábios pelo meu pescoço, arrepiando os pelos por onde passa. "O que achou?", ele pergunta, baixo.

Viro para ele com cuidado, para não derrubar a cerveja. "Você tá lindo demais. Tipo J-Tim depois que saiu do NSYNC e ficou gato. Mas quero sentir roçando no meu saco antes de dar meu parecer final."

Jamie joga a cabeça para trás e ri, e é assim, de repente, que o gelo da viagem se quebra. Voltamos a ser só nós dois, sua risada fácil e o conforto que sinto quando ele está por perto.

Isso... Baixo a cabeça e dou uma lambida no pescoço dele, bem abaixo do limite da barba. Então chupo sua pele delicadamente. Jamie para de rir e relaxa seu corpo contra o meu. Estamos pele com pele acima da cintura, e a sensação de seu coração batendo contra o meu me deixa com vontade de chorar em gratidão. Passo o nariz pelo princípio de barba, percorrendo um caminho sinuoso até sua boca. Os pelos são mais macios do que eu esperava.

"Me beija logo, porra", ele sussurra.

Obedeço. A barba acaricia meu rosto enquanto encaixo minha boca na dele, mergulhando, como se fizesse oito meses que não nos víamos, não oito dias. Jamie solta um gemido feliz do fundo do peito. Eu o beijo demoradamente, me acostumando aos poucos com seu gosto e com o calor de sua respiração no meu rosto.

Ele suspira e eu desacelero, esfregando devagar meus lábios contra os dele.

Não vamos perder o controle agora, mas não porque não nos sentimos confortáveis. É mais porque estamos ambos segurando uma garrafa de cerveja e meu jantar está no forno. Temos a noite toda.

É nisso que estou pensando, feliz, até que ouço um som pouco familiar — alguém batendo à porta. É tão raro que a princípio assumo que é um ruído de fundo do programa. Mas então batem de novo. "Wesley! Abre logo, seu cretino! Eu trouxe cerveja!"

Jamie afasta a cabeça, com as sobrancelhas franzidas. "Quem é?", ele faz com a boca, sem produzir som.

"Porra", sussurro. "Só um segundo!", grito. Então cochicho à orelha de Jamie. "Um colega de time. Blake Riley. Mudou para o décimo quinto andar."

Jamie bate de leve em mim e entendo o que quer dizer. Tenho que ajeitar a calça para tornar o princípio de ereção menos óbvio. Vou para a porta da frente e abro uma fresta. "Então você me encontrou."

Blake abre um sorriso grande e bobo, então passa por mim para entrar no apartamento. "Claro! Tem caixas espalhadas pela minha sala inteira. Um desastre total. Minhas irmãs encontraram os lençóis e arrumaram a cama, mas fora isso está um inferno lá em cima. Então comi um hambúrguer, comprei cerveja e pensei em vir aqui."

Por um momento, penso em expulsar o cara. De verdade. Mas não tenho como fazer isso sem ser grosseiro. Quer dizer, estou de calça de moletom, com uma cerveja na mão e a TV alta atrás de mim. Sou exatamente o tipo de cara que tem tempo para beber uma cerveja com seu colega de time. E Blake já me chamou para beber algumas vezes, mas eu sempre dava uma desculpa quando não estávamos na estrada.

"Entra aí", digo, odiando minhas próprias palavras. Ele já entrou, pra começar. O babaca. Sessenta segundos atrás, a língua de Jamie estava na minha boca.

Cacete.

Blake não nota meu desconforto. Coloca as cervejas na mesinha de centro e senta no sofá onde Jamie estava há um minuto. Sua garrafa aberta está na bancada que divide a cozinha e a sala, mas ele sumiu.

"Pronto pra outra?", Blake pergunta, pegando uma.

"Estou bem", digo, tomando um gole da que tenho na mão.

Jamie chega do corredor, usando uma camiseta que estraga a visão que eu tinha de seu peito musculoso e dourado. "E aí?", ele cumprimenta. "Sou Jamie."

"Ah, você é o colega de quarto!" Blake levanta na hora e segura a mão de Jamie com sua pata gigantesca. "Legal te conhecer. Você é treinador, né? De defesa? Trabalha com adolescentes?"

"Hum, é." Jamie levanta os olhos interrogativos para encontrar os meus.

Estou tão confuso quanto ele. Devo ter mencionado que dividia o apartamento a umas duas pessoas a temporada inteira, e pelo visto Blake é uma delas. Nunca falo de Jamie para os meus colegas, porque não quero ficar controlando minhas palavras, sem saber quais detalhes passam dos limites.

E sempre evito mentir descaradamente sobre ele. Não é meu estilo.

Blake é um cara grande com um sorriso fácil. Para falar a verdade, sempre assumi que era um pouco lento. Talvez estivesse enganado. "Quer uma cerveja?", ele pergunta. "Ei! Adoro *Banshee*! Que episódio é esse?" Ele volta depressa para o sofá e senta.

Não sei bem o que fazer, então sento no canto oposto a ele.

Jamie vai para a cozinha, e eu fico olhando para a tela, tentando entender o que está acontecendo no episódio. Hood tenta escapar de um prédio depois de ter roubado alguma coisa. Seu amigo asiático e trans tenta ajudá-lo a sair dali passando informações através de um receptor no ouvido dele.

Não tenho ideia do que se passa. Na tela ou na minha sala.

Jamie volta alguns minutos depois com uma bandeja de enchiladas cobertas com queijo derretido. O prato estava quente do forno, e sou famoso por me queimar na cozinha. Fico com água na boca quando vejo uma porção generosa de sour cream e abacate picadinho para acompanhar. Ele até pensou no guardanapo e nos talheres.

Uau.

Ter um namorado que te faz comida e ainda leva até você deve ser a melhor coisa do mundo, só que os olhos de Jamie estão perguntando se ele pode me entregar a bandeja ou se seria esquisito demais. Íntimo demais.

Levanto e pego a bandeja dele porque, caralho, é a minha casa e posso fazer o que quiser aqui. "Valeu. Parece ótimo."

Jamie me dá a piscadela mais rápida do mundo, então eu sento no sofá para comer o jantar que ele me trouxe. Não é tudo o que quero do meu namorado, mas vai ter que bastar por enquanto.

# 2

## JAMIE

Não estou puto. Não, nem um pouco puto. Quer dizer, o que mais Wes poderia ter feito? Bater a porta na cara do companheiro de time? Apontar para o pau duro e dizer "Foi mal, cara, estou prestes a trepar com meu namorado"? O namorado que ele não via fazia oito dias, aquele que tinha ficado esperando ansiosamente por ele no apartamento vazio, garantindo que o jantar estivesse na mesa quando chegasse em casa e...

Tá. Talvez eu esteja um pouquinho puto.

Minha mãe sempre diz que tenho a paciência de um santo, mas agora não me sinto nem um pouco assim. Meu estado natural de tranquilidade e calma infinita foi substituído por uma irritação profundamente enraizada. Ressentimento, até.

Senti falta de Wes. Tenho saudades sempre que está na estrada, e tudo o que queria fazer esta noite era me reaproximar do homem que amo, de preferência na forma de um sexo selvagem e suado.

*O homem que eu amo.* A frase ecoa na minha mente com algo próximo a surpresa. Não surtei quando me dei conta de que era bissexual, no último verão, e não estou surtando agora. Não é a palavra "homem" que me fascina na frase, e sim "amo". O modo como me sinto por Ryan Wesley... é algo que eu pensava que só existia nos filmes. Ele é minha cara-metade. Completamos um ao outro de mais maneiras do que posso explicar. Quando estamos no mesmo ambiente, só me concentro nele; se vai embora, sinto sua falta.

Minha mãe uma vez pintou uma citação antiga em um prato de cerâmica: *O amor é a amizade que pegou fogo.* Entendo agora.

O que não significa que não esteja puto com ele.

Fico observando enquanto ele enfia as enchiladas na boca. Seus lindos olhos cinza estão fixos na tela da TV, mas sei que não está prestando atenção na série. A tensão em seus ombros largos seria imperceptível a qualquer outra pessoa, mas posso vê-la tão clara quanto o dia, o que faz parte da minha irritação se dissolver.

*Ele odeia isso tanto quanto você*, minha consciência sussurra.

*Cala a boca, consciência. Estou sentindo pena de mim mesmo aqui.*

Blake, por outro lado, está se divertindo muito. Ele comemora quando uma sequência de ação particularmente foda tem início, tomando sua cerveja como se não tivesse nenhuma outra preocupação no mundo. É claro que não tem. Está em seu terceiro ano no time, mandando ver no gelo, de acordo com a pesquisa rápida que fiz sobre ele quando corri para pegar uma camiseta no quarto. E o mais importante: ele é hétero. Não tem que esconder com quem está dormindo ou apresentar a pessoa que namora e com quem mora como "colega de quarto". Sortudo da porra.

Sinto um gosto amargo na boca quando me lembro de que, aos olhos do mundo, Ryan Wesley também é hétero. Meu namorado apareceu em dezenas de listas de "Solteirões mais cobiçados do hóquei". A cada jogo, pelo menos cinco mulheres seguram cartazes com frases espertinhas para ele, como "Wes é dez", ou mais diretas, como "ME ENGRAVIDA, CAMISA 57!!".

Ambos rimos de toda a atenção feminina que ele desperta, mas, mesmo sabendo que não há nenhum perigo de meu namorado resolutamente gay chegar perto de uma garota, tantos olhares vorazes dirigidos a ele ainda irritam.

"Opa", Blake grita. "Esses peitos são do caralho."

O comentário lascivo me traz de volta ao presente. O inoportuno presente. Uma das personagens femininas acabou de tirar a roupa na tela — como não amar essa série? E não vou mentir: os seios dela são incríveis mesmo.

E já que supostamente sou o colega de quarto inofensivo e cem por cento hétero de Wes (e já fui mais mal-educado do que deveria com o cara), decido contribuir com a conversa. "São demais", concordo. "Essa atriz é gostosa pra caralho."

Wes franze a testa de leve para mim, fazendo minha irritação retornar. Sério mesmo? Ele está deixando o companheiro de equipe acabar com a nossa noite e fica puto porque acho uma atriz atraente?

Blake toma o que eu disse como um sinal de que somos melhores amigos e vira para mim com seus olhos verdes brilhando. "Você curte uma loira então? Eu também, cara. Está saindo com alguém?"

De canto de olho, vejo os ombros de Wes ficarem tensos de novo. Os meus estão iguais, mas talvez seja só porque a poltrona em que estou sentado é ridiculamente desconfortável. Cinco minutos nesta coisa e parece que te colocaram em um daqueles aparelhos de tortura medieval. Além disso, tenho noventa e nove por cento de certeza de que alguém morreu nesta poltrona. Wes a encontrou na calçada e não quis mais se livrar dela, embora eu tivesse pedido que o fizesse.

Semana que vem vou botar esse trambolho inútil na rua.

A poltrona, digo. Não Wes.

"Não", respondo vagamente à pergunta de Blake, fazendo Wes retorcer os lábios tentadores.

"Curtindo a vida, né? Eu também." Blake passa a mão pelo cabelo castanho. Ele é bem bonito. E enorme. Deve ter pelo menos um metro e noventa e é forte pra caralho. "E quem tem tempo para um relacionamento com a nossa vida, né, Wesley? É como se passássemos o tempo inteiro entrando e saindo de um avião."

Wes solta um grunhido incompreensível.

"Não tenho ideia de como Eriksson e os outros caras fazem", Blake continua. "Fico exausto durante a temporada, e sou *solteiro*." Ele simula um arrepio. "Imagina só ter mulher e filhos. É assustador. Será que é assim que surgem os zumbis? Tipo, não por causa de um vírus maluco, mas porque a pessoa se sente tão exausta que de repente parece uma boa ideia comer o cérebro dos outros?"

Não consigo evitar um sorrisinho. Tenho a sensação de que Blake Riley poderia sustentar uma conversa inteira sozinho. O que é praticamente o que está fazendo agora, já que nem Wes nem eu estamos dizendo nada.

Quando o episódio termina, Blake pega o controle remoto da mesinha de centro e dá o play no seguinte sem nem perguntar se tudo bem. E também abre outra cerveja.

A bola de ressentimento na minha garganta está do tamanho de um disco de hóquei agora. Já passa das nove. Preciso ir para a cama às dez, ou vou estar morrendo quando levantar amanhã. Se não durmo pelo menos sete horas, meu cérebro fica todo zoado, como se eu fosse Edward Norton em *Clube da luta*. Bom, eu meio que queria ter uma vida como a dele agora. Então teria uma boa desculpa para arrancar Blake Riley do meu sofá e botá-lo para fora daqui.

Mas não posso. Prometi a Wes que manteria as aparências pelo menos até o fim de sua primeira temporada. Sair do armário agora só iria prejudicar sua carreira, e eu preferiria entrar em uma banheira cheia de cacos de vidro a destruir os sonhos de Wes.

Então me sento na poltrona da morte e finjo estar interessado na série. Faço o mesmo em relação a Blake. Até dou risada de algumas das piadas dele. Mas, quando já são dez e quinze, não posso mais me dar ao luxo de manter as aparências.

"Vou pra cama", digo, levantando. "Tenho que estar na arena às cinco e meia amanhã."

Blake parece genuinamente decepcionado de me ver ir embora. "Tem certeza de que não pode tomar mais uma?"

"Fica pra outra vez. Boa noite pra vocês. Foi legal te conhecer, Blake."

"Você também, Jay."

É, Blake Riley dá apelidos para caras que acabou de conhecer. Por que isso não me surpreende?

Olho de esguelha para Wes quando passo pelo sofá. Sua mandíbula está mais apertada que a mão em volta da cerveja. Com a outra mão, ele brinca com o piercing na sobrancelha, girando-o. Conheço o cara desde os treze anos. Posso lê-lo como um livro, e é óbvio que não está feliz agora.

Nem eu, mas, se não quisermos chutar Blake daqui, não há nada que possamos fazer além de fingir que somos dois homens que dividem um apartamento e às vezes veem tv juntos.

Mesmo cansado como estou, me dou conta de que tenho um problema depois de dar alguns poucos passos. Não posso dormir na nossa cama. Embora tenha acabado de conhecer Blake, não sei se já veio aqui ou não. Será que não visitou o apartamento quando estava pensando em mudar para o prédio? Será que Wes mostrou a vista do quarto maior?

A versão oficial, que quase nunca usamos, é de que fico no quarto de hóspedes. Então dou a volta no corredor escuro e vou para lá. Coloquei escova e pasta de dente no banheiro há um tempo, para parecer que alguém usava aquela suíte.

Me achei tão esperto por pensar nesse detalhe. E agora aqui estou eu, fingindo que meu quarto não é meu.

Fecho a porta do quarto de hóspedes para bloquear o som da TV. Desde que eu e Wes nos mudamos, esse quarto só foi usado uma vez — quando meus pais vieram da Califórnia para passar uma semana conosco. Hoje sou eu quem está largando minhas roupas no chão e puxando a colcha que me é pouco familiar para entrar na cama de casal fria. E não gosto nada disso.

Viro de lado e penso em tudo o que tem de errado na cena. As cortinas são finas, e não blecaute azul-marinho. O colchão é mais macio do que aquele com que estou acostumado e o travesseiro sob minha cabeça parece cheio de calombos.

Meu namorado está na sala, e não transando comigo, como deveria ser.

Fecho os olhos e tento dormir.

Sonho com uma jacuzzi, e os jatos de água quente são uma delícia. Só que... meu pau é a única parte do meu corpo que cabe nela. Mas tudo bem, porque estou duro e a água está incrível. Mágica até.

Espera aí...

Esquece.

Tem uma boca úmida em volta do meu pau duro. E talvez eu ainda esteja sonhando, porque o entorno não faz o menor sentido quando abro os olhos. Tem luz demais e a cabeceira solta um rangido leve, com o qual não estou acostumado, à medida que uma cabeça com cabelos escuros se movimenta e uma boca sexy se diverte com meu pau.

Cara, como é bom.

"Está acordado, lindo?", Wes pergunta, com a voz áspera.

"Mais ou menos. Não para."

Sua risada massageia a cabeça do meu pau. "Ótimo. Estava começando a me sentir meio tarado."

Uma mão forte segura meu pau. Deixo outro gemido rouco escapar. "Que horas são?" Minha mente ainda não está muito clara. Meu plano era ir para o nosso quarto depois que Blake fosse embora, mas devo ter desmaiado no momento em que minha cabeça tocou o travesseiro duro.

"Onze e meia." A voz dele é suave. "Não vou te deixar acordado por muito tempo, prometo. Eu só... Hum..." O gemido que ele solta parece ter sido arrancado do fundo da alma. "Senti saudade pra caralho."

O ressentimento que eu estava usando como um escudo a noite inteira se transforma em poeira. Também senti saudade dele, e eu teria que ser um tremendo babaca para usar a interrupção indesejada de Blake contra Wes. Não é culpa dele se seu companheiro de equipe apareceu. E não é culpa dele que tenha que viajar tanto. Nós dois sabíamos que, enquanto Wes jogasse hóquei profissional, teríamos que lidar com as longas ausências.

Enfio os dedos em seus cabelos escuros e o puxo para mim. "Vem cá", digo, apressado.

Seu corpo quente e musculoso desliza para cima do meu. Puxo sua cabeça para um beijo. Amo seus lábios. São firmes e vorazes. Mágicos. Os beijos se aprofundam, ficando cada vez mais desesperados conforme nossos corpos se movimentam sobre o colchão, fazendo a cama ranger descontroladamente.

Wes afasta a boca com uma risada. "Cara, foi *muita* sorte seus pais não transarem quando vieram nos visitar. Essa cama faz muito barulho."

"Eu teria ficado traumatizado pelo resto da vida", concordo. Então começo a beijá-lo de novo, porque, porra, é tarde, tenho que acordar em seis horas e preciso demais disso.

Wes lê minha mente e enfia a língua por entre meus lábios. Chupo com vontade, então gemo em decepção. "Estou com saudade do seu piercing", digo, sem fôlego. Ele o tirou antes que a temporada começasse. O pessoal do time não achou seguro.

"Não se preocupa", Wes brinca. "Posso te deixar maluco sem ele." No instante seguinte, sua língua talentosa está descendo por meu peito nu e retornando ao meu pau latejante.

Ele me engole, e meus quadris se erguem da cama. Minha nossa. Trocamos centenas de chupadas desde que estamos juntos, mas ainda fico admirado com como é *bom*. Wes sabe exatamente o que fazer para me deixar louco. A confiança dele me enche de tesão, e ele não precisa de nenhuma dica quando se trata de como me satisfazer.

É claro que isso não me impede de murmurar algumas ordens. Mas isso é porque nós dois gostamos de falar sacanagem. "Isso aí. Lambe a cabeça. É, bem assim." Mantenho uma mão enfiada em seus cabelos enquanto a outra agarra o lençol. Faz tanto tempo que não sinto sua boca em mim que a pressão no saco é quase insuportável.

Wes circula a cabeça devagar com a língua molhada, então a desliza pela extensão do meu pau, repetidas vezes, até que ele esteja brilhando e minha paciência tenha acabado.

"Preciso gozar", digo entredentes.

Ele solta um riso suave. "Não se preocupa. Vou te ajudar."

E, puta merda, ele ajuda mesmo. As lambidas provocativas se transformam em chupadas fortes e molhadas que fazem com que meu pau trema de prazer. Ele segura meu saco enquanto me enfia até o fundo da garganta, chupando forte e rápido, até que eu esteja pronto para explodir. E realmente explodo.

Wes geme quando gozo na sua boca, mas não para de chupar até que eu esteja flácido e incapaz de pensar em qualquer coisa. Enquanto os tremores continuam a percorrer meu corpo satisfeito, registro vagamente que ele está ao meu lado. Beijando meu pescoço. Acariciando minha barriga. Passando a bochecha na minha barba.

"Amo demais essa barba", ele sussurra.

"Amo demais *você*", sussurro de volta. De alguma forma, encontro a energia para jogar o braço em seus ombros largos, puxando-o para mais perto. Seu pau duro é como um ferro quente contra minha coxa. Quando viro a cabeça para beijá-lo, Wes geme na minha boca e o esfrega contra mim. Passo os nós dos dedos por seu pau duro, e ele silva.

"O que você quer?", pergunto entre os beijos. "Não tem lubrificantes nesse quarto."

Wes geme e joga os quadris contra mim. "Não precisa. Quero sua boca em mim."

Subo um pouco mais no travesseiro. "Vem aqui então. Mostra pra barba quem é que manda."

Com um rosnado, ele pega o outro travesseiro e coloca atrás da minha cabeça. Então passa um joelho pelo meu peito e sobe pelo meu corpo.

Minha palma aterrissa em sua barriga, e abro bem os dedos. É tão gostosa a sensação de seu corpo quente e sólido sob meus dedos. Estou cansado de passar a noite sozinho. Gosto do peso de outro corpo na cama. Quando Wes não está, sinto falta de rolar e encostar a bunda em seu corpo quente dormindo.

Mas ele não está dormindo agora, e abre bem suas pernas grossas. Pego sua bunda e o puxo para mais perto. Seu pau está rígido e pingando para mim. E cada vez mais perto. Para provocá-lo, fecho a boca e deixo que solte um ruído impaciente. Então agarro seu pau e esfrego a cabeça nos lábios, deixando que a barba pinique as laterais.

Acima de mim, Wes tem um arrepio de tesão. Entra luz o bastante pelas cortinas para que as tatuagens ao longo de seus braços pareçam sombras quando ele se move. Seu cheiro de homem começa a me deixar meio maluco. Ponho a língua para fora e o provo. Wes arfa em antecipação.

Mas a tortura ainda não acabou. Vou para a frente com o pescoço e aperto o rosto contra sua virilha, provocando todo o púbis. Wes está quase esfolando seu pau na fricção com meu pescoço agora, com tanto tesão que foderia qualquer superfície do meu corpo. Acho o Wes desesperado muito divertido. Adoro forçá-lo a abandonar um pouco do controle de ferro. Um jornalista o chamou de "Impenetrável. Inabalável. Com nervos de aço".

Até parece.

Pegando seu pau sedento na mão, movo o pescoço devagar, esfregando toda a superfície dele na minha barba.

"Porra", ele grunhe. "Você está me matando. Chupa logo."

Dou um beijo na pontinha e Wes geme. Então, de uma vez só, acabo com seu sofrimento. Abro bem a boca e o tomo por inteiro. Ele dá um grito que não tem nada de masculino. Sorrio, com a boca em seu pau. Então solto um pouco e chupo de novo, com toda a força. Não tenho dó. Não sigo um ritmo, só minha vontade. Chupando, lambendo, engolindo. Ele investe a esmo, desfrutando. Poucos minutos depois, respira fundo e diz: "Vou gozar pra caralho".

E o cara não está mentindo. Sinto seu pau pulsando na minha boca mais vezes do que consigo contar, engolindo uma semana de tensão sexual. Então solto a cabeça sobre os travesseiros, sentindo a exaustão tomar conta. Acima de mim, Wes solta a cabeça também, e eu observo seu peito subir conforme ele puxa o ar. Levanto as mãos e abro bem os dedos em seu tórax. "Você parece mais magro", digo, passando o dedão na pele lisa do peito dele.

"Perdi quase sete quilos desde que a temporada começou."

"*Sete?* Sei que alguns jogadores perdem um pouco de peso, mas *sete*?"

"É. Acontece."

Eu o puxo para baixo, e Wes rola de cima de mim para que a gente possa se abraçar. "É demais", murmuro no ouvido dele. "Mais enchiladas pra você."

"É só fazer que eu como." Ele enterra o rosto no meu pescoço. "Jamie?"

"Hum?"

"Acho que tem porra na sua barba."

"Que nojo."

Ele ri.

"Isso vai ser um problema?"

"Não sei. Nunca tive barba. Você foi o primeiro a gozar nela."

A voz dele sai abafada. "Podemos ir pra nossa cama agora?"

"Ahã", concordo, mas fecho os olhos. Só por um segundo.

Pegamos no sono no quarto de hóspedes, enrolados um no outro.

# 3

## JAMIE

Oito horas depois, a vida já não é mais tão boa.

Estou num ônibus com doze adolescentes. Mas tudo bem, porque gosto dos garotos. Eles trabalham duro e jogam bem. Estava preparado para ver alguns jovens muito bons, mas aparentemente os canadenses cultivam campeões em seus jardins. Ainda que o time não esteja tendo uma performance incrível, tenho fé de que vamos dar a volta por cima. Os garotos têm ótimos instintos e uma postura invejável.

Só a minha própria postura que é um pouco menos impressionante no momento.

Como Wes e eu pegamos no sono no outro quarto, meu alarme não estava por perto quando soou. O único motivo por ter me atrasado *só* quarenta minutos foi porque a cama era pequena demais para nós dois. Acordei quando Wes acertou meu supercílio com o cotovelo tatuado. O relógio no criado-mudo ao lado marcava dez para as seis.

Sentei na hora, com o coração palpitando. Tomei o banho mais curto do mundo e então fiquei pulando de um lado para o outro como um idiota, enfiando a meia no pé molhado e pegando minhas coisas. Pelo menos eu já tinha feito a mala para o torneio em Montreal, já pensando em poder passar mais tempo com Wes. Ela já estava pronta, me esperando.

Wes saiu cambaleando do quarto de hóspedes. "Você já tem que ir?", ele perguntou, piscando.

"Estou atrasado", resmunguei, mandando uma mensagem para o treinador que viajaria comigo. *Atrasei. Me espera. Desculpa.*

"Vou sentir saudades", ele disse.

Eu nem precisava dizer que também ia sentir. Dei um beijo rápido e insatisfatório nele e corri para a porta. De alguma forma, consegui tropeçar na mala enorme de Wes quando fui pegar meu casaco no gancho. "Pode desfazer a mala, por favor?"

Foi com essas palavras amorosas que me despedi, suando, me odiando por ser o cara que ia fazer todo mundo esperar. E por resmungar com meu namorado para que tirasse as coisas da frente.

Só que ele nunca tira. A mala costuma ficar no mesmo lugar até que precise dela para a próxima viagem.

Agora estou tomando o restinho do café horrível que comprei no posto de gasolina em que o ônibus parou para abastecer enquanto ouço meu colega de trabalho tagarelar. David Danton é só alguns anos mais velho que eu. Teoricamente, temos o mesmo cargo: técnico assistente. Mas, como o treinador principal comanda vários times, Danton assume o papel dele algumas vezes, principalmente quando viajamos.

Coisas importantes a saber sobre Danton: ele tem uma tacada incrível. E uma personalidade horrível.

"Sabe esse primeiro time que vamos enfrentar?", Danton diz, passando o tabaco que está mascando de um lado da boca para o outro. "Os mesmos bichinhas que vocês venceram em Londres no ano passado. As estatísticas deles não melhoraram em nada. Mantenham as linhas firmes e marquem no primeiro tempo. Eles já vão estar chorando no intervalo. São um bando de veadinhos, sério."

O café ruim se transforma em fluido de bateria no meu estômago. Para começo de conversa, aquele não é um bom conselho. O outro time tem uma defesa ótima e algumas dificuldades no ataque. Nossos garotos merecem mais detalhes. Precisam de uma estratégia diante do desafio.

E nem vou começar a falar sobre o linguajar de Danton. Ele é o tipo de cara que usa o termo "gay" para descrever tudo de que não gosta — de um carro feio a um sanduíche de peru decepcionante —, e "veadinho" para descrever qualquer jogador de hóquei que não atenda seus padrões.

Já pedi ao cretino que parasse de usar esses termos. Foi depois de um jogo em casa. Tínhamos ganhado fácil e eu estava orgulhoso dos meninos. Quando Danton gritou "Vocês acabaram com esses veadinhos!" ao fim do jogo, aproveitei a oportunidade para mencionar que ele poderia se encrencar dizendo aquele tipo de coisa.

"Nunca se sabe quem está ouvindo", apontei. Eu estava tentando insinuar que alguém poderia repreendê-lo por usar termos depreciativos. Mas minha maior preocupação eram nossos jogadores. Não queria que alguém que era uma figura da autoridade para eles validasse aquele tipo de ódio. E se um daqueles garotos estivesse em dúvida quanto à própria sexualidade definitivamente não precisava ouvir aquele tipo de merda. Ter dezesseis anos já é confuso o bastante.

Mas Danton nem me escutou. E, sempre que falava coisas daquele tipo, eu imaginava Wes com dezesseis anos, morrendo de medo da própria sexualidade. Ele me contou como ficou mal quando descobriu que era gay. Já superou agora, claro. Mas nem todos têm sua força. Se um garoto de um desses times está passando por dificuldades, não quero que ouça nenhuma bobagem de Danton.

Trabalhar com o cara me deixa com raiva, mas não porque ligue para o que ele pensa de mim. Danton perdeu meu respeito na primeira vez que o ouvi destilando suas baboseiras vis. Também é racista (uma maravilha, nosso Danton). Gostaria que ele fosse repreendido. Falei com nosso chefe, Bill, sobre como sua escolha de palavras costumava ser maldosa e excludente.

"Veja se consegue fazer com que ele maneire no tom" foi tudo o que ele disse, me dando um tapinha no ombro. "Seria péssimo se ele tivesse uma advertência em sua ficha. Esse tipo de coisa é permanente."

Não tenho problema nenhum com uma marca permanente na ficha de Danton, mas ainda não fiz uma reclamação formal contra ele porque sou paranoico. Sair do armário poderia ser divertido, porque eu adoraria ver a cara do cretino. Mas não posso fazer isso com Wes. Ele está tentando uma ótima temporada de estreia, mas precisa que a imprensa foque em seus gols e assistências, não na sua vida sexual. Acho que está bem perto de concorrer ao troféu de melhor novato. De verdade.

Estamos presos no trânsito de Montreal, a caminho da arena, e meu estômago se contorce. Nosso primeiro jogo está marcado para a uma, e já passou do meio-dia.

"Falta só um quilômetro e meio", Danton diz, verificando o mapa no celular. "Garotos, vamos ter só quinze minutos para nos arrumar. Quem sabe da próxima vez o treinador Canning não acorda na hora?"

Merda. Odeio ter me atrasado. E odeio esse cara.

É ódio demais para um garoto da Califórnia. O dia não está indo bem.

Finalmente chegamos e apressamos os garotos para fora do ônibus. Ajudo a levar os equipamentos para o vestiário. Todos os jogos estão meia hora atrasados, graças a Deus. Isso dá aos garotos tempo de se trocar e se preparar de forma civilizada.

"Vamos lá", digo, batendo as mãos enluvadas. "Você, Barrie! Mantenha o queixo abaixado na disputa do disco. Esse time é meio lento para sair, lembra?"

O garoto assente, com uma expressão intensa no rosto.

Então viro para o goleiro, Dunlop. Ele é muito habilidoso e sempre vai bem nos treinos. Infelizmente, tem uma tendência a se retrair nos jogos. Começou a temporada bem, mas este mês está travado.

"Como está se sentindo?", pergunto.

Seus olhos azuis fogem de mim. "Está perguntando se vou me entregar de novo?"

"Dunlop, olha. Sei pelo que está passando. Todo goleiro tem fases ruins. E sempre parece que vai ser permanente. Mas nunca é. Pode acabar hoje ou no mês que vem, mas *vai* acabar. Sempre acaba."

Ele solta um grunhido de adolescente irritado. Não o convenci.

"Você tem a técnica. Todo mundo sabe disso, mesmo quando está puto com você." Os outros garotos estão furiosos com a última partida dele, o que não ajuda em nada. "Ninguém ia se irritar se não soubesse que você pode fazer melhor." Dou um tapa na ombreira dele. "Fica tranquilo. Você consegue."

Seus olhos cautelosos finalmente se erguem para encontrar os meus. "Tá. Valeu, treinador."

E aí está. O verdadeiro motivo pelo qual faço isso. "Esquece. Vai lá."

A máquina acabou de nivelar o gelo, então os garotos podem dar voltas na pista por noventa segundos, para se aquecer. Dunlop patina com a cabeça erguida e vai raspar a área próxima do gol, como todo goleiro faz antes do jogo. Ele bate uma vez do lado direito e duas do esquerdo, num ritual. Acho mesmo que hoje pode ser seu dia de sorte.

Meu celular vibrou algumas vezes no bolso, e agora consigo dar uma olhada. Tenho uma mensagem perdida de Wes. Ele deve ter terminado o treino da manhã. O celular volta a vibrar na minha mão. É uma mensagem de texto. *Está duro de novo.*

Me lembro da nossa brincadeira de ontem. *Quão duro?*

*Duro o bastante para levantar e bater continência.*

Olho para o rinque. Os árbitros ainda não apareceram, então ainda tenho um minuto. Me apoio contra a parede para que ninguém consiga ver minha tela. *Vai me mostrar ou não?*

Um segundo depois, vem a foto. Wes se deu ao trabalho de fazer uma dobradura de chapéu para seu pau. Ele se arreganha para mim no que deve ser nosso sofá. Wes ainda desenhou um bracinho levantado e uma carinha feliz. Solto uma risada inapropriada ao mesmo tempo que um apito soa. *Adorei*, escrevo pra ele. *Saudades.*

*Eu tb.*

Tomo o cuidado de bloquear meu celular antes de guardar e volto ao banco para o jogo, me sentindo um pouco mais leve que antes.

# 4

## WES

Não estou em casa para receber Jamie quando ele volta de Montreal, no domingo — já estou embarcando para outro jogo fora, dessa vez em Chicago. O lado bom é que, depois desse, vamos ter uma semana inteira de partidas em casa. Uma abençoada semana dormindo na minha própria cama. Uma semana de Jamie.

Mal posso esperar.

Deixo o casaco no compartimento de bagagem e coloco os fones de ouvido. Antes que consiga me sentar, Forsberg grita do assento atrás de mim: "É a camisa gay! Ele está usando de novo!".

Espero um pouco e lanço uma piscadela forçada para ele. "Coloquei só pra você, gracinha. De tanto que gostou da última vez."

Forsberg joga um guardanapo amassado em mim. Saio de sua mira sentando na minha poltrona.

É claro que o verdadeiro motivo pelo qual estou usando esta camisa é que não lavei a roupa, e ela estava jogada numa cadeira, pouco amassada. Fora que é linda. Forsberg que se dane.

Me acomodo na poltrona, fechando os olhos e reclinando o assento enquanto me preparo mentalmente para o jogo superimportante contra os líderes da liga. A maior parte dos meus colegas procura fazer a mesma coisa. Quando sinto alguém sentando ao meu lado, assumo que é Lemming, porque com frequência ficamos lado a lado nos voos e nos ônibus. O jogador de defesa ruivo também cresceu em Boston.

Mas, quando abro os olhos, é Blake que vejo, sorrindo para mim. Meu novo vizinho claramente decidiu que é sua missão na vida se aproximar de mim, porque arranca os fones dos meus ouvidos.

"Cara", ele se lamenta, "estou entediado. Conversa comigo."

Lamento também, soltando um suspiro. O voo de duas horas nem decolou. Uma velha música do Nirvana de repente me vem à cabeça, e tento lembrar a letra... *Here we are now, entertain us.* Blake Riley é mais ou menos assim. *Estou aqui e é seu dever me distrair.*

Ainda assim, é difícil não gostar do cara. Ele é engraçado.

Como está claro que não vai a lugar nenhum, desligo o iPod e faço o que quer. "Ouviu mais alguma coisa sobre Hankersen? Sabe se é verdade que não vai jogar porque está machucado?" Ele é a estrela do ataque de Chicago, e até agora marcou pelo menos um gol por jogo na temporada. É nossa maior ameaça no gelo, então, se não for jogar hoje, nossas chances de tirar a invencibilidade dos Hawks definitivamente aumentam.

"Nenhuma novidade ainda", Blake responde. Ele passa um dedo pela tela do celular e abre um aplicativo de esportes, então vira o aparelho para mim. "Estou checando o tempo inteiro."

"Bom, se ele for jogar, espero que a nossa defesa dê um jeito de parar o cara." É improvável, mas posso sonhar.

"Como seu amigo se saiu no fim de semana?"

A pergunta me pega de surpresa. "Oi?"

"Jay", Blake esclarece. "O time que ele treina tinha um campeonato ou algo assim este fim de semana, não?"

"Ah, é." Ainda fico extremamente desconfortável falando sobre Jamie com o resto do time. Mas agora que Blake o conheceu ficaria ainda mais suspeito se eu mudasse de assunto toda vez que o nome dele é mencionado. "Eles ganharam um jogo e perderam dois. O time não está se saindo muito bem este ano", admito. Sei que isso incomoda Jamie. Muito. O fato de ter escolhido ser treinador em vez de jogar profissionalmente não significa que ele não seja competitivo. Ele fica arrasado que seus garotos não estejam indo bem na temporada.

"Que droga", Blake comenta, compreensivo. "Ainda mais pro técnico, que não pode fazer nada além de observar do banco. Se fosse um dos garotos, estaria todo 'Me escolhe, cara! Posso ganhar esse jogo!'."

Dou risada. "Isso porque você adora aparecer." Blake tem até uma comemoração registrada para quando faz um gol. Fica entre montar no taco como se fosse um pônei e dirigir como se fosse uma locomotiva. Bem idiota, mas deixa o público ensandecido.

"Rá. Falou o cara que é seguido por uma legião de fãs aonde quer que vá. Elas parecem patinhos fazendo fileira atrás de você." Blake sorri. "Aposto que está pegando o dobro de mulheres que eu pegava no meu primeiro ano."

*Você não tem como ganhar essa aposta, cara.* Hora de mudar de assunto. Aponto para o jornal enrolado que ele tem na mão. "O que anda acontecendo no mundo?"

"As mesmas bobeiras de sempre. Políticos sendo babacas. Pessoas dando tiros umas nas outras."

"Nós damos tiros uns nos outros", aponto. "Ainda que tentando acertar o gol. E somos bem pagos para isso." É um trabalho esquisito.

Ele revira os olhos de um jeito que deveria parecer idiota num cara, mas de alguma forma não parece. "Não estamos *matando* ninguém, Wesley."

Três minutos atrás, rezávamos para que um atleta estivesse machucado, mas não me dou ao trabalho de lembrar isso.

"E descobriram outro velociraptor em Dakota do Norte. Saca só: tinha cinco metros de altura, garras e penas." Ele assente incisivamente. "É um dinossauro *foda*. Assustador pra caralho. E ainda mais assustadora é essa gripe nova. Está sabendo?" Ele estremece de forma exagerada. "Vem das *ovelhas*. Odeio ovelhas."

Deixo uma risada escapar. "Quem odeia *ovelhas*? São bolas de lã inofensivas."

"Ovelhas não são inofensivas, cara. Tinha umas ovelhas que ficavam na estrada em frente à fazenda dos meus avós." Ele balança a cabeça gigante como se recordasse uma casa de crack em seu antigo bairro. "Aquelas filhas da puta eram *más*. E barulhentas. Quando eu era pequeno, meus pais ficavam meio 'Ah, Blake, olha só os carneirinhos!'. Aí elas se aproximavam da cerca e berravam na minha cara." Blake abre a boca e grita MÉÉÉÉÉÉ tão alto que todas as cabeças no avião viram para nós.

"Parece que elas, hum, te marcaram profundamente", digo, tentando muito não rir. "Onde seus avós moravam?"

Blake faz um gesto de dispensa com a mão. "Na periferia de Ottawa. Muito plantio. Muita ovelha. E agora as filhas da puta vão matar todos nós com essa gripe. Credo. Eu *sabia* que elas eram más."

"Hum-hum." Dou uma longa olhada no meu iPod. Eu poderia estar relaxando com uma musiquinha agora mesmo. Em vez disso, estamos revivendo os temores de infância de Blake. "Sempre tem uma gripe nova pra assustar as pessoas, mas acaba não sendo nada." Me surpreende que um cara grande como Blake esteja preocupado. "Se bem que ouvi dizer que esses tipos novos se espalham especialmente rápido em aviões."

Ele me lança um olhar sinistro. "Não tem graça. Descobriram um caso na ilha do Príncipe Eduardo."

"Não fica nem perto daqui, fica?" Meus conhecimentos da geografia canadense não são muito consistentes, mas tenho quase certeza de que não posso pegar uma gripe de alguém que vive a milhares de quilômetros de Toronto.

"Essa merda viaja, cara. Talvez a gente esteja infectando Chicago agora mesmo."

Eu o cutuco com o cotovelo. "Vamos dizer a eles que todo o Canadá foi exposto. Eles vão entregar o disco sem que a gente precise fazer nada."

Ele dá uma risada barulhenta e bate no meu peito com a mão enorme. Até que a tela do meu celular acende. O nome que aparece na tela é o do meu pai, e sinto um aperto imediato no peito de tanta tensão.

As coisas não melhoraram muito com ele e minha mãe depois que me formei na faculdade. Os dois insistem que minha "gayzice" é só uma fase. Meu pai ainda trata meu sucesso entre os profissionais como algo que *ele* fez acontecer. E minha mãe quase nunca parece se lembrar que me pariu.

Passei as festas de fim de ano com a família de Jamie, na Califórnia. Quando Cindy, a mãe dele, sugeriu que eu convidasse meus pais para se juntar a nós, minha resposta foram cinco minutos de risada histérica até ela finalmente me repreender. Depois Cindy me deu um abraço forte e disse que me amava, porque ela é esse tipo de mãe.

Tudo o que recebi dos meus pais foi uma breve ligação desejando boas festas e me lembrando de que, se quisesse aparecer para uma visita, deveria ir sozinho. Sim, Jamie não é bem-vindo. Esquece isso. Jamie não *existe*. Meus pais não reconhecem o fato de que estou morando com um homem. Para eles, sou um atleta hétero e solteiro que come um monte de mulher.

"Preciso dar uma olhada nisso", digo a Blake.

Desbloqueio a tela do celular e leio rapidamente o e-mail do meu pai. E "rapidamente" é mesmo a palavra, porque só tem duas linhas.

*Ryan, pela programação, você deve vir para Boston no mês que vem. Sua mãe e eu esperamos que jante conosco. Hunt Club, sábado, 21h.*

Ele não assina "papai" ou mesmo "Roger".
"Jantar com os pais, hein?"
Dou um pulo quando percebo que Blake está lendo por cima do meu ombro. Caralho. Bloqueio a tela na hora, porque ele parece o tipo de cara que não pensaria duas vezes antes de xeretar.
"É", digo, tenso.
"Vocês não são próximos?"
"Nem um pouco."
"Merda. Isso não é bom." Blake volta a se recostar no assento. "Vou te apresentar pros meus pais depois do próximo jogo em casa. Eles são ótimos. Pode acreditar: depois de dez minutos, vão ter virado sua segunda família."
Já tenho uma segunda família — os Canning. Mas guardo isso pra mim. E então fico irritado por guardar isso para mim, porque... porra, por que tudo na minha vida tem que ser segredo? Mal posso esperar pelo dia em que vou poder ter o orgulho de apresentar Jamie Canning como meu namorado. Quando vou poder falar com os caras do time sobre minha vida pessoal, contar que a família de Jamie é incrível ou convidar alguém pra beber alguma coisa sem que Jamie tenha que se esconder no quarto de hóspedes se tiver que ir dormir. Ele não é um *hóspede* no meu apartamento, droga. É a casa dele. E ele é a minha casa.
Não costumo ficar lamentando as injustiças. Entendo o mundo em que vivemos. Sei que ser gay ainda é um estigma. Não importa quantos avanços sejam feitos, sempre vai ter gente lá fora que não aceita que eu gosto de pau, gente que vai me julgar, destilar seu veneno e tentar tornar minha vida miserável. O fato de que estou nos holofotes agora só piora tudo, porque há inúmeros fatores para levar em consideração.
Se eu sair do armário, que impacto vai ter na minha carreira?
No time?
Em Jamie?
Na família dele?
A imprensa vai vir para cima de mim como um enxame de abelhas. Os babacas intolerantes vão se revelar. O foco vai deixar de estar no meu desempenho, passando à vida pessoal de todo mundo com quem me importo.

Sinto o estômago revirar. Lembro a mim mesmo de que não vai ser assim para sempre. Na próxima temporada, algum outro novato bonitão vai chamar a atenção da imprensa e vou ser esquecido. Até lá, já vou ter provado ao time que não pode sobreviver sem mim, independente de ser gay.

"Aêêê!", Blake exclama de repente. Viro e o vejo lendo alguma coisa no celular. "Adivinha quem está de fora do jogo de hoje."

Perco o ar. "Você está brincando."

"Não. Está bem aqui, preto no branco." Ele mostra o celular para mim, depois vira no assento e se dirige a Eriksson e Forsberg. "Hankersen está fora. Cinco jogos no mínimo."

Ouço a comemoração atrás de nós, então o anúncio de Eriksson se espalha por toda a cabine. "Hankersen está fora!"

Há uma explosão coletiva de ânimo. Não me entenda mal: todos sentimos muito por Hankersen. Uma contusão é a pior coisa que pode acontecer com um atleta, e não desejo isso a ninguém. Mas, ao mesmo tempo, hóquei não é só um jogo: é um negócio. Estamos todos trabalhando pelo mesmo objetivo. Todos queremos a taça. Uma vitória em Chicago esta noite vai nos deixar mais perto disso.

A tela do meu celular acende de novo. Dessa vez é o nome de Jamie que aparece, ao lado do ícone de mensagem de texto. Mas Blake se ajeita na poltrona de novo, então resisto à vontade de desbloquear a tela.

É claro que meu vizinho de poltrona já está olhando. "Mensagem do seu amigo", ele diz, prestativo, como se eu nem tivesse percebido.

Cerro os dentes e enfio o celular no bolso.

"Não vai ver?"

"Depois", resmungo. "Deve estar me pedindo pra comprar algumas coisas no caminho pra casa amanhã cedo. Nada de importante."

A última frase é como um veneno — queima minha garganta e destroça meu estômago. Me sinto mal e culpado só de dizer aquilo. De sugerir que Jamie Canning não é importante quando sei muito bem que pra mim ele é a pessoa mais importante no mundo.

Sou um merda.

"Então", Blake diz, ignorando minha dor, "vi que o Jay foi draftado por Detroit. Animal. Por que ele não foi?"

Por um segundo, só pisco pra ele. "Onde você viu isso?"

"No Google, meu amigo. Já ouviu falar? Mas e aí? Ele não queria morar na cidade?"

Merda! Blake é um filho da puta enxerido. "Ele preferiu trabalhar como técnico. Era goleiro, e Detroit tem um monte de gente nessa posição. Jamie não achava que ia jogar. Então o cara que treinava a gente quando éramos pequenos descolou esse emprego. Foi uma ótima oportunidade." Percebo que estou falando demais, então calo a boca. Exagerei nos detalhes? Pareço saber mais do que deveria? De repente, odeio minha própria paranoia.

"Ah", Blake diz, parecendo distraído agora. "Como você acha que alguém poderia se defender de um velociraptor de cinco metros, hein? Quer dizer, seria preciso uma artilharia pesada. O filho da puta devia ser rápido. Tipo Fórmula 1."

"Hum..." Perdi o controle dessa conversa há algum tempo. "Talvez com uma arma de eletrochoque?"

"*Boa*. Ótima ideia. Seria legal acertar um dinossauro com uma dessas."

Mais tarde, quando Blake levanta para mijar, desbloqueio a tela para ver a mensagem de Jamie. Só diz *MPETD*. Preciso de um segundo para entender a abreviatura. *Quão duro?*, respondo.

*Duro o bastante pra mudar de canal.*

É uma foto que enquadra cuidadosamente a televisão a partir do nosso sofá. Mas o foco é o pau de Jamie, que parece estar apontando o controle remoto para a televisão. Tem um risco representando um braço apertando o botão, enquanto o outro está apoiado na cintura. Bom, paus não têm cintura, mas tipo isso.

*Fala pra ele não ver Banshee*, respondo.

*Ele escolheu* Duro de matar 2.

*Fala pra ele que estou com saudade.*

*Ele sabe*, Jamie responde.

Passo o resto do voo com os fones de ouvido, pensando em fotos de pau que fariam Jamie sorrir.

# 5

## JAMIE

Assisto ao jogo contra o Chicago sozinho no sofá. Partidas na arena são mais emocionantes, mas a privacidade da minha própria sala tem suas vantagens. Posso gritar para a televisão sem que ninguém fique me encarando.

— Vamos, lindo! — grito, batendo palmas em apoio, mesmo que ele não possa me ouvir. — Uma hora vai dar certo!

Wes deu um milhão de tiros para o gol hoje, mas o principal goleiro da liga continua defendendo sem dificuldade. No intervalo, corro para pegar uma cerveja na geladeira. Já entramos no terceiro tempo e ninguém marcou. Estou supertenso. Wes continua no gelo na volta, e eu seguro o fôlego.

Na próxima chance que tem, quase levito de ansiedade. Wes atrai o goleiro para longe da sua área com um passe longo e arriscado para o ala esquerdo. Funciona. O jogador devolve o disco e Wes dá um tiro que vai parar no canto esquerdo da rede antes que o goleiro possa reagir.

Derrubo um pouco de cerveja enquanto pulo no sofá, mas vale a pena. Outro gol, outra conquista. Está acontecendo. A temporada de estreia de Wes até agora foi fenomenal, do tipo que pode vir a entrar para a história. Estou feliz demais por ele.

A câmera foca no rosto suado do goleiro gigante, e posso até ouvir os pensamentos do cara. *Montanha deve ficar na frente da rede.*

Rindo sozinho, sento de novo e apoio os pés na mesinha de centro. Minha irmã me perguntou outro dia se eu tinha inveja, se me arrependia de ter dispensado minha chance, mas foi fácil negar. Não posso mentir — minha pobre conta no banco teria gostado muito da grana que viria com a assinatura de um contrato. Mas, se tivesse ido para Detroit (onde os goleiros da temporada passada continuavam tão estáveis quanto sempre tinham sido), eu não seria uma parte *disso*.

E aí, sim, estaria arrependido.

Assisto ao resto do jogo com o coração na boca, me perguntando se a vantagem no marcador vai se sustentar. Os últimos quinze minutos de jogo são emocionantes. Ainda bem que não tenho problema no coração, porque Chicago responde marcando um gol também, depois Toronto consegue um pênalti. Quase morro de nervoso quando o desperdiçam. Nos últimos dois minutos, Eriksson marca, impedindo que o jogo vá para a prorrogação. Toronto vence por dois a um.

Aliviado, desmorono no sofá. Então a verdadeira espera começa. Wes vai passar uma hora ou duas com os companheiros de time, os técnicos e a imprensa, para só depois entrar no jato da equipe e fazer a curta viagem de volta a Toronto.

Mato um pouco de tempo arrumando o apartamento. Limpei a cozinha mais cedo, então logo já estou abrindo a correspondência. Faço uma careta quando vejo quanto vamos ter que pagar pelo aquecimento do apartamento. Ajudo com metade das contas e uma parcela do aluguel, ainda que, se dependesse de Wes, ele pagaria tudo. Fui firme quando sugeriu isso, porque não posso morar nesse apartamento sem contribuir com nada. O aluguel está no nome dele, mas esta é minha casa também.

A mala enorme de Wes ainda não saiu do lado da entrada. Passo por uma pequena guerra interna quanto a deixá-la ali ou não. Parece mesquinho lavar minhas roupas e deixar as dele sujas. Mas não tenho muita certeza do que Wes acha que acontece com as coisas dele quando as deixa na mala ou amontoadas no chão do quarto. Talvez que a fada das roupas apareça uma vez por semana para que não fique sem cuecas limpas.

Concluo que a mala está me incomodando, então desisto e abro o zíper, tirando montes de peças amarrotadas de lá. Coloco tudo na máquina e a ligo.

Então vou para a cama, tomando o cuidado de deixar uma luz acesa na cozinha para que Wes encontre seu caminho até mim.

Quando acordo, a luz do sol entra pelas frestas da cortina do quarto. Tem um homem musculoso dormindo pelado ao meu lado, com um braço tatuado na minha cintura. Rolo discretamente até a beirada da cama, mas ele aperta sua pegada. "Não", Wes diz, sonolento.

"Vou só mijar", sussurro.

"Volta logo."

"Claro." No caminho para o banheiro, dou uma olhada em seu rosto relaxado. Daria para acreditar que falou dormindo, de tão desmaiado que está.

Depois que mijo e escovo os dentes, escapo para a cozinha para pegar um copo de água. Já tomei metade quando ouço passos leves no corredor. Viro e deparo com Wes à porta, acariciando seu pau duro de forma lenta e promissora. Seu olhar me acompanha pela cozinha quando vou deixar o copo na pia.

"Você não voltou", ele diz, com a voz áspera.

"Sede", murmuro. O movimento sedutor da mão dele no pau me distrai. As chupadas da outra noite foram rápidas demais. Uma delícia, claro, mas não o bastante. Faz tempo demais que não temos uma noite inteira para nós mesmos. Uma noite inteira para provocar, explorar e deixar o outro doido.

"Por que ainda está usando isso?" Os olhos de Wes brilham à luz da manhã enquanto ele aponta para minha cueca.

É uma boa pergunta. A cueca cai sobre o piso frio. "Por que não me acordou quando chegou?", retruco.

Ele sorri. "Você estava num sono ferrado." Sua voz sai rouca, e o som familiar já faz meu sangue correr mais rápido. "E temos *a semana inteira*." Ele diz a última parte como outra pessoa diria *dez milhões de dólares*. Wes provavelmente já tem essa grana, aliás. Sua família é rica, mas ele nem liga. O que mais quer no mundo sou *eu*. E estaria mentindo se dissesse que não amo isso. Wes é sempre muito carinhoso.

Ele chega perto de mim e me puxa.

Eu me jogo contra seu corpo musculoso e sua pele macia. Nossas virilhas ficam coladas, e é como se meu pau, cada vez mais duro, dissesse "Por onde andou?". Wes me lança um sorriso safado e pega meu pau. "Oi", eu digo, retribuindo seu sorriso.

"Oi."

"Belo gol ontem à noite."

"Quer conversar agora?", ele rosna. "Porque eu preferiria trepar."

"Fica pra depois, então."

Wes pega minha nuca e me puxa para um beijo. Ele geme de satisfação quando nossas bocas colidem. Seu beijo é violento. Voraz.

Assumo o controle, abrindo seus lábios com a língua. Wes geme, com a testa franzida em concentração. Invisto contra seu corpo, roçando meu pau no dele, então ele pega meu quadril como se me proibisse de fazer aquilo.

"Quarto?", consigo perguntar.

Wes solta minha boca e balança a cabeça em negativa. "Longe demais."

A urgência em seu rosto me dá vontade de rir, mas o som morre na minha garganta quando ele fica de joelhos e engole meu pau antes que eu tenha tempo de piscar.

Minha nossa.

Minha bunda bate contra a bancada enquanto Wes me chupa até o fim. Sua boca está úmida, quente e ansiosa. Meu coração bate mil vezes mais rápido, e o prazer se acumula no meu saco a cada chupada ávida e toque de língua. Adoro o que está fazendo comigo, mas odeio que a base da minha coluna já esteja formigando. Estou quase gozando, o que mostra como estamos sentindo falta de sexo com todo o tempo que passamos separados. Em geral, aguento mais. Mas, ultimamente, fico com tanto tesão nas raras vezes em que Wes está por perto durante mais de cinco minutos que explodo no segundo em que me toca.

"Ainda não quero gozar", digo, fechando meus dedos em seus cabelos.

Sua boca me solta. Com uma risada baixa, ele levanta e passa os dedos pela minha mandíbula, acariciando a barba de leve. Um arrepio me percorre. Esse cara... porra, esse cara. Me mata com um só toque. Um olhar lascivo.

"Vira", Wes sussurra. "Mãos abertas na bancada."

Faço o que ele pede e, um momento depois, sinto um par de mãos fortes pegando minha bunda. Wes aperta e eu gemo, jogando o quadril instintivamente para a frente e batendo meu pau ainda brilhando de saliva contra o granito frio e duro. Desço a mão para pegá-lo e passo o dedão devagar em torno da cabeça enquanto Wes continua agarrando minha bunda. Quando ele enfia o dedo, eu me jogo contra sua carícia provocadora, implorando silenciosamente por mais.

"Estava com saudades dessa bunda." Sua respiração faz cócega na minha nuca, e ele tira a língua para provar, volteando pela minha pele febril. "Você não faz ideia de quantas vezes bati uma quando estava viajando. Quantas vezes me aliviei com a ideia de meter meu pau nessa bundinha apertada." Ele continua me acariciando com a pontinha do dedo. As terminações nervosas sensíveis ali despertam com tudo.

Meu pau começa a gotejar na minha mão. Merda. Ainda estou perto. Perto demais. Aperto a cabeça com força o bastante para sentir uma pontada de dor, tentando controlar a sensação que ameaça transbordar.

"Você devia ter me ligado", digo. "A gente poderia ter gozado juntos." Nunca fizemos isso.

Ele solta um gemido estrangulado, então sei que gostou da ideia. Mas afasto o pensamento. Neste momento, não preciso pensar em modos criativos de contornar milhares de quilômetros nos separando. Porque estamos juntos. Estamos aqui, em carne e osso, livres para foder da maneira que quisermos.

"Não se mexe." Sua ordem severa ecoa na cozinha escura. Ouço seus passos desaparecendo pelo corredor. Fico ali. A ansiedade cresce dentro de mim. Meu pau pulsa na minha mão, implorando para que Wes retorne.

Ele não demora muito. Ouço um clique, o som inconfundível de uma tampa abrindo. Wes foi pegar o lubrificante, de modo que seus dedos estão escorregadios quando voltam a mim. Suas mãos me atormentam, deslizando pela minha bunda, esfregando meu saco. Quando ele enfia um dedo, xingo e suspiro ao mesmo tempo.

"Que apertadinho", ele diz entre os dentes. Então entra mais fundo, e meus músculos se contraem em volta de seu dedo. "Quer meu pau, Canning?"

"*Quero.*" Empurro o corpo contra seu dedo. Não é o bastante. Preciso de mais. Preciso do seu pau grosso me preenchendo, investindo contra aquele ponto perfeito que eu nem sabia que existia até o verão passado, quando Ryan Wesley voltou à minha vida e me mostrou um lado diferente de mim mesmo.

Ele acrescenta outro dedo, metendo e me abrindo até que eu esteja em chamas. Até que minha visão embace e meu cérebro pare de funcionar. "Mais", imploro. É tudo o que sou capaz de dizer. *Mais. Mais, mais, mais.* Estou *implorando*, mas Wes não me dá o que eu quero. Ele roça o pau duro na minha bunda enquanto seus dedos se movem dentro de mim. A outra mão encontra meu peito e então começa a descer, afastando a minha para poder pegar meu pau.

"Nossa", sibilo quando ele começa a me masturbar.

"Gosta disso? Que eu te bata uma enquanto te dedo?"

Murmuro uma resposta incoerente, que o faz rir. O som áspero aquece a lateral do meu pescoço, e eu estremeço quando ele afunda os dentes na minha pele. Puta merda, Wes está me deixando maluco. Ele alivia a tensão com sua língua, acariciando os tendões, descendo aos beijos até meu ombro e o mordendo também.

"Está pronto pra mim?", Wes sussurra.

Deixo escapar um gemido aflito. "Pronto pra caralho."

Com outra risada, ele tira os dedos e meu corpo inteiro afunda em decepção, lamentando a perda, ansiando pela pressão. Wes não me faz esperar muito — em um segundo, a cabeça atiça minha bunda, então um pau lubrificado enorme desliza pela abertura muscular e mergulha no meu interior.

Gememos, os dois. Ele segura meus quadris, enterrando os dedos compridos na minha pele enquanto tira o pau devagar e mete de novo com força.

"Caralho, Canning. Gosto pra caralho de te foder." Ele parece estar respirando com dificuldade. Quando metade do seu vocabulário consiste em "caralho", é porque mal está conseguindo se controlar. Mas adoro quando Wes perde o controle. Sei que a coisa vai ficar selvagem, e como.

Ele mete em mim, nossos quadris batendo, seu saco na minha bunda a cada investida profunda e desesperada. Eu me curvo para a frente, inclinado sobre a bancada. Meu pau está mais duro que o granito sob minhas mãos. Quero bater uma, mas Wes está entrando com tanta força que preciso de ambas as mãos pra me segurar. Ele sabe bem do que preciso, porque tira uma mão da minha cintura para pegar meu pau impossivelmente duro. Então ajeita o quadril de um jeito que faz com que acerte a próstata a cada estocada.

"Goza pra mim", ele manda. "Goza na minha mão, Jamie. Quero sentir."

Obedeço tão rápido que é quase engraçado. Só preciso da ordem rouca de Wes para gozar com um grito selvagem, melando sua mão como ele queria e estremecendo de alívio. Wes ruge conforme suas estocadas vão ficando mais erráticas, descontroladas e frenéticas, até que finalmente apoia a cabeça no meu ombro e tremula atrás de mim. Sinto a pulsão dentro do meu corpo quando ele goza. Minha bunda e minhas coxas ficam meladas. Nossos corpos se chacoalham com uma risada.

"Isso foi... intenso", Wes diz, seco.

"Acho que você despejou um galão de porra em mim", ironizo. Mas não estou reclamando. Adoro saber que tenho o poder de transformar Wes em um maníaco sexual. Mesmo assim, resmungo um pouquinho porque temos que passar os próximos cinco minutos nos limpando. Também gozei de forma descontrolada, deixando gotinhas peroladas na bancada e no armário abaixo. Insisto em limpar toda a superfície, enquanto Wes me provoca, dizendo que tenho TOC.

"A gente *come* aqui, cara", eu o lembro. "Isso não é TOC, é higiene básica."

Wes ri, mas continua passando no chão o pano que entreguei a ele. "O que quer fazer hoje à noite? Quer experimentar aquele restaurante que o Eriksson me indicou?"

O time joga em casa amanhã, então temos um dia e uma noite inteiros só para nós. Às terças, os cinemas de toda a cidade cobram meia entrada. "Pode ser", respondo. "Mas quero ver o filme antes. Não sei quanto tempo mais vai ficar em cartaz."

"Ah, claro. Tem razão. É melhor a gente ir hoje à noite mesmo." O remorso é visível em seu rosto, e sei que está pensando no que aconteceu em sua última noite de folga. Wes e eu estávamos morrendo de vontade de ver *The Pass*, e ele me fez prometer que não iria sem ele. Quando finalmente conseguimos conciliar nossos horários e estávamos saindo para ir ao cinema, o chefe da comunicação da equipe ligou para dizer que iam anunciar uma troca de última hora no time e ele precisava ir à coletiva. Isso foi há três semanas.

Não digo nada, porque sei que ele se sente mal por ter dado o cano aquela noite. "Que tal pegar a sessão das sete e jantar depois?", sugiro.

"Combinado." Ele sorri para mim. "Então... pronto pro segundo round? Depois café. A gente tem que se alimentar pra aguentar todo o exercício que estou planejando pra hoje."

Meu olhar desce para sua virilha, e eu levanto a sobrancelha quando vejo que já está no meio do caminho. "Você está meio tarado esta manhã, não?" Mas a mera visão do pau dele endurecendo provoca o mesmo no meu, e seu sorriso se alarga.

"Olha quem fala." Ele dá um passo à frente e me beija, então me puxa para longe da bancada.

Rindo, deixamos a cozinha limpa e livre de sêmen e vamos na direção do chuveiro. Pela primeira vez em semanas, sinto o peito leve. Só quero passar o dia inteiro pelado com meu namorado tarado.

Mas, dez minutos depois, descubro que nem sempre se pode ter o que se quer.

# 6

## WES

A batida forte na porta só pode vir de uma pessoa. Ninguém mais no prédio sabe quem eu sou, e mesmo que soubesse ninguém seria mal--educado o bastante para aparecer às dez da porra da manhã. Só Blake Riley, claro.

Jamie e eu estamos no quarto e congelamos no meio do beijo. Estamos pelados, ainda molhados do banho, com o pau duro. Ele parece tão irritado quanto eu.

"Talvez se a gente ignorar ele vá embora", murmuro.

Jamie solta um ruído baixo de irritação.

"Wesley! Abre aí!"

A voz abafada de Blake viaja até o quarto. A expressão de Jamie se fecha ainda mais.

"Anda, cara! É uma emergência!"

Meus ombros se contraem. Merda. Por algum motivo, minha primeira reação é pensar que a verdade sobre minha orientação sexual vazou. Sou egocêntrico demais. Como se a imprensa de Toronto não tivesse nada melhor a fazer do que divulgar com quem Ryan Wesley está trepando. Mas é meu maior medo. De que o sucesso que estou correndo atrás na minha primeira temporada seja ofuscado — ou pior, esquecido — porque a história de um atleta profissional gay é muito mais atraente.

"Pode ser importante", digo a Jamie, tentando demonstrar com o olhar como estou infeliz com a interrupção.

Coloco uma calça de moletom e vou atender a porta. Blake entra, usando calça de ginástica e uma regata cinza que deixa seus bíceps enormes à mostra.

"Valeu", ele solta. "Tem café? Estou desesperado!"

Observo boquiaberto enquanto ele vai até a cozinha e começa a abrir armários como se estivesse em casa. *Sério?* O cara quase arrombou minha porta porque quer *café*? Tenho que morder a língua para me impedir de apontar que há centenas de cafés em Toronto, inclusive dois em um raio de três quarteirões do prédio.

"É muita sorte sermos vizinhos." Blake pega uma caneca do armário e vai até a máquina de café do outro lado da bancada.

*Sorte?* Estou prestes a cometer assassinato. Só não o faço porque sei que não vou conseguir carregar o corpo gigantesco dele até o compactador de lixo lá embaixo.

Sinto um aperto no coração quando vejo a caneca que Blake tem nas mãos. É uma das duas com a inscrição ELE que a mãe de Jamie nos deu no Natal. Foi o presente mais simpático que já ganhei. Quero arrancá-la das mãos de Blake e gritar "É minha!". Talvez até mijar nela pra demarcar meu território. Mas o cara já encheu minha caneca favorita de café e a está levando à boca.

Ele se apoia na bancada enquanto dá um gole na bebida quente, então solta um suspiro satisfeito. "Valeu, cara. Não consigo funcionar sem minha vitamina C matinal."

Blake agradece como se eu o tivesse convidado de fato para uma xícara de café. O que não fiz.

Passos ecoam pelo corredor, então Jamie aparece na cozinha. Também colocou uma calça de moletom, além de uma camisa azul que não abotoou, deixando à mostra o tanquinho e a pele macia e dourada.

"Bom dia", ele murmura, sem olhar na minha direção.

"Ah, porra, acordei você?" Blake parece chateado de verdade. "Não sei bater em portas." Ele mostra a mão imensa. "É difícil ser cuidadoso com essas patas."

"Tudo bem, eu tinha que acordar mesmo", Jamie responde. Ele se serve uma xícara de café, então olha por cima do ombro para mim. "Tem planos pra hoje?"

Sei que está tentando agir como um colega de quarto educado, mas a dor em seus olhos me destroça. Quero abrir a boca e declarar: "Tenho: passar o dia inteiro debaixo do seu corpo nu". Blake que se dane. Mas fico quieto. Jamie e eu nos esforçamos muito para manter nosso relacionamento em segredo desde o começo da temporada. Podemos sobreviver mais alguns meses assim.

"Ainda não sei", respondo, leviano.

Blake se intromete. "Temos aquele evento hoje à noite, lembra? Com champanhe e modelos. Acho que vai ser uma noite selvagem."

Balanço a cabeça em negativa. "Eu não. Não estou na lista desta vez. Só os veteranos precisam aparecer."

"Merda, já me consideram um veterano? É só minha terceira temporada", Blake protesta, então dá um gole apressado no café. "Espero que não signifique que estou ficando velho."

"Você tem vinte e cinco", digo, seco. "Tenho certeza de que ainda te consideram um garoto."

Blake descansa um braço na bancada e eu quase engasgo quando me dou conta de onde está. No ponto exato em que Jamie estava apoiado à minha frente há menos de dez minutos. E meu namorado claramente está pensando a mesma coisa, porque me dá um sorriso torto detrás de Blake.

Meu companheiro de time toma mais um gole de café, então vejo seus olhos se iluminarem. "Ah! Tive uma ótima ideia! Sou genial!" Ele pega o celular do bolso e começa a escrever alguma coisa. Não pergunto o quê, porque, com Blake, você sempre acaba tendo que ouvir a versão completa do que quer que esteja se passando na cabeça de vento dele. Então desfruto do silêncio e pego outra caneca pra mim, já que a minha está ocupada, para me servir um pouco de café.

Jamie se movimenta pela cozinha, tirando algumas coisas da geladeira. Uma dúzia de ovos. Tortilhas de milho do mercado de orgânicos onde gosta de fazer compras. Linguiça. Molho. Ele pega uma tigela de vidro e começa a quebrar os ovos nela. Adoro o amor que coloca no ato de cozinhar. Eu poderia ficar observando suas mãos trabalharem o dia inteiro. É claro que ficariam melhor no meu pau, mas isso é legal também. Ele coloca a linguiça na frigideira aquecida e eu a ouço chiar em resposta. Então ele a tira da boca do fogão e a leva ao forno.

"Opa", Blake diz, levantando os olhos da tela. "O que você está fazendo aí, Jay?"

"O café da manhã", Jamie diz, jogando as cascas de ovo no lixo. "Wesley me disse que estava planejando se exercitar bastante hoje. Achei que um pouco de proteína viria a calhar." Jamie pega um batedor da gaveta e me lança um olhar sugestivo. Então começa a bater os ovos.

"Caramba! Você cozinha?" Blake fica maravilhado. Seus olhos de filhotinho mostram que está impressionado de verdade. "Não é à toa que Wesley gosta de você."

Jamie morde o lábio para segurar um sorriso. Tem uma lista inteira de coisas que me fazem gostar dele. O fato de cozinhar não está nem entre as cinquenta primeiras. Antes vêm seu sorriso, seu corpo perfeito, seu jeito fácil, sua língua altamente habilidosa...

*Tá*. Agora não é hora de pensar nisso.

"Você vai comer com a gente?", Jamie pergunta por cima do ombro.

Blake puxa uma banqueta e apoia o corpo imenso nela. "Vocês nunca mais vão se livrar de mim."

Droga. Se ele repetir isso, vou acabar chorando como uma criancinha. Vou pegar a louça e os talheres para me ocupar.

Só estou tentando ajudar Jamie a montar os pratos quando vou pegar o cabo da frigideira. Antes que eu possa registrar o movimento, ele me dá um tapa correndo para afastar minha mão.

"Cara!", Blake grita. "Jay não quer você pegando a linguiça dele!" Blake ri histericamente da própria piada.

Mas Jamie nem repara na ironia das palavras de Blake, porque está ocupado me encarando. "De novo: se tem um pano de prato em cima do cabo é porque..."

"Está *quente*. Esqueci." Sempre me queimo quando tento ajudar na cozinha.

Jamie me tira do fogão e serve o café da manhã para nós três.

"Os reflexos de goleiro do Jay te salvaram", Blake diz.

Dois minutos depois, estamos mandando para dentro ovos mexidos, linguiça e queijo, com tortilhas de milho aquecidas e molho.

Blake dá uma mordida e geme, fazendo graça. "Te amo, cara."

"É o que todos os homens me dizem", Jamie retruca, inexpressivo. Deve estar tentando lembrar o último fim de semana que tomamos café da manhã juntos sossegados, pelados na cama.

Mas, no fim das contas, é impossível ficar com raiva de Blake. De verdade. Principalmente quando ele recolhe os pratos e começa a lavá-los sem dizer nada. Quando termina, vai para as panelas e até passa um pano no fogão. Jamie só se serve de mais um pouco de café e se joga no sofá enquanto outra pessoa limpa a cozinha, para variar.

Jamie também já amoleceu com Blake. Dá pra notar.

Por fim, o cara agradece pelo café e se dirige à porta. "Me deixa só... ahá!", ele diz para o celular. "Isso é ótimo. Te coloquei na lista do evento de novo. É um troço importante. Meu favorito do ano. Só vai ter gente famosa nesse negócio. E *modelos*, cara."

"Acho que...", começo a dizer.

"Dá uma olhada no seu e-mail. O cara da comunicação disse que vai ser ótimo ter você. Dois jogadores deram pra trás porque as esposas ficaram putas. O time comprou uma mesa e seria péssimo sobrar lugar. Então você está dentro!"

Meu celular começa a tocar na bancada da cozinha.

"Falou, galera. E sua comida é foda, Jay." Blake ainda está falando sozinho quando sai do apartamento e vai embora.

Jamie olha para a porta fechada como se ela fosse uma cobra venenosa. Meu celular começa a saltitar de novo. Vou até ele e dou uma olhada na tela. "Merda. Tenho que atender." Pego e cumprimento o chefe da comunicação. "Alô? Frank?"

"Bom dia, Ryan. Desculpe ligar no fim de semana."

"Sem problemas, senhor." Estou sendo todo educado porque esse é o cara que vai ter que lidar com minha saída do armário quando o segredo finalmente vazar. Tento não me esquecer disso sempre que falo com ele.

"Blake Riley disse que você está disponível para o evento de gala desta noite. Sei que é sempre complicado passar mais uma noite longe da família, então quero que saiba que agradeço muito pela oferta."

"Hum..." Minha vontade é de dizer a ele que não me ofereci pra nada. "Você disse *gala*?" Merda. Vou matar Blake.

"Você tem um smoking? Posso te mandar o número de um lugar onde dá tempo de arranjar um..."

"Eu tenho", suspiro. "Obrigado."

"Eu que agradeço. Vejo você às oito. E Ryan..." Ele hesita.

"Oi?"

"Você pretende levar alguém?"

"Não", digo, rápido demais.

"Tudo bem", ele diz, mais leve, sabendo que era uma pergunta importante. Frank é uma das poucas pessoas que sabem sobre Jamie e eu. Contei no verão passado, porque, se o time ia apostar em mim, queria que soubessem o que rolava. "Espero que se divirta."

*Impossível...* "Obrigado."

Jamie está sentado no sofá quando desligo, olhando para a TV, que nem está ligada. Vou até lá e sento ao seu lado. Apoio os pés na mesinha de centro, ao lado dos dele, e a cabeça em seu peito.

"Me deixa adivinhar. Você tem um evento hoje à noite."

Enterro o rosto em seu pescoço. "Posso ligar e dizer que estou doente."

Jamie suspira. "Eles podem te deixar de fora do próximo jogo se acharem que pode ser essa gripe que tem aparecido nos jornais. Está todo mundo assustado. E você tem que jogar com Detroit amanhã.

"Caralho. Aquele filho da puta do Blake." Ficamos em silêncio por um minuto. Estico o braço para acariciar a barba de Jamie. Ainda estou me acostumando com ela. "Tá, vou ligar para o corretor na segunda para procurar outro apartamento."

"Quê?", Jamie ri.

"Estou falando sério. Isso é... Ele..." Não termino nenhuma das frases, porque não falamos alto sobre isso. As coisas que fazemos para esconder nosso relacionamento — omissões desagradáveis, mentiras descaradas... É péssimo. Sei que ele também se incomoda. Não falamos a respeito porque é constrangedor. Eu o coloquei nessa posição porque queria ser julgado apenas pelo meu jogo na minha primeira temporada. Metade dela já passou, mas está ficando cada vez mais difícil.

"Não podemos mudar", Jamie diz, com peso na voz. "Seria um saco e não teríamos nenhuma garantia de privacidade."

Isso me deprime. "Só preciso de mais três meses. Quatro, no máximo."

"Eu sei."

Mais silêncio. Pelo menos ele leva a mão às minhas costas. Com Jamie me tocando, sei que tudo vai ficar bem. "Sinto muito pela noite de cinema."

"A gente pode ir à tarde."

"Claro", garanto. Mas nenhum de nós levanta para olhar os horários. Começo a plantar beijos leves perto do colarinho da camisa dele. Jamie resiste por um minuto ou dois, porque está puto que nossa noite tenha sido estragada. Mas insisto. E, no fim, é irresistível. Vou trilhando um caminho com meus beijos até a clavícula, então passo a seu amplo peitoral. Abro mais sua camisa e encosto o nariz no mamilo, depois começo a chupar.

Ele se move no sofá, abrindo as pernas. Vou descendo pelo seu corpo aos beijos, até chegar ao volume em sua calça.

Jamie leva a mão ao meu cabelo e suspira. Está um pouco triste, mas também excitado.

Nem chegamos perto do cinema. Depois que o chupo no sofá, vamos para a cama, onde nos alternamos entre dormir e transar o dia todo. Quando finalmente tenho que levantar e me arrumar para o evento ao qual não tenho o menor interesse em ir, ele está sexualmente satisfeito e relaxado o bastante para não se importar muito.

Às sete, estou xingando a gravata-borboleta enquanto ele me observa da cama. "Você está uma delícia nesse smoking", Jamie diz. "Mesmo que não saiba usar gravata-borboleta."

"Me ajuda", resmungo, recomeçando pela terceira vez.

Ele levanta e afasta minhas mãos. "O truque é deixar meio solto no começo e apertar bem no fim. Meio que como num boquete."

Morro de rir. Quem imaginaria que minha paixão da infância aprenderia a chupar um pau? Durante todo o ensino médio, fantasiei com Jamie. Ainda fico assombrado toda vez que o loiro lindo que no momento ajeita minha gravata com seus dedos compridos me toca. Eu me mantenho paradinho porque quero que isso dure. Ele pode ficar mexendo nessa coisa a noite toda se significar vista privilegiada para seus olhos castanhos — tão surpreendentes num loiro — e suas maçãs do rosto esculpidas e douradas.

"Pronto", Jamie diz baixo, e sinto sua respiração no meu rosto. Ele dá um último puxão na gravata.

Relutante, desvio o olhar para o espelho. Minha gravata está bem-feita e perfeitamente centralizada. Não tenho mais motivo para não sair agora. "Obrigado", digo, baixo. E estou falando de muito mais do que apenas o nó na gravata.

Ele pega meu rosto com as mãos. "De nada. Agora vai. Se comporta. Acena do tapete vermelho ou sei lá o quê. Quando perguntarem o que você está usando, inventa qualquer coisa."

"Boa ideia." Eu me inclino e o beijo uma única vez. Rapidinho. Então vou embora antes que possa reconsiderar minha ida.

# 7

## WES

O evento é péssimo.

Não sou avesso a festas, mas odeio esse tipo de coisa — um monte de gente de smoking tentando impressionar uns aos outros. Pelo menos a comida e a bebida eram boas, mesmo que as porções não fossem muito generosas. Minha taça está vazia de novo, então olho em volta. Sempre tem uma porção de bares em eventos desse tipo. O segredo é procurar o mais escondido, onde a fila é menor. Tem bastante gente no bar próximo à porta, então observo o salão e logo encontro o que estou procurando num canto.

Cinco minutos depois, volto para meus companheiros de time com um *single malt* nas mãos. Mesmo quando não dá para vê-los, ainda é possível ouvi-los. Rastreio de longe as gargalhadas de Eriksson e Blake.

Evito Blake, porque estou irritado com ele. Talvez seja infantil, mas só quero que essa noite acabe logo. Já o ouvi dizendo alguma coisa sobre ir para um bar quando nossa aparição forçada aqui não for mais necessária. Está fora de questão pra mim. Assim que os discursos forem feitos, vou cair fora.

"Ei, Wesley", Eriksson me cumprimenta com um tapa forte nas costas. "Está se divertindo?"

Mentir ou não mentir? Eis a questão. Estou bem puto com as mentiras que tive que contar a semana inteira. "Não muito. Não faz meu estilo."

Eriksson arregala os olhos. "Um cara solteiro que não curte um salão cheio de mulheres ricas em vestidos minúsculos? Eu costumava passar o rodo em festas assim. Há uns sete anos, fui pra casa com uma dupla de gêmeas que ficaram se revezando na minha cama a noite inteira." Ele abre um sorriso bêbado. "Bons tempos."

Meu companheiro de time parece bem mal, e são só dez horas. Seus olhos estão vermelhos e ele parece exausto. "Tudo bem com você?", pergunto. Para ser sincero, Eriksson ficou a semana inteira pra baixo. Não sei por que só estou reparando nisso agora.

"Claro que sim. É só que minha mulher me contou hoje de manhã que quer o divórcio e levou nossos filhos pra casa da irmã. Perdi outra sessão de terapia de casal. Então ela jogou a toalha."

*Minha nossa.* "Sinto muito, cara. Talvez ela só precise de uma noite pra pensar." É isso que se diz a um cara cuja vida está se desfazendo? Não tenho ideia.

Eriksson dá de ombros. "É esse estilo de vida. Não é fácil, sabe? Mas chega das minhas bobagens. O que você tem contra festas?"

"Nem todas as festas", digo rápido. "É só que esse tipo de coisa me traz lembranças ruins da minha infância. Minha mãe está o tempo todo planejando eventos assim. Está vendo as flores?" Aponto para um dos arranjos ostensivos. Tem um milhão deles. Considerando que estamos no inverno canadense, devem ter vindo dos trópicos. Há milhares de borboletas falsas penduradas no teto por alguma espécie de fio invisível. "Alguém gastou uma grana preta decorando este lugar. Porque os ricaços que gastam quatro mil por cabeça para vir aqui esta noite esperam ser deslumbrados. Sempre me pergunto por que não podemos ficar todos em casa e assinar um cheque de cueca. Faria com que mais dinheiro fosse para a caridade de fato. Pronto. Problema da arrecadação de fundos resolvido."

Eriksson joga a cabeça para trás e ri. "Você é cínico pra caralho. Adoro isso. Mas agora já está aqui, então não faz essa cara. Parece que a gravata está te sufocando."

Dou mais um puxão na gravata, porque a porra está me sufocando mesmo. "E pra que é esse evento, aliás?" Perdi essa informação crucial. Como festas sempre parecem iguais, não tem muitas pistas na decoração. A não ser que o evento seja para beneficiar floristas e borboletas falsas.

"Pesquisa sobre psoríase", Eriksson diz. "Aparentemente, é um problema sério."

"Quê?", desdenho. "Aquela doença de pele?" Vasculho pela multidão de novo, mas a única pele que vejo é a de jovens mulheres com decote nas costas. A pesquisa deve estar indo muito bem.

"Se liga." Eriksson aponta a cabeça para um grupo de garotas lindas se movendo pela multidão na nossa direção. "Você é solteiro, e eu estou em processo de ser. Melhor admirar as modelos. É por uma boa causa, certo?"

Depois de um belo gole de uísque, forço um sorriso. Então me dou conta de que conheço uma dessas garotas. "Kristine! O que está fazendo aqui?" Ela era da minha faculdade e saía com o irmão do meu amigo Cassel. Faz três anos que não a vejo, desde que terminou com Robbie.

Kristine me abre um sorriso enorme. "Quando vi seu time no programa, me perguntei se estaria aqui. O pequeno Ryan, um atacante novato *famoso*. Por que não consigo dizer isso sem rir?"

Eu a abraço, e minhas mãos encontram pele em toda parte. Seu vestido brilhante cor de bronze é tão pequeno que Kristine está quase nua. "É bom ver você, Krissi. Como andam as coisas? Voltou pra Toronto?" Eu tinha esquecido que ela era canadense. Estava sempre em Boston quando eu ia com Cassel visitar sua família, nos feriados.

"Em primeiro lugar, não sou Kristine. Sou *Kai*."

"Como assim? Quem é Kai?"

"Eu, seu bobo." Ela belisca minha bunda de leve. "Kristine não era bom o bastante para o pessoal da agência. Eles mudaram meu nome."

Claro. Esqueci que ela trabalhava como modelo. "E você deixou que mudassem seu nome? Parece um absurdo." *Diz o homem que esconde sua sexualidade para poder jogar hóquei.* Tá, talvez uma mudança de nome não seja tão esquisita. "Kai é meio masculino. Mas gostei."

Ela ri. "Vem dançar comigo. Vamos animar esta festa."

"Claro", digo, imediatamente. Falar com Kristine/Kai melhora meu humor. Me lembra de uma época mais simples, quando ela, Robbie, Cassel e eu íamos caçar confusão em bares de Boston. Queria que estivéssemos lá, em vez de aqui, mas não se pode ter tudo. E dançar com uma velha amiga faz a música animada que o sexteto está tocando parecer mais interessante do que há alguns minutos.

Pego sua mão e a levo até a pista de dança.

# JAMIE

Estou dobrando a roupa no sofá, meio assistindo a um jogo de basquete meio mexendo no celular. Nada disso é muito interessante.

A última sessão do filme que eu queria ver começa em quarenta e cinco minutos. O que significa que tenho cinco minutos para decidir se vou ou não.

Será que Wes vai ficar puto se eu for sozinho? Provavelmente não. Não muito, pelo menos. E, se for bom, posso ver de novo com ele em casa quando estiver disponível.

Dobro mais duas camisetas enquanto tento decidir. O ingresso não é muito caro, mas tem a pipoca e o refrigerante superfaturados. E duas passagens de metrô. Não é muito barato, e tento economizar quando não vou sair com Wes. O aluguel que insisto em dividir é quase mais do que posso pagar, então estou duro a maior parte do tempo.

Fora que está frio lá fora. Os ventos de inverno de Toronto são cortantes. Tendo morado na Costa Oeste dos Estados Unidos minha vida inteira, nunca entendi muito bem como essa época do ano podia ser brutal. Pode parecer uma desculpa esfarrapada para ficar em casa, mas o fator vento conta contra o filme.

Se Wes estivesse aqui, eu toparia na hora. Independente do tempo.

Ainda enrolando, entro no Instagram. E, no que parece uma alucinação, a primeira foto que vejo é de Wes. Está no perfil do time. Alguém da equipe de comunicação deve estar ocupado tirando fotos. Wes está sorrindo ao lado de uma jovem bem bonita em um vestido cobre. Eles estão de braços dados. A legenda diz: *Atacante novato Ryan Wesley dançando com a modelo Kai James na #FestaPelaPsoríase.*

Wes está dançando com uma modelo enquanto estou em casa dobrando suas cuecas.

Pronto. Esse é o empurrão de que eu precisava para levantar do sofá e sair.


Vinte minutos depois, estou saindo da estação Dundas na linha Yonge. O vento frio atinge meu rosto ao chegar à rua. Enfio as luvas depressa e levanto o capuz, mas meu rosto quase congela no caminho para o cinema.

Quando tento comprar um ingresso na bilheteria, o garoto com marcas de acne no rosto me dá a má notícia: "Desculpe, mas a sessão foi cancelada".

"Mas estava no site do cinema", insisto.

"Eu sei, mas *Morph Bots* estreou este fim de semana e todas as sessões estão esgotadas desde então. Faz dias que não vendemos um único ingresso de *The Pass*, então o gerente decidiu usar a sala para uma sessão extra de *Morph Bots*." Ele esfrega o queixo cheio de espinhas, sem jeito. "Quer um ingresso para *Morph Bots*?"

Se ele disser *Morph Bots* mais uma vez, vou perder a porra do controle. "Tem alguns assentos disponíveis. Todos na primeira fileira, mas..." Ele dá de ombros, inocente, como se estivesse se dando conta de que não precisa fazer esforço para vender esse filme de robôs idiota.

"Não, tudo bem. Mas obrigado."

Enfio as mãos nos bolsos da jaqueta e me afasto da bilheteria. Merda. E agora? Vim até aqui, mas não tem nenhum outro filme que me interesse.

Com o peito pesando, vou embora. Acabei de sair para o frio quando meu celular vibra no bolso. É uma mensagem de Wes. Sinto um aperto no coração ao ler.

*Queria que você estivesse aqui.*

Queria mesmo? Ou está aliviado com a minha ausência, porque significa não ter que responder nenhuma pergunta desconfortável dos colegas de equipe ou dos fãs?

Merda. Isso não é justo. Sou um cretino só por pensar nisso, mas está ficando cada vez mais difícil aguentar. Não fui criado para esconder quem eu sou. Meus pais encorajaram os seis filhos a se *orgulhar* de sua identidade, seguir o coração e fazer o que nos deixa felizes, independente do que os outros pensam. Todos os meus irmãos seguiram esse conselho à risca.

Tammy casou com o namoradinho da escola quando estava com dezoito anos e recusou uma bolsa em uma universidade da Costa Leste porque seu marido Mark e a nossa família eram as coisas mais importantes da vida dela.

Joe teve a coragem de ser o primeiro Canning a se divorciar, ainda que tivesse vergonha daquilo, como me admitiu, porque fazia com que se sentisse fracassado.

Jess muda tanto de carreira e de namorado que parece que quer entrar pro *Livro dos recordes*. Mas não a julgamos. Não muito, pelo menos.

E eu até os vinte e dois anos só namorei mulheres, até que a vida decidiu me jogar uma bola curva. Me apaixonei por outro homem e abracei isso. Ser bissexual não é algo tranquilo. Acredite em mim — aprendi do modo mais difícil no verão passado que nem todo mundo no mundo é tão mente aberta e disposto a apoiar quanto minha família. Mas escolhi ser feliz a despeito da opinião enviesada e do julgamento cruel dos outros. Escolhi *Wes*.

Mas agora tenho que esconder a escolha que fiz. Tenho que fingir que Ryan Wesley não é minha alma gêmea. Tenho que olhar para fotos dele dançando com garotas bonitas no Instagram e fingir que não estou com ciúme.

*Também queria estar aí*, respondi. Porque é verdade. Queria que fosse *eu* naquele evento beneficente com ele hoje à noite.

"Canning?"

Viro, surpreso, enfiando o celular instintivamente no bolso caso o nome de Wes esteja visível na tela. Isso me deixa ainda mais irritado, porque já estou me escondendo de novo.

Coby Frazier, um dos técnicos assistentes da minha equipe, vem até mim com um sorriso simpático. Ele é seguido por Bryan Gilles, que por sua vez é assistente de outro time que o meu chefe comandava. Gilles é um franco-canadense barbudo e tranquilo que ama xadrez — a parca que ele está usando esta noite é xadrez, assim como a camisa, pelo que dá para ver pela barra que escapa por baixo do casaco.

"Então você existe mesmo fora da arena", Frazier provoca. Ele me dá um tapinha no ombro em cumprimento. Gilles faz o mesmo.

"Tem um encontro?", ele pergunta.

Balanço a cabeça em negativa. "Levei o cano no último minuto. Vim tentar ver o filme de qualquer maneira, mas parece que não está mais passando."

"Você devia ver *Morph Bots*", Frazier sugere. "Pegamos a sessão das sete e acabamos de sair. Foi do caralho. Nem dá pra acreditar nas coisas que eles fazem com computação gráfica hoje em dia."

Dou de ombros. "Não sou muito ligado nessa coisa de robôs lutando uns contra os outros. Sempre acabo pegando no sono."

Frazier sorri. "E que tal cerveja gelada e garotas? Gosta disso? Estamos indo para o bar. Quer vir com a gente?"

Desde que mudei para Toronto e comecei a trabalhar como técnico, meus colegas me fizeram uma porção de convites. *Vamos sair pra beber, cara. Vamos comer alguma coisa. Aparece pra um churrasco essa semana, minha mulher vai adorar.*

Recusei a maior parte dos convites, porque, qual a finalidade se não posso levar Wes? Além disso, é muito mais fácil esconder o fato de que você gosta de pau mantendo todo mundo à distância.

Mas, esta noite, não recuso, porque cerveja com esses caras parece uma ótima distração. É isso ou voltar para o apartamento vazio e ficar acompanhando Wes pelo Instagram a noite toda.

"Claro, vamos nessa", digo a eles.

Meu celular vibra no bolso antes que eu termine a frase. Dessa vez o ignoro, e sigo Frazier e Gilles pela calçada, rumo ao bar.

# 8

## WES

"Ninguém sabe? *Sério?*" Kristine/Kai me olha boquiaberta no cantinho tranquilo do salão em que estamos. Depois de quase uma hora na pista de dança, finalmente decidimos fazer uma pausa e agora estamos nos reidratando. Ou melhor, desidratando, porque meu uísque e o cosmopolitan dela não contribuem exatamente para a nossa ingestão diária de água.

"Ninguém", confirmo.

Ela balança a cabeça em descrença, e a cortina de cachos escuros cai sobre o ombro nu. "Nem unzinho dos caras do time?"

"Não."

"Mas todo mundo no seu outro time sabia que você era gay." Ela baixa a voz na última palavra, olhando em volta para se certificar de que ninguém nos ouviu.

"Era hóquei universitário", digo, baixo. "O jogo na NHL é completamente diferente."

"Na verdade, não. Também é hóquei."

Sorrio. "Talvez", digo.

Kai toma outro gole do drinque. "Que droga, Ryan." Ela parece consternada. "Acha mesmo que ligariam se você saísse do armário?"

"A imprensa ia cair matando. Você sabe disso."

Ela faz um ruído em desaprovação. "Bom, isso é ridículo. O casamento gay é legal há *um século* no Canadá. Por que ainda tem tanto babaca preconceituoso no mundo? E por que não mandamos todos para a Antártida?"

Não consigo conter a risada. "Porque somos mais legais que eles."

"Talvez não devêssemos ser. Talvez devêssemos julgar e perseguir esses caras também, para que saibam como é."

Seu apoio e sua demonstração de solidariedade me deixam feliz, mas a verdade é que ela não tem ideia de como é. Jamie é o único com quem posso dividir minha frustração, porque é o único que está comigo nisso. E, mesmo assim, não falamos muito a respeito, porque nos deixa deprimidos demais.

"O que vocês dois estão fofocando aqui no canto?" Blake aparece com um copo na mão e o sorriso que é sua marca registrada no rosto. Seus olhos azuis passam lentamente pelo corpo com pouca roupa de Kai antes de voltar a mim. "E por que você não me apresentou a essa deusa, Wesley? Achei que fôssemos amigos."

Kai fica toda vermelha, e eu apresento os dois rapidamente. Passamos os próximos minutos conversando todos, até que ela pede licença e vai ao banheiro. Assim que Blake e eu ficamos sozinhos, ele me lança uma piscadela exagerada. "Então."

"Então", repito.

"Belo trabalho, Wesley. Embora eu fique meio chateado que tenha me passado a perna. Essa garota é demais. Essa boquinha doce... Nossa. Posso pensar em alguns lugares onde ela poderia estar."

"Tenho certeza disso."

"E você, pode? Vocês parecem muito confortáveis um com o outro. Que inveja."

Uma pontada de paranoia sobe pela minha coluna. Escolho as palavras cuidadosamente, porque o jeito como Blake falou me pareceu estranho. Ou não? Talvez só queira saber se Kai está disponível. Se estou investindo nela. Dou um gole rápido no uísque. "Não é assim. Ela costumava sair com o irmão de um colega de equipe. É como uma irmã pra mim."

O rosto dele se ilumina. "Então posso tentar?"

"Claro." Olho para a pista de dança, que ainda está cheia, e me pergunto quanto tempo mais preciso ficar aqui. Os discursos terminaram há uns dez minutos, mas ninguém parece estar indo embora, e não quero ser o primeiro.

"Você acha que ela topa sexo ou só está interessada em outra coisa?"

"Outra coisa?", ecoo, sem entender.

"Casamento."

Meus lábios se contorcem. Blake Riley é um cara engraçado, apesar de tudo. "Acho que não tem perigo", digo. "Ela está focada na carreira de modelo agora. Não acho que esteja atrás de nada sério."

"São as palavras mais bonitas que já me disseram, cara." Ele começa a falar sobre como ama ser solteiro, e só depois de um bom tempo sem que eu diga nada é que para e inclina a cabeça.

Me sinto um inseto sob a lente do microscópio de Blake, com sua intensa e inesperada análise.

"Estraguei tudo, não foi?", ele pergunta.

Franzo a testa. "Como assim?"

"Você não queria vir à festa hoje à noite." Sua avaliação continua, e seus olhos ficam sérios. "Não devia ter assumido o contrário. Fui um babaca." Ele balança a mão. "Arruinei sua noite."

É uma afirmação, não uma pergunta. A paranoia volta como um leve formigar no pescoço. "Não gosto de lances formais. Me lembra dos eventos dos meus pais."

Blake inclina a cabeçorra de lado. "Você disse que não se dá bem com eles. Por quê?"

"Hum..." Tento me esquivar. "Eles gostam mais dos seus amiguinhos da alta sociedade do que de mim."

Blake ainda me observa. "Foi mal, Wesley. Sinto muito."

Dou de ombros, procurando uma maneira de deixar a conversa de lado. "Estou aqui agora, vestido de pinguim ou não. E as mulheres são mesmo bonitas."

Há uma longa pausa, então Blake volta a falar. "O que Jamie está fazendo esta noite?"

O formigamento se torna um arrepio, que me faz endireitar a coluna. Por que ele está falando nele? E o chamou de *Jamie*, não Jay ou qualquer outro apelido casual que delega meu namorado ao território casual do colega de quarto.

"Não sei", murmuro. "Deve ter saído."

Blake continua me olhando.

A necessidade de fugir me atinge com tudo. Provavelmente sou mais duro do que deveria quando digo: "Olha, tudo bem. Não estou superfeliz aqui, mas não tem nada de mais também".

Por sorte, somos interrompidos por outros caras do time antes que Blake possa responder — ou continuar bisbilhotando. Eriksson é o primeiro a chegar, com Forsberg e Hewitt em seu encalço. Os três claramente passaram algumas vezes no bar esta noite, porque estão falando alto e fazendo arruaça quando se juntam a nós.

"Vamos para outro lugar", Eriksson anuncia. Ele soca o ar à nossa frente. "Vocês também."

"Desculpa, cara, mas tenho planos", Blake diz. Ele olha à distância, com um sorriso lento surgindo no rosto. "E ali está ela."

Forsberg comemora enquanto Blake se afasta do grupo na direção da morena estonteante que acabou de voltar ao salão. Kai o cumprimenta com um sorriso ofuscante, e não demora muito para que os dois estejam se emaranhando na pista de dança.

Bom. Isso é ótimo. Blake está oficialmente ocupado pelo resto da noite, o que significa que não vai aparecer no meu apartamento pouco depois que eu chegar em casa.

Se isso tivesse me ocorrido antes, eu teria passado a noite inteira apresentando o cara a diferentes mulheres.

Eriksson, no entanto, não se deixa abalar pela deserção de Blake. Ele põe um braço forte sobre meus ombros e diz: "Acho que somos só nós quatro então. Vamos lá. Pro bar".

Um nó de ansiedade se forma na minha garganta. De jeito nenhum. Não vou pro bar com esses caras, não quando Jamie está me esperando em casa. Não quando já permiti que essa porcaria de evento arruinasse nossa noite. Se eu for embora agora, pelo menos podemos passar algumas horas juntos antes de ir para a cama. Nós dois temos que acordar cedo amanhã para treinar.

"Desculpa, mas vou passar também."

Só que eu estava subestimando a tenacidade de Eriksson. Ou talvez não tivesse me dado conta do quanto minha amizade significa para ele. "Não me deixa na mão, cara. O dia está uma merda completa." A voz dele fica meio esquisita. "Preciso do apoio do time esta noite."

"Pode contar comigo, cara", Forsberg diz. "Nem acredito que vou trocar as gostosas desta festa por você. Mas até eu sei colocar meus amigos na frente de uma boa trepada às vezes."

Esse jeito de falar me enoja. Mas a expressão patética nos olhos vermelhos de Eriksson desperta uma onda de culpa em mim. A mulher dele acabou de dizer que quer o divórcio. E estou aqui pronto para dispensá-lo só porque quero ir pra casa ficar com meu namorado?

"Tá", digo afinal, dando um tapinha no braço dele. "Conta comigo também."

# 9

## JAMIE

O bar para o qual vamos é bem grande. Pegamos uma mesa alta nos fundos, e Frazier enfrenta a multidão pra pegar cervejas pra gente. A batida da música e o zumbido das conversas em volta me animam. Fico assustado ao me dar conta de quão poucas vezes vou a lugares desse tipo. Para um cara de vinte e três anos, vivo praticamente confinado. Gilles conta uma história engraçada sobre seu time ter se perdido no Quebec. Faz tempo que não rio com tanta facilidade.

Senti falta disso. Wes e eu às vezes vamos juntos a restaurantes, mas não é a mesma coisa que passar horas num bar.

"Quer jogar dardos? Acabou de liberar um lugar." Gilles aponta para os fundos.

"Vamos lá", concordo.

Ele explica as regras do jogo em três pessoas, e começamos a atirar. Com isso, vêm as inevitáveis brincadeiras. "Você é goleiro, Canning. Aposto que não consegue acertar na mira", Frazier começa.

Eu acerto, e ele tem que pagar a próxima rodada.

Talvez seja inevitável que três caras bonitos jogando dardos num sábado à noite atraiam mulheres. Não demora muito para que um trio de jovens esteja de olho no nosso jogo, torcendo conosco.

Os dois começam a se exibir. Estamos na segunda cerveja quando Frazier desafia Gilles a deixar que atire um dardo numa maçã na cabeça dele. As garotas dão risadinhas. Ainda bem que ninguém consegue uma maçã, porque não quero mesmo passar o resto da noite no pronto-socorro com um dardo enfiado no olho de Gilles.

As garotas meio que vêm falar com a gente quando desistimos do jogo. A morena assertiva vai direto para Frazier, que é mais bonito que Gilles, com suas covinhas e seus braços impressionantes que eu não deveria ter notado. Ela, por sua vez, não é tão linda quanto suas duas amigas loiras, mas tem um jeito decidido que a torna atraente à sua maneira.

Aparentemente, uma das loiras gosta de xadrez, porque ela logo agarra o braço de Gilles. Ainda que eu tenha evitado contato visual com as três, a lei da selva continua valendo. A terceira garota se aproxima, colocando-se à minha frente e assentindo sempre que falo. Ela leva a mão às minhas costas e ri quando faço uma piada.

Não é a primeira vez que alguém dá em cima de mim num bar, então não é como se eu fosse entrar em pânico. Ela nem parece do tipo insistente. Posso pagar drinques pra uma garota por uma hora e então fazer aquela cara de "Ah, olha só a hora, tenho que ir". Mas parte de mim está muito cansado de toda a enganação. Porque tem alguém na minha vida, e eu ia me sentir completamente diferente em relação à próxima hora se ele estivesse aqui comigo.

Mas não se pode ter tudo.

É a última coisa em que penso quando por acaso viro a cabeça e dou uma olhada na parte da frente do bar. Meus olhos param nos caras de smoking perto do balcão. Reconheço um deles imediatamente. De onde estou, só consigo ver a nuca de Wes. O cabelo escuro e espetado, raspado rente no limite do pescoço. Conheço bem esse pescoço. Gosto de pôr a boca naquela pele macia e ouvi-lo gemer quando chupo bem ali.

A loira ao meu lado está falando, com a mão no meu braço agora. Mas nem ouço o que diz, de tão distraído com a confusão em que me meti. Pego o celular do bolso e abro as mensagens de texto. *Atrás de você*, mando para Wes. Quero avisá-lo de que estou aqui. *Vira.*

Mas ele não vira.

Enquanto isso, minha nova melhor amiga, Tracie, está com uma mão em mim e a outra numa caneca de cerveja. De repente, a noite perdeu toda a graça.

## WES

Eriksson está mal.

Nunca o vi tão bêbado. Ele se alterna entre sociável, raivoso e prestes a chorar. "Mais uma?", sugere. "Não é como se eu tivesse alguém para quem voltar."

O filho da puta está me matando. Eriksson é um cara durão. Já o vi enfiando um dente solto de volta no lugar no banco de reservas, no meio de um jogo, depois de ter sido atingido na cara. Ele jogou o terceiro tempo com um sorriso no rosto e sangue escorrendo pelo queixo. Mas, pelo visto, isso não faz diferença quando se é deixado pela mulher. Ele está numa gangorra emocional, e não acho que poderia ajudá-lo nem se fôssemos mais amigos.

Está ficando tarde e ele está cada vez mais bêbado. O que posso fazer? Torço para que um dos caras que o conhecem melhor dê um passo à frente e assuma o controle da situação — coloque o cara num táxi ou o leve pra casa.

Eriksson é como um desastre de trem que sou obrigado a acompanhar em câmera lenta.

Enquanto isso, fãs se aproximam de nós, o que não ajuda em nada. Um grupo de caras de smoking em um bar sempre vai chamar atenção. Mas Toronto é uma cidade ligada em hóquei, e os rostos à minha volta são famosos. Bêbados vêm falar conosco e pedir autógrafos. Uma garota me pede para autografar a barriga dela. Faço isso sem de fato tocá-la. "Faz cócega!", ela grita.

"Minha casa está completamente vazia", Eriksson se lamenta.

Estou prestes a perder a cabeça.

Outra fã solta um gritinho, e sinto uma pequena leva de garotas se aproximando. Uma morena se coloca à minha frente. "Ai, meu Deus! Você é Ryan Wesley, o novato! Amei seu gol contra Montreal na semana passada. Pode autografar a capinha do meu celular?"

"Claro", digo, enquanto ela invade meu espaço pessoal. Sorrio mesmo assim, porque qual é a alternativa? Então levanto a cabeça para ver quem mais se aproxima... e fico chocado.

Jamie está a cinco passos de distância, me encarando com olhos raivosos de raio laser. Ele está sendo arrastado até mim por uma loira delicada.

"Não quer conhecer o time? Eles jogam hóquei também! Isso é tão legal!"

Três garotas vêm para cima de nós, enquanto dois caras que estão com elas se mantêm a uma distância mais confortável, com as mãos no bolso e sorrisos indiferentes no rosto.

E Jamie. Ele levanta uma sobrancelha como se perguntasse: *Como é que a gente se mete nesse tipo de situação?*

A morena insistente pega o braço de um dos outros dois caras. "Estes são Frazier, Gilles e Canning!", ela os apresenta, animada, como se fôssemos melhores amigos agora. Reconheço os outros nomes. São técnicos assistentes, como Jamie. "Isso é incrível! Digam oi, meninos."

Os caras com ela trocam um aperto de mão com meus colegas de time muito pacientes, ainda que Eriksson vacile um pouco. Jamie mantém os braços cruzados. Não aguento mais. Estendo a mão pra ele. "Ei, e aí? Faz tempo que não te vejo." Pisco para ele e fico esperando que sorria.

Jamie pega minha mão e a aperta. "Faz mesmo tempo demais", ele murmura.

"Espera aí!", a loira que se mantém grudada nele grita. "Você *conhece* Ryan Wesley? Não acreditooooo!"

*Conhece. E biblicamente.* "Somos velhos amigos", digo. "Do acampamento de hóquei."

Ela não consegue fechar a linda boquinha, e eu a vejo olhar para Jamie como se o visse pela primeira vez. Seus olhos se arregalam e ela aperta mais a mão no braço dele.

Odeio ter que ver isso.

"Você não me disse nada", ela grita, então dá um soco leve no peito dele.

"Pois é." O rosto de Jamie provavelmente parece amistoso o bastante a qualquer outra pessoa no bar que não eu. Seria preciso conhecê-lo igualmente bem para ver como está irritado.

Ela se aproxima de Jamie e levanta o queixo na direção do dele. Está dando claramente em cima dele. "Em que *posição* você joga?"

Bufo antes que consiga me controlar. Mas ela nem nota. Só joga os braços em volta do meu namorado e meio que o afasta do grupo.

Não aguento ver isso. Então viro. Se eu achava que a noite estava terrível há dez minutos, estou contemplando o suicídio agora.

"Ei, Forsberg." Abro caminho entre os fãs para falar com o cara que vem patinando com Eriksson nos últimos três anos. "Qual é seu plano pro nosso amigo aqui?" Se ele não tenta solucionar o problema, vou ter que forçá-lo a isso.

"Acho que vou levar o cara pra casa."

*Acha?* Dou mais três minutos. Quando Forsberg não age, insisto. "Só vai ficar mais difícil conforme ele for bebendo."

"Verdade." Finalmente — *finalmente* —, ele se aproxima de Eriksson e diz: "É hora de ir, cara. Já fizemos estrago o bastante por uma noite".

Pois é.

Viro para ver como Jamie está se saindo, e puta merda. Ele está quase se pegando com a garota. A loira joga o corpo contra o dele, e suas mãos parecem estar se encaminhando para a bunda. Estou completamente despreparado para a onda de impotência, ciúme e raiva que quase me faz engasgar diante da visão de suas cabecinhas douradas tão próximas. Sério, tenho vontade de jogar uma banqueta contra a parede.

Jamie gosta de mulher. Mesmo depois de oito meses juntos, ainda é difícil aceitar isso. Já notei o jeito como ele olha para as garotas na rua às vezes, e isso me mata. Não que eu seja um santo — já olhei para outros caras também. É da natureza humana apreciar o que é bonito. Mas é assustador demais pensar que estou competindo tanto com homens quanto com mulheres pelo amor dele.

*Você não está competindo com ninguém, seu idiota. Jamie já é seu.*

A lembrança me acalma. Um pouco. Conforme observo, outros detalhes da interação entre Jamie e a garota começam a se destacar. Ele na verdade está se contorcendo por desconforto, não tesão. E a mão que achei que estivesse segurando a dela na verdade está mantendo a dela afastada de sua bunda. "Desculpa", eu o ouço dizer. "Preciso ir ao banheiro."

Juro que ouço um ruído de sucção quando ele se solta dela. Jamie se dirige ao banheiro a uma velocidade em que nunca o vi, mesmo de patins.

E então eu o sigo. Não estou nem aí para quem vê. O ciúme que sinto é mais urgente que o medo de ser descoberto.

O cara que está saindo segura a porta aberta pra mim. Entro no banheiro escuro e encontro Jamie lavando as mãos. "Ei", ele diz, surpreso.

Não digo nada. Seguro seu cotovelo e o empurro na direção de uma das três cabines. Praticamente o jogo lá dentro e bato a porta. Então o pressiono contra a parede de metal e o beijo. Forte.

Ele leva as mãos molhadas ao meu rosto e dá tudo de si. Enfia a língua na minha boca e quase me machuca com seus lábios. É um beijo raivoso. Eu me ouço gemer de surpresa e angústia.

Não me entenda mal — é gostoso pra caramba. Mas Jamie e eu não somos de beijos raivosos. Somos mais o tipo de casal em que um abaixa a calça do outro, passa a mão na bunda em questão e então ri enquanto cai na cama.

Mas não esta noite.

Jogo meu quadril contra o dele e a cabine chacoalha. Ataco sua boca. Minhas mãos agarram sua camiseta. Jamie está com gosto de cerveja e com um cheiro enjoativo de perfume. Vou ainda mais fundo pra tentar tirar aquele odor desconhecido dele e apagar o desastre que foi essa noite.

Até que ouvimos vozes. Elas surgem, ficam mais altas, então abaixam de novo conforme alguém entra e deixa a porta bater em seguida.

Ficamos congelados, boca a boca. Nossos olhos se encontram próximos demais, distorcendo a visão, fazendo com que Jamie pareça ser um ciclope loiro furioso.

Tiro a boca da dele, mas nossas testas permanecem coladas. Estamos ambos tentando não arfar de raiva e esforço.

Quem quer que esteja do lado de fora assovia bêbado consigo mesmo. Ouço o som característico do mijo escorrendo pelo mictório. Deve ter passado cerca de um minuto quando o cara sobe o zíper e vai embora. Parece mais, porque tive que ficar encarando os olhos irascíveis de Jamie. Me perguntando por que tem que ser assim.

A porta do banheiro fecha de novo, e tudo fica em silêncio. Precisamos de um momento antes de falar. "Dá tchau pros seus amigos", digo, duro. "Vamos pra casa."

"Você primeiro", ele retruca. "Você é a celebridade que não consegue dar dois passos sem ser parado."

Quero contradizê-lo, mas isso só vai atrasar nossa partida. Então faço o que precisa ser feito. Saio da cabine e do banheiro. Só tem dois outros caras do time no bar, e eu me despeço deles. Então saio para esperar por Jamie na calçada.

Ele demora mais, provavelmente porque está dando tchau para os amigos. Me dou conta de que não conheço *nenhum* dos caras com quem trabalha. Não é normal.

Minha mente volta para aquela garota se esfregando contra ele. Fico mal quando penso que ela pode estar tentando persuadi-lo a não ir embora. Sei que Jamie não vai topar, mas fico enjoado de qualquer maneira.

Finalmente ele surge, com as mãos nos bolsos e uma expressão sombria no rosto.

Levanto a mão, esperando que um táxi passe e acabe com essa noite de merda. Para meu alívio, um para à nossa frente no mesmo instante. Abro a porta e gesticulo para que Jamie entre primeiro. Quando ele obedece, quase desmaio de alívio, no meio de uma calçada de Toronto.

Não falamos no caminho para casa. Quando chegamos ao apartamento, Jamie vai direto para o chuveiro. Ou ele também está sentindo cheiro de perfume ou está se preparando para uma rodada de sexo raivoso para fazer as pazes.

Quando enfim sai, estou na cama. Pelado. Pronto.

Mas Jamie coloca uma calça de flanela e soca o travesseiro antes de deitar, de costas pra mim. Ainda esperançoso, rolo para ele e beijo seu ombro. "Desculpa, lindo", digo. "Me deixa consertar tudo."

"Estou com dor de cabeça", ele murmura.

Se eu fosse do tipo que chora, isso teria bastado.

Em vez disso, beijo seu ombro mais uma vez. Então deito de costas e começo a contar as semanas até o fim da temporada. Acho que não consigo aguentar mais. Não se Jamie está infeliz.

# 10

## JAMIE

A manhã seguinte é marcada por tensão e frustração.

Wes e eu não estamos muito bem. Ele sabe que estou chateado com o que aconteceu ontem à noite. Encontrar com ele num bar, ter que fingir que somos velhos conhecidos em vez de namorados. Não, *companheiros*.

Para piorar as coisas, o pai dele liga na tarde seguinte. Como o cara nunca se dá ao trabalho de fazer isso, fico tenso assim que ouço Wes dizer: "Oi, pai. O que você quer?".

O sr. Wesley só liga quando precisa de alguma coisa.

"Hum-hum" é tudo o que ouço Wes dizer depois de ouvir por um momento. "Acho que dá."

Isso não esclarece nada. Esfrego a pia da cozinha como se estivesse bravo com ela, me perguntando quando Wes vai sair do telefone e me contar o que está rolando. Mas ele não faz isso de imediato, então eu abro a torneira com tudo. Assobio. Faço barulho porque sei que Roger Wesley não gosta que seu filho more com um homem. Para o babaca, eu não existo, então acho divertido lembrá-lo do contrário.

Divertido, ou só patético.

Isso só faz Wes sair do meu alcance, levando o celular para o quarto, para ouvir melhor.

Minha batalha infantil para ser reconhecido termina de modo insatisfatório. Mas, bom, pelo menos a pia está limpa.

Quando Wes finalmente reaparece, estou tão mal-humorado que nem pergunto o que o cara queria. Não tenho certeza de que conseguiria falar com tranquilidade.

Ele senta à bancada e me observa até que finalmente desisto e jogo a esponja. "O que foi?"

Wes não diz nada por um momento. Nunca me senti tão despreparado quanto agora. Acabei de descobrir que há um lado sombrio em se apaixonar. Quando se está bravo com o amor da sua vida, é impossível sentir qualquer alegria.

"Meu pai ligou", ele diz afinal.

"Isso eu já sei", digo, mas meu tom de voz é mais simpático que essas palavras.

Ele assente. "Lembra do amigo dele na *Sports Illustrated*?"

"Claro. O cara que queria te acompanhar a temporada inteira para uma série de reportagens."

Wes concorda. "Bom, como minha temporada de estreia tem sido boa, o cara está bem chateado por eu ter dito não. E agora está pressionando meu pai para descolar uma entrevista exclusiva comigo."

"Você não pode dizer não?" Ele já disse antes.

Meu namorado olha para as próprias mãos. "Dessa vez ele está tentando dos dois lados. Pediu a ajuda de Frank também."

Ah. Frank é o chefe da comunicação do time, e Wes nunca diz não pra ele, porque acha que vai ficar mais fácil sair do armário se o cara estiver do lado dele. "Então por que você não diz ao cara que, em junho, vai ter uma história pela qual vale a pena esperar?"

Wes levanta o olhar depressa. "Não dá pra fazer isso. Seria como segurar um rato pelo rabo na frente de uma cobra e pedir que ela não ataque. O cara ia começar a desenterrar coisas. Com uma dica dessas, quão difícil acha que seria pra ele encontrar o que quer e publicar a história sem minha ajuda?"

Merda. "Tá. Não é uma boa."

"Acha mesmo?" A voz dele vacila. "Lindo, isso é tudo em que penso. Já considerei todas as possibilidades. Não é por falta de esforço."

Sei que ele se sente acuado. Entendo isso. O problema é que não entendo por que tudo mudaria em junho. Tenho medo de que ele não siga em frente com o plano. De que a ideia de um circo midiático seja tão repugnante que Wes não seja capaz de puxar o gatilho.

E o que eu faço, então? Se Wes decidir que precisa de mais um ano na liga profissional de hóquei antes de sair do armário, não acho que eu vá aguentar.

De repente, nosso apartamento parece pequeno demais. "Vou sair pra correr", anuncio.

"Agora?", ele pergunta. Em geral, ficamos juntos antes dos jogos de Wes, a não ser que eu tenha treino ou jogo.

"Rapidinho", murmuro, sem encará-lo.

Me troco depressa, coloco os fones de ouvido e saio. Tem algumas esteiras na "academia" que fica no alto do prédio. Programo uma num ritmo consideravelmente acelerado e desconto minhas frustrações na borracha da esteira sob meus pés.

Sei que se deve conversar sobre esse tipo de coisa. O problema é que sei exatamente o que Wes vai dizer. Ele vai me prometer que em junho os segredos vão acabar. Mas agora me parece uma data aleatória. Por que não maio? Por que não julho?

Por que não nunca?

Ainda que saiba que Wes é um homem de palavra, não consigo deixar de me preocupar. Estou pedindo que faça algo difícil. E odeio ser quem o obriga a fazê-lo. Se der tudo errado, talvez acabe ficando magoado comigo.

E eu *odiaria* isso.

Meia hora depois, estou todo suado, mas não me sinto melhor. No caminho para o apartamento, me pergunto o que vou dizer se Wes ainda quiser conversar.

Mas, no fim das contas, não conversamos.

Assim que saio do elevador no nosso andar, ouço batidas. "Wesley! Seu maluco! Abre essa porta!"

Blake Riley está em frente à nossa porta.

"Oi", digo, porque não sou esperto o suficiente para voltar à academia e correr mais um ou dois quilômetros até ele desistir.

"Jay!" A expressão de Blake se ilumina quando me vê. "Estou com uma ressaca horrível. Como se uma ovelha com caninos berrasse na minha cabeça!"

"Uma… ovelha?" Quê? Espero que saia da frente e abro a porta do apartamento.

"Cara, você precisa de um banho", Blake continua falando enquanto entra comigo. Ele vai direto pra cozinha. "Preciso de duas pizzas e um litro de café. Como seu time está indo? Você gosta de pizza do quê?"

"Hum..." Não sei o que responder primeiro.

"Calabresa ou cogumelos?"

Pelo menos é uma pergunta de múltipla escolha. "Os dois?"

"Por isso que eu gosto de você. Vai tomar banho. Vou fazer café", o cara diz, parado no meio da minha cozinha.

Além do corredor, a porta do banheiro abre. "Lindo?", Wes me chama.

*Cacete!* "Do que precisa, *Ryan*? E Blake perguntou que sabor de pizza você quer!"

Blake levanta os olhos do celular, enquanto Wes aparece na cozinha.

"Está de mau humor, Wesley? Ou de ressaca também? Vou pedir pizza." Ele leva o celular ao ouvido. "Eu espero, mas não demora muito. Estamos desesperados."

Eu os deixo sem dizer mais nada e vou tomar banho na nossa suíte. Blake está ocupado demais tagarelando para notar. Quando saio, dez minutos depois, ele continua na cozinha. Agora está segurando uma das canecas que minha mãe deu pra gente. Fico furioso por isso me obrigar a usar uma com o símbolo do time deles.

Considerando meu humor, tomar café não parece uma boa ideia. Mas me sirvo mesmo assim.

Não me reconforta nem um pouco que Wes pareça estar se sentindo tão infeliz quanto eu.

As pizzas chegam durante o monólogo de Blake Riley sobre a modelo com quem ele se deu bem ontem à noite e algo sobre ovelhas serem assustadoras. Não estou prestando muita atenção. Quando ele vai até a porta para pagar a pizza, Wes coloca a mão sobre a minha na bancada. "Como foi a corrida?"

"Boa." Não tenho certeza de que poderia falar sobre todos os meus medos mesmo que Blake *não* estivesse aqui. Mas sua presença certamente não ajuda.

Wes suspira, e Blake logo volta. Comemos a pizza e assistimos a um talk show em que só nosso convidado parece interessado.

Me certifico de encarar a poltrona da morte enquanto Blake carrega o prato até a mesinha de centro. Wes não é burro. Ele se joga no assento horroroso como um homem resignado. Então me sinto um cretino, porque Wes vai jogar contra os Oilers em poucas horas. Espero que sentar ali não prejudique sua lombar.

Se Toronto perder esta noite, vou me sentir ainda mais culpado. Ótimo.

"Você nunca vai aos nossos jogos, Jay?", Blake pergunta enquanto termino a pizza.

"Às vezes", digo, de boca cheia. "Mas hoje à noite tenho treino."

"Legal", ele diz, pegando meu prato. Gosto que Blake não deixe bagunça, mas não tenho certeza de que isso compense o fato de ficar aparecendo sem ser convidado.

Enquanto ele se dirige à cozinha, meu celular apita. Quando dou uma olhada, o ícone de notificação do Facebook está na tela. Em geral nem clicaria para ver, a menos que fosse uma mensagem de alguém da minha família, mas Wes está carrancudo na cadeira e eu estou carrancudo por dentro, então preciso desesperadamente de uma distração antes que comece a brigar com meu namorado na frente de Blake.

Abro o aplicativo e vejo que o status de Holly, que estudou comigo na faculdade, foi atualizado. Ela está num relacionamento agora, e abaixo da mensagem há duas fotos: a de uma minúscula Holly à esquerda e a de um cara que mais parece uma montanha à direita. Os dois formam um casal tão improvável — pelo menos fisicamente — que não consigo segurar uma risadinha.

O que é claro que chama a atenção de Blake. Ele terminou de lavar a louça e agora está inclinando atrás de mim no sofá, espiando meu celular.

"Aaaah", comenta, em aprovação, aumentando a foto de Holly com os dedos bruscos. "Quem é essa gostosa com carinha de fada?"

"Só uma amiga da faculdade", respondo. Mas, por algum motivo idiota, acabo completando: "Uma ex, acho".

Os olhos de Blake se voltam rapidamente para mim, surpresos. Ou melhor, confusos. Não consigo entender sua expressão. De canto de olho, noto a tensão nos ombros largos de Wes.

"Holly te escreveu?", Wes pergunta, parecendo indiferente. Até parece.

"Não", digo, sem olhar pra ele. "Ela mudou o status no Facebook. Está namorando."

"Bom pra ela." De novo, só alguém que o conhece tanto quanto eu notaria a inflexão no tom de voz.

Quando ficamos juntos, um dos maiores medos de Wes era de que minha atração por mulheres se colocasse entre nós. Eu reassegurei inúmeras vezes que só quero ele, e às vezes me pergunto se um dia vai acreditar em mim. O caso é que Wes está acostumado com a decepção. Acho que não é nem algo de que tem medo, mas que *espera*, como se vivesse sempre em estado de alerta. *Quando meus pais vão me deserdar oficialmente? Quando o mundo vai descobrir que sou gay? Quando o time vai me dispensar? Quando Jamie vai me deixar?*

Em geral, faço tudo o que posso para oferecer a segurança de que ele precisa, mas, no momento, estou chateado demais para isso. Não posso dar o que meu namorado claramente agitado precisa agora, então foco em Blake.

"Você já pegou essa gostosa do caralho?", Blake pergunta devagar.

Assinto. "Era mais um lance de amizade colorida." Tenho a impressão de que ele não acredita em mim. Ou de que não consegue entender.

A preocupação faz meu estômago se revirar. Achei que Wes e eu estávamos fazendo um bom trabalho em deixar Blake Riley no escuro, mas agora começo a me perguntar quão bem-sucedidos fomos de fato.

Finalmente crio coragem para procurar os olhos de Wes, mas ele não me encara. Sua mandíbula está tremendo. Suas juntas estão brancas por causa da força com que agarra os braços da poltrona da morte. Merda. Por que tudo está tão difícil? E se sempre for assim?

"É melhor a gente ir", Blake diz a Wes.

Meu namorado levanta da poltrona, ainda evitando meu olhar. "Vou pegar minhas coisas", ele murmura.

Alguns minutos depois, os dois vão embora para a concentração e fico quase aliviado. A tensão entre mim e Wes é insuportável. O apartamento fica silencioso como um túmulo, claro. Sou deixado sozinho com meus pensamentos pessimistas.

É difícil decidir o que é pior.

Na manhã seguinte, saio de casa enquanto Wes ainda está roncando leve na cama. Não é por querer que me esgueiro como um ladrão no meio da noite — ou da manhã, no caso. Tenho uma reunião logo cedo e me sinto mal em acordá-lo, mesmo que seja só para dar tchau e um beijo rápido. Ou pelo menos essa é a desculpa que escolhi.

Mas não tenho uma boa desculpa sobre por que fingi estar dormindo quando ele chegou em casa do jogo ontem à noite. Covardia, talvez? Exaustão?

Tenho certeza de que Wes está tão cansado da tensão quanto eu. Sei que está. Em todos os anos que passamos juntos no acampamento de hóquei, nunca tivemos dificuldade em falar sobre qualquer assunto. Era tudo o que fazíamos, na verdade. Falávamos sobre música. Sobre onde crescemos. Sobre o que achávamos de diferentes marcas de desodorante, sobre o cisma entre Super-Homem e Batman, sobre quais eram os nomes mais idiotas de candidatos à presidência.

Agora que somos um casal, esquecemos como se conversa. É como se fôssemos dois conhecidos falando sobre banalidades como o tempo. Nos últimos dias, pareceu que de fato éramos apenas conhecidos, pisando em ovos no apartamento, com medo de dizer a coisa errada e chatear o outro. Nem mencionamos a noite no bar, pelo amor de Deus. E nada de sexo, claro. Nem nos beijamos desde a pegação raivosa naquele banheiro.

Não sei como resolver as coisas. Amo esse cara, de verdade. Mas não imaginei que seria difícil assim.

Continuo remoendo tudo durante a reunião com os técnicos. Torço desesperadamente para que meus colegas não notem como estou distraído enquanto nosso chefe, Bill Braddock, fala sobre comprar equipamento novo e a clínica de verão que vai haver. Uma hora depois, a reunião enfim acaba, e eu arrasto a cadeira, louco para ir embora. É um pouco ridículo voltar ao apartamento agora, mas só tenho treino daqui a três horas, e a última coisa que quero fazer é ficar enrolando na arena.

"Jamie." A voz de Braddock me para antes que eu consiga escapar.

Reprimo um suspiro e viro para ele lentamente. "Oi?"

"Está tudo bem?" O tom dele é leve, mas noto preocupação em seus olhos.

"Claro", minto.

"Você pareceu um pouco distraído na reunião." Merda. Então alguém notou. De repente o olhar dele parece mais afiado. "Sei que seu goleiro está com dificuldades, mas não quero que leve para o lado pessoal."

Não levo. É só mais uma das coisas dando errado na minha vida. "Ele vai superar", digo. "Tem técnica, mas está numa fase ruim. Acontece com todo goleiro."

Bill assente, pensativo. "É verdade. Talvez a gente deva dar mais apoio. Posso pedir a Hessey que passe algum tempo com ele. Para tentar ajudar o garoto a recuperar a confiança. Não criamos apenas campeões aqui. Transformamos jovens em homens e mulheres. Nós temos a sorte de poder ajudar de muitas maneiras todos que estão com problemas."

Uma onda de pânico percorre minha espinha. "Me dá algumas semanas com ele", digo, mais calmo do que me sinto. Não quero que Bill pense que não sou bom o bastante. Ou então o que estou fazendo aqui? "Se Dunlop ficar com a impressão de que é um problema, não vai ajudar muito com a confiança dele."

Braddock coça o queixo. "Se prefere assim... Mas o moral do time está baixo, e a cabeça do garoto não é a única que precisa ser trabalhada. Acho que um pouco mais de amor e atenção da equipe técnica pode ser tudo o que eles precisam para se recompor."

Sinto o coração acelerar. Não quero que um treinador mais experiente resolva o problema de Dunlop quando posso ajudá-lo sozinho. E meu chefe é um cara esperto, mas se tem alguém na equipe que precisa de ajuda é Danton com sua boca grande. Não dá pra acreditar que Braddock não enxerga isso. "Te dou um retorno na semana que vem", prometo.

Bill dá um tapa amistoso no meu ombro. "Nos falamos em breve. Vou ficar esperando." Então ele me deixa sozinho, remoendo minhas preocupações.

Sinto que tudo o que fiz nos últimos meses foi perder. Perdi a paciência, perdi a habilidade de conversar com meu namorado, perdi a facilidade que sempre existiu entre mim e Wes.

Mas perdemos mesmo tudo isso ou só colocamos no lugar errado? Continuo pensando a respeito enquanto pego o metrô de volta para casa. Wes já deve ter saído para o treino da manhã, o que é um alívio. Então me sinto culpado por me sentir aliviado. E com raiva por me sentir culpado. E irritado com a raiva. Eu e minhas emoções não estamos nos dando bem hoje.

A primeira coisa que noto ao entrar na sala é a poltrona. Ou a falta dela. A poltrona da morte foi embora.

Meu queixo cai. Vou até a poltrona nova que ocupa o lugar daquela que assombrou meus pesadelos por meses. Wes deve ter encomendado ontem, porque agora estou olhando para uma engenhoca grande, preta e confortável que parece ter mais botões do que qualquer poltrona poderia ter.

Tem um post-it grudado em um dos braços acolchoados. Eu o puxo e leio rapidamente os garranchos familiares de Wes.

*O cara da loja disse que essa é melhor pras costas. Faz dez tipos diferentes de massagem. Quem sabe dê pra usar como brinquedinho sexual também. Dedos cruzados.*

Releio o post-it. Olho para a poltrona de novo. Fico dividido entre rir e xingar.

Mas meu bom humor passa rápido, porque... porra, isso é a cara do Wes, pensar que algo como uma poltrona pode apagar a tensão entre nós.

Amasso o post-it entre os dedos. Wes está se enganando se acha que mágoa e um ressentimento crescente podem ser substituídos por uma poltrona.

# 11

## JAMIE

Quando a sexta chega, Wes viaja para um jogo em Nova York. Sinceramente, fico aliviado de novo. Me odeio por me sentir desse jeito, mas foi bem difícil tentar parecer feliz esta semana. Não estou conseguindo isso hoje também, porque minha equipe está um desastre total.

Enquanto o time de Wes ganhou seus dois jogos esta semana, o meu perdeu quatro seguidos desde o torneio em Montreal. O moral está mesmo baixo. Os garotos estão frustrados e irritados, o que reflete no jogo.

Apito pela terceira vez em dez minutos, então patino na direção dos dois adolescentes de rosto vermelho que estão trocando palavras nada educadas antes de recomeçar a partida. "Parem com isso", digo quando um deles solta um insulto particularmente pesado envolvendo a mãe do outro.

Barrie não parece arrependido. "Foi ele quem começou."

Taylor protesta. "Que mentira!"

Eles dão início a uma segunda rodada de uma briga acalorada, e preciso de alguns segundos para entender do que se trata. Aparentemente, Barrie acusou Taylor de ser o motivo pelo qual perdemos o último jogo, por ter feito um pênalti completamente desnecessário que levou a um gol no tudo ou nada. Taylor se recusou a aceitar a culpa (e por que faria isso? Perder um jogo envolve muito mais do que um erro isolado de um jogador) e retrucou falando que a mãe de Barrie, que é solteira, curte uns novinhos.

É óbvio que meus jogadores não estão lidando muito bem com as derrotas recentes.

"Chega!" Corto o ar com a mão, silenciando os dois. Olho para Barrie. "Culpar os outros não vai ajudar com os jogos perdidos." Olho para Taylor. "E falar da mãe dos outros não vai te ajudar a fazer amigos."

Os dois ficam carrancudos de imediato.

Apito de novo, fazendo-os pular. "Um minuto fora por conduta antiesportiva. Pro banco. Os dois."

Enquanto patinam para fora do gelo, noto a expressão infeliz no rosto de seus colegas. E entendo. Também odeio perder. Mas tenho vinte e três anos e sou um ex-jogador da liga universitária com uma série de derrotas no currículo e a casca grossa que isso causa. Eles não passam de garotos de dezesseis anos que sempre foram excelentes no hóquei, os melhores dos times de ensino fundamental de que foram recrutados. Agora estão nos juniores, competindo com outros garotos que são tão bons quanto eles ou até melhores — coisa com que não estão acostumados.

"Pelo amor de Deus", Danton murmura pra mim uma hora depois, quando entramos no vestiário dos técnicos. "São todos umas bichinhas..."

"Não fala assim", corto. Mas é como gritar ao vento. Ele nem interrompe sua linha de pensamento.

"... mimadas, é por isso que só perdem", Danton continua. "Não têm disciplina ou ética de trabalho. Acham que as vitórias vão ser entregues em bandejas de prata."

Faço uma careta e sento no banco para desamarrar os patins. "Não é verdade. Eles trabalharam duro por anos pra chegar até aqui. A maior parte desses garotos aprendeu a patinar antes mesmo de andar."

Ele solta um ruído irônico. "Exato. Foram meninos prodígios do hóquei, que recebiam enxurradas de elogios dos pais, professores e técnicos. Acham que são os melhores porque todo mundo sempre disse que eram."

Eles *são* os melhores, quero argumentar. Os garotos têm mais talento no mindinho do que a maioria dos jogadores sonha em ter, incluindo alguns que estão jogando na liga profissional no momento. Só precisam aprimorar esse talento, desenvolver suas habilidades naturais, descobrir maneiras de melhorar a própria performance.

Mas não adianta discutir com Danton. O cara é um bom jogador, mas estou começando a desconfiar de que sua ignorância é uma doença sem cura. Frazier me disse na outra noite que Danton cresceu numa cidadezinha provinciana mais ao norte onde o preconceito e a ignorância são meio que passadas de geração em geração (palavras dele, não minhas). Não fiquei surpreso ao ouvir isso.

Enfiei os patins no armário rapidamente e vesti as botas e o casaco. Quanto menos tempo passar com Danton, melhor, embora me incomode o fato de não conseguir gostar do cara, já que trabalhamos bem próximos.

Quando saio da arena, cinco minutos depois, fico desanimado ao ver que ainda está nevando. Acordei esta manhã com uma nevasca furiosa do lado de fora da janela. O treino acabou sendo adiado por três horas, até que as máquinas da prefeitura pudessem dar conta das montanhas de neve que tinha se acumulado na rua durante a noite. Acabei pegando o Honda Pilot de Wes para vir trabalhar porque não queria encarar a longa caminhada até o metrô em condições tão ruins.

Atravesso o estacionamento tomado pela neve e entro na suv preta, ligando o aquecedor do assento e o geral no mesmo instante. Flocos brancos caem num ritmo estável sobre o para-brisa, e me pego pensando se o tempo também está ruim em Nova York. Wes me mandou uma mensagem mais cedo dizendo que tinham chegado bem, mas, como está nevando mais agora do que pela manhã, me preocupo que não consiga voltar de avião esta noite. Ou talvez só fique aliviado de novo. Se Wes ficar preso por causa do tempo, não vou ter que passar outra noite fingindo que as coisas entre nós não estão uma merda.

Reprimo um suspiro e saio do estacionamento. Dirijo devagar para casa e, pouco tempo depois, meu celular toca. Ele está conectado por bluetooth ao som do carro, então olho para o painel e vejo que é minha irmã ligando. Só preciso apertar um botão para atender, enquanto minhas mãos se mantêm livres para conduzir o carro através da neve acumulada sobre o asfalto.

"Oi", cumprimento Jess. "E aí?"

Em vez de "Oi", minha irmã responde: "Mamãe está preocupada com você. Ela acha que alienígenas chegaram a Toronto e te abduziram."

"Bip-bip", digo, num tom monótono.

A risada da minha irmã ecoa pelo carro. "Eu disse alienígenas, não robôs. Imagino que alienígenas se expressem de maneira mais articulada que isso." Ela faz uma pausa. "Mas é sério. Está tudo bem aí na Sibéria?"

"Tudo. Não tenho ideia de por que a mamãe está preocupada. Falei com ela ontem."

"É por causa dessa conversa mesmo. Ela disse que você estava diferente."

Não é a primeira vez que o fato de minha mãe me conhecer tão bem é um problema. Ela ligou enquanto Wes e eu estávamos vendo *Banshee* — cada um em seu canto do sofá. Foi outra noite cheia de tensão, mas achei que tinha conseguido parecer animado ao celular.

"Fala pra ela que não tem por que se preocupar. Está tudo bem aqui. Prometo."

Infelizmente, Jess me conhece tão bem quanto minha mãe. De todos os meus irmãos, ela é a mais próxima de mim em idade, e sempre fomos muito amigos.

"Mentira." A suspeita torna sua voz cortante. "O que está escondendo?" Ela arfa de repente. "Ah, não. Não me diz que você e Wes terminaram."

Sinto o peito doer. A mera ideia me deixa em pânico. "Não", digo, rápido. "É claro que não."

Ela parece aliviada. "Tá. Ainda bem. Você me assustou."

"Wes e eu estamos bem", garanto.

Outra pausa. "Você está mentindo de novo." Ela solta um xingamento leve. "Vocês estão com problemas?"

Meus dedos agarram o volante com mais força pela frustração. "Estamos bem", repito, pronunciando cada palavra por entre os dentes.

"James." O tom dela é firme.

"Jessica." O meu é ainda mais.

"Juro por Deus que se não me contar o que está acontecendo vou falar agora com a mamãe. E com o papai. Não. Vou ligar pra Tammy."

"Ah, merda, não faz isso." A ameaça é o bastante para que eu abra a boca. Por mais que ame Tammy, ela é ainda pior que minha mãe quando o assunto sou eu. Assim que nasci, minha irmã, que tinha doze anos na época, anunciou a todos na família que eu era o bebê *dela*. Ela me carregava de um lado para o outro como se eu fosse uma boneca e ficava em cima de mim como uma galinha faz com seus pintinhos. Conforme cresci, ela aliviou um pouco, mas ainda é ridiculamente superprotetora, sempre a primeira a vir em meu resgate quando estou com problemas. Ou quando *acha* que estou com problemas.

"Ainda estou esperando..."

Solto um suspiro baixo diante da voz severa de Jess. Respiro fundo, então ofereço o mínimo de detalhes possível. "Estamos num momento meio esquisito agora."

"Seja um pouco mais claro. Esquisito como? Tipo, vocês estão considerando fazer parte de um clube de sadomasoquismo? Ou de um circo?"

Reviro os olhos. "Isso, Jessica, estamos pensando em entrar para o circo. Wes pode treinar focas e eu montar os ursos. Vamos morar com a mulher barbada e o cara que engole espadas."

"Engolir espadas é um eufemismo gay?" Ela ri da própria piada idiota, então volta a ficar séria. "Vocês estão brigando?"

"Não."

Chego a um cruzamento e piso no freio devagar até fazer o carro parar. À frente, noto uma fila desanimadora de carros e muitas luzes vermelhas nas traseiras. Merda, será que tem um acidente mais à frente? Faz dez minutos que estou dirigindo e não me afastei nem um quilômetro da arena. Nesse ritmo, nunca vou chegar em casa.

"Droga, Jamie. Pode parar com essa baboseira vaga e falar comigo como um adulto?"

Aperto os lábios, o que não impede a confissão de escapar. "É difícil pra caralho, tá? Ele não fica em casa na metade do tempo, e quando fica temos que nos esconder. No apartamento, da imprensa, estamos sempre nos escondendo, porra. E eu estou cansado dessa merda, tá bom?"

Ela respira fundo. "Ah. Tá bom. Uau. Quantos palavrões, não? Hum." Jess alivia o tom. "Há quanto tempo você está infeliz?"

A pergunta me pega desprevenido. "Não estou... infeliz." Não, isso não é verdade. Estou infeliz, sim. Sinto falta do meu namorado, droga. "Só frustrado."

"Mas você sabia desde o começo que iam ter que ser discretos", Jess aponta. "O acordo era não sair do armário até a temporada terminar."

"Se é que vamos sair quando isso acontecer." A parte mais cínica de mim continua se prendendo a isso. E se Wes decidir que não está pronto para dizer ao mundo que é gay? E se ele me implorar para guardar segredo por mais um ano? Ou por todo o tempo que sua carreira como profissional durar? Ou para sempre?

"Espera, Wesley mudou de ideia?", minha irmã pergunta. "Ou o time pediu para ele fingir que é hétero?"

"Acho que não. Wes disse que o departamento de imprensa já preparou uma declaração para quando chegar o momento. Mas não sei se ele mudou de ideia. Não estamos nos comunicando muito bem no momento", admito.

"Então voltem a se comunicar."

"Não é tão fácil."

"É tão fácil quanto você quiser." Ela fica quieta por um momento. "Jamie, você é o cara mais aberto e sincero que eu conheço. Bom, você e Scottie. Joe e Brandy" — são nossos irmãos — "agem como se falar sobre os próprios sentimentos fosse uma admissão de fraqueza ou coisa do tipo. Mas você e Scott são uma enorme inspiração pra mim, prova de que nem todos os homens são uns idiotas inarticulados. Na verdade, Wes parece ser bem aberto também. Acho que é por isso que vocês dois se dão tão bem. Vocês nunca, nunca, evitam conversas difíceis. Sempre acham um jeito, mesmo quando a coisa está complicada."

Ela está certa. Wes e eu nos conhecemos desde que éramos pequenos. A única vez em que tivemos problemas de diálogo foi quando ele desapareceu da minha vida por três anos depois que alguma coisa aconteceu entre nós no acampamento de hóquei. Mas eu o perdoei por isso. Entendi por que me bloqueou: tinha se sentido culpado porque achava que estava tirando proveito de mim e estava confuso quanto à sua própria sexualidade. Na época, pareceu algo com que ele precisava lidar sozinho.

Mas essa distância de agora... é algo com que precisamos lidar *juntos*. E não vamos conseguir isso ignorando a questão. Jess está absolutamente certa — Wes e eu não costumamos evitar conversas difíceis. Mas, desta vez, estamos evitando, o que torna tudo ainda pior.

"Eu deveria falar com Wes", digo, com um suspiro.

"Jura, Sherlock? Agora me agradeça pela minha sabedoria suprema e me pergunte como *eu* estou."

Não consigo segurar a risada. "Obrigada, mestra. E como você está?"

"Bem e mal. Acho que o negócio de design de joias não é pra mim."

Fico tentado a também retrucar com um "Jura, Sherlock?", mas me seguro, porque sei que Jess é muito sensível quando se trata de carreira. Ou falta de carreira, no caso. Minha irmã é a pessoa mais indecisa que já conheci. Está com vinte e cinco anos e já teve mais empregos do que posso contar. Também entrou e saiu de meia dúzia de cursos e faculdades e começou a vender diferentes coisas pela internet uma dezena de vezes, sem nunca sair do lugar.

"A mamãe e o papai não te emprestaram dinheiro pra comprar tudo de que você precisava pra fazer joias?", pergunto, com cautela.

"Foi", ela responde, melancólica. "Não fala pra eles, tá? A mamãe já está toda estressada com a gravidez da Tammy, não quero piorar as coisas pra ela."

Todo o meu corpo fica tenso. "Por que ela está estressada com a gravidez? A médica disse alguma coisa?" Nossa irmã mais velha está grávida de novo, e o bebê deve nascer no mês que vem. O primeiro parto dela foi tranquilo, então não pensei muito a respeito deste. Imaginei que seria tudo mais ou menos parecido.

"Não, acho que ela só está um pouco nervosa", Jess garante. "O bebê está bem maior do que Ty ficou. Acho que mamãe tem medo de que precisem fazer uma cesariana. Mas, sério, não tem motivo pra preocupação. Tammy está ótima. Gigantesca, mas com aquele brilho de grávida e tudo o mais. Bom, a má notícia era o negócio de joias mesmo. Quer ouvir a boa notícia?"

"Manda."

Ela faz uma pausa dramática, então anuncia: "Vou começar a organizar festas!".

Claro que sim. Suspiro e digo: "Deve ser divertido".

"Você podia ficar um pouco mais feliz", Jess reclama. "Finalmente descobri o que quero fazer da minha vida!"

Que nem quando ela simplesmente *soube* que queria ser chef. E caixa de banco. E designer de joias. Mas mantenho a boca fechada, porque apoiamos uns aos outros na minha família, independente de qualquer coisa. "Então estou muito feliz por você", digo, e soo sincero.

Jess fala um pouco mais sobre seu novo empreendimento enquanto dirijo, mas tenho que cortá-la quando vou entrar no estacionamento subterrâneo do prédio, porque o celular não tem sinal, e combinamos de conversar mais no fim de semana. Pego o elevador, entro no apartamento e me desfaço de inúmeras camadas de roupa de inverno.

Tomo um banho e preparo o jantar enquanto o jogo de Wes não começa, então fico na frente da TV com um prato de risoto e frango grelhado. Vou passar o resto da noite torcendo pelo meu homem. Mais tarde, quando ele voltar, vou aceitar o conselho da minha irmã e dizer a ele como ando me sentindo.

Mas vai ser duro.

*Quão duro?*, meu cérebro traidor ecoa. Sorrio enquanto dou mais uma garfada.

# 12

WES

Algo mágico acontece esta noite. É como se toda a minha frustração e angústia pela relação estremecida com Jamie fosse para o gelo, me transformando em um filho da puta agressivo, determinado e *imbatível*. Marco três gols. *Três gols*, porra. Os torcedores de Toronto na arena gritam até não aguentar mais quando o jogo termina e ganhamos de Nova York na casa deles.

A animação é palpável no vestiário, e quase todos os caras do time vêm me dar um tapinha nas costas ou, no caso de Eriksson, me pegar no colo e rodar como se eu fosse uma criança. "Porra, moleque!", ele exclama. "Nunca vi ninguém jogar assim!"

Sorrio. "Três gols não são nada. No próximo jogo vou marcar quatro."

Ele gargalha. "Te amo, Wesley. Pra caralho."

O técnico aparece para um discursinho rápido sobre como acabamos com eles, o que é desnecessário, porque já estamos superanimados, curtindo o prazer da vitória. Então vários repórteres entram no vestiário para cobrir o pós-jogo, que é a parte de que menos gosto do trabalho. As entrevistas ficam cansativas depois de um tempo. Esta noite, no entanto, uma repórter me encurrala com algo um pouco diferente. Becky não sei o quê. Ela cobre os jogos de Toronto com frequência.

"Temos um quadro novo no *Sports Tonight*", ela explica com um sorriso enorme. "Chamamos de Rapidinha. Cinco perguntas divertidas para que os fãs saibam quem Ryan Wesley *realmente* é."

Tenho certeza de que os fãs não querem saber quem eu realmente sou.

"E aí?", ela insiste.

Não é como se eu pudesse recusar. Sou obrigado por contrato a falar com a imprensa.

"Manda", digo.

Becky aponta para o câmera e de repente tem um microfone na minha boca enquanto ela me apresenta aos telespectadores como "Ryan Wesley, a nova sensação".

"Vamos lá!" Ela diz isso como se fosse a coisa mais divertida do mundo. "Café ou chá?"

"Café", respondo, esperando que todas as perguntas sejam fáceis assim.

"Rock ou música eletrônica?"

"Rock. Óbvio. Ando ouvindo muito Black Keys."

"Legal!" Ela sorri. "Praia ou montanha?"

Como se fosse uma opção. Jogadores não têm folga. "Praia", digo, porque sei que Jamie gosta de praia, e quero levá-lo a uma. Mas é claro que quero um monte de coisas que não posso ter.

"Cachorro ou gato?"

"Hum... nenhum dos dois, acho. Nunca tive bicho de estimação."

"Nossa", ela diz, como se fosse uma confissão escandalosa. *Se ela soubesse...* "Última pergunta: loira simpática de olho azul ou morena misteriosa?"

"Hum, cabelo loiro e olhos castanhos", digo rápido, feliz em me livrar dela.

Becky assente devagar, como se eu tivesse acabado de dizer algo fascinante. "Escolha interessante. Não deve ter muitas mulheres assim por aí."

"Bom, talvez seja por isso que estou solteiro."

Ela dá uma risadinha, e a entrevista finalmente acaba.

Quando a repórter me dá as costas, noto que Blake está me observando, com uma sobrancelha levantada. Então faço aquilo que todo gay no armário faz por instinto: repasso tudo o que acabei de falar, procurando por qualquer coisa incriminadora. E me repreendo por dizer ao mundo que gosto de loiras com olhos castanhos.

Hum. Mas de jeito nenhum que Blake fez a relação. Só deve estar pensando se seria mais fácil encontrar um velociraptor de mais de cinco metros na praia ou na montanha.

Finalmente vou para o chuveiro. Quando todos estão no ônibus, prontos para ir ao aeroporto, o dirigente do time sobe e faz um anúncio. "Pessoal? Estamos indo para o hotel. O avião não vai conseguir decolar esta noite."

Resmungo no mesmo instante em que Blake grita animado: "Festa no meu quarto!". Ele se estica do outro lado do corredor para empurrar meu ombro. "É sempre ruim voar assim tarde. Vamos pedir comida e bebida. Vai ser ótimo."

Só que não vai. Porque preciso ver Jamie. Não suporto a distância entre nós. Precisa acabar. Achei que me livrar da poltrona da morte seria o motivo perfeito para que começássemos a colocar tudo para fora, mas a única resposta que obtive dele foi um "Valeu". Ainda fiz graça, dizendo que nosso apartamento agora estava livre dos fantasmas, porque Jamie estava convencido de que alguém havia morrido naquela cadeira, mas não consegui arrancar nem um sorriso dele.

Agora estou a mais de oitocentos quilômetros de distância dele, incapaz de consertar o que quer que esteja acontecendo entre nós.

O hotel fica a pouco mais de um quilômetro do Madison Square Garden, mas levamos cerca de meia hora com o trânsito ocasionado pela neve. Temos que ficar esperando enquanto eles conseguem quartos para todos nós e nos passam as chaves. Pelo menos a comida chega rapidinho, porque Blake pediu do ônibus. ("É do Brother Jimmy's Barbecue? É uma emergência. A coisa está feia, cara. Só vocês podem me salvar...")

Ele pediu o bastante para todo mundo. Não é à toa que o restaurante se dispôs a entregar mesmo com neve. Então me apoio no aquecedor do seu quarto e pego um sanduíche de carne de porco desfiada. Quando tento pagar, Blake me dispensa. "Vocês vivem me dando comida. Seu dinheiro não vale nada aqui. Pedi que mandassem cerveja também pelo serviço de quarto. Aguenta aí."

É bem legal da parte dele, mas preciso falar com meu namorado. E, cacete, meu namorado precisa mesmo falar comigo. São mais de meia-noite quando descubro que Jamie tentou me ligar pelo Skype três vezes na última hora, o que me deixa até tonto. Talvez a poltrona não tenha sido uma ideia tão ruim, no fim das contas.

Aproveito quando todo mundo está concentrado na televisão para fugir. Entro no meu quarto e encontro a mala à minha espera. Eu a coloco no suporte de bagagem e penduro meu terno. Assim que estou de calça de moletom e camiseta, retorno a ligação de Jamie. "Oi!", digo quando ele atende. "Desculpa, sei que é tarde. Só vamos voltar amanhã."

"Imaginei. Só queria muito falar com você." Ele abre um sorriso, e fico tão feliz que seja dirigido a mim que poderia chorar.

Abro e fecho a boca sem produzir qualquer som. Não tenho ideia do que dizer para deixar para trás a semana difícil que tivemos. "Estou morrendo de saudades", digo. Pode ser meio ridículo, porque acordamos na mesma cama hoje cedo. Mas estou sendo sincero. "Quer dizer, a última semana..."

Jamie assente, então franze a testa e rugas aparecem nos cantos de seus olhos castanhos. Conheço essa expressão. Ele está pensando em alguma coisa, e sinto uma pontada de apreensão. Ah, meu Deus. Quero acreditar que Jamie não terminaria comigo por Skype.

*Ou terminaria?*

Minha nossa. Esse pensamento acabou de me passar pela cabeça? Fui mesmo de "obstáculos no caminho" a "o amor da minha vida vai me deixar"?

"Lindo?", digo com a voz tímida que ouço saindo da minha boca pela primeira vez. Meu coração está mais acelerado que nunca. "Tudo bem?"

Ele abre a boca. "Tudo. Claro. Mas eu..." Sua boca deliciosa se fecha, então ele suspira de leve e oferece outro sorriso. Esse parece um pouquinho forçado. "Me conta sobre o jogo. Foi muito legal assistir. Me lembrou por que estamos metidos nessa confusão, pelo menos."

"Tá", digo, tentando entender a mudança de temperatura entre nós. "Eu me soltei completamente no gelo hoje. Nem estou muito certo do que aconteceu. É como se tivesse um ímã na rede, que funcionasse só comigo."

"Ainda bem que o goleiro não era eu." Jamie levanta os braços musculosos acima da cabeça, e noto que está na nossa cama. É a cabeceira de madeira que eu escolhi e os lençóis de flanela que comprei quando o inverno chegou e ele começou a reclamar do frio.

Uma onda de saudade me atinge com tudo. "Eu faria qualquer coisa pra estar aí agora." Nem consigo acreditar que desperdicei o tempo que tivemos juntos na semana passada. "Te mostraria como você está gato neste momento."

Jamie sorri, e eu quase bato na cabeça quando me dou conta. "A barba! Onde foi parar?" Seu rosto está quase liso.

"Ah..." Ele dá de ombros. "Cansei. E coçava." Ele leva a mão à bochecha e desliza até o queixo.

Quando o dedinho passa em baixo do lábio inferior, me ouço rosnar. "Faz isso de novo, Canning", peço.

Ele levanta uma sobrancelha. "Por quê?"

"Porque preciso ver."

Jamie deve ter ouvido o desespero na minha voz, porque obedece sem dizer mais nada. Ele leva a mão à bochecha de novo e fecha os olhos. Eu o observo inspirar fundo e descer a mão pelo maxilar ao exalar. Quando as pontas dos dedos tocam a boca, ele entreabre as pálpebras, só alguns milímetros. Então engole dois dedos e chupa.

"Caralho", solto. Estou com ciúmes dos dedos, da câmera, da cama. "Tira a camisa pra mim."

Por uma fração de segundo, acho que vai protestar. Nunca fazemos isso. E tivemos uma semaninha de merda. Mas Jamie endireita um pouco o corpo, então a câmera o perde de vista e passa a mostrar o teto. Então vejo seu braço passando rápido e a camiseta voando para longe. Depois ele ajeita a câmera, com o peito dourado totalmente à mostra. Deve ter apoiado o tablet nas coxas, porque seu abdome também está enquadrado, além do peitoral. Seus mamilos me provocam nos cantos da tela, distantes e em tom de cobre. Uma mão perfeita pousa sobre seu umbigo, os pelinhos dourados brilhando em alta definição.

"Passa a mão no peito", ordeno. Pareço um dominador pervertido e grosseiro em um chat com vídeo. Só que é Jamie do outro lado da tela. E seus dedos brincam pelo caminho da felicidade. Ele passa um momento explorando a leve trilha de pelos até o centro da barriga.

Movo os quadris sobre o colchão. Meu pau já está duro. Vi Jamie sem camisa um milhão de vezes. Mas agora ele está se exibindo pra mim. Ele abre a mão sobre o tórax. Vai deslizando até que os dedos toquem o mamilo, então se arrepia.

Gemo de vontade. Se estivesse lá, minha boca passaria por tudo aquilo. Eu tiraria a mão de Jamie do caminho e chuparia aquele mamilo. "A outra", digo entredentes. "E vai devagar, Canning."

Primeiro, ele apoia a cabeça nos travesseiros e fecha os olhos. Então sua mão caminha lentamente até segurar o peitoral. O dedão e o indicador circulam o mamilo e dão uma beliscadinha. "Hum...", ele geme, e de repente estou todo arrepiado.

"Canning?"

"Oi?"

"Estou duro pra caralho."

Ele sorri, sem abrir os olhos. "Quão duro?"

Uma gargalhada me escapa. "Tira o resto da roupa. Quero te ver."

Primeiro ele geme e se alonga, me fazendo esperar. Então seus olhos chocolate se abrem de novo, e ele lambe os lábios. Ele sai do enquadramento de novo, e tudo o que vejo é o quarto em movimento. Alguns segundos depois, a câmera volta devagar para a vertical, e vejo a perna dobrada de Jamie, seu quadril perfeito, uma amostrinha da bunda na sombra e a maior parte de seu peito completamente nu. Ele deve ter colocado o tablet do meu lado da cama.

Sua mão está entre as pernas, mas só consigo ver a curvatura do bíceps e o antebraço musculoso. O resto está escondido.

"Isso é tão maldoso", digo, e ele sorri. "Se estivesse aí, eu..."

"O quê?", ele pergunta, com a voz rouca. "Me diz o que você faria primeiro."

"Eu chuparia sua língua até deixar seu pau duro." A boca é a zona erógena mais sensível de Jamie. O cara quase goza comigo mordendo seus lábios.

"Tarde demais", ele diz, baixando a perna na cama. E aí está meu prêmio. Gemo diante da visão do pau duro de Jamie se erguendo orgulhoso do amontoado de pelos claros e macios em sua virilha. Mesmo depois de oito meses, ainda me sinto um cara de sorte quando ele responde assim a mim.

"Cara, preciso provar isso." Minha voz sai áspera. "Você está melado pra mim? Pega essa gota. Com só *um* dedo." Estou sendo um filho da puta mandão esta noite. Mas meus olhos não desgrudam da tela, o que significa que quem está no controle é ele. Se não fosse verdade, eu não estaria agarrando minha calça no momento, ou salivando diante da tela.

Jamie faz o que peço. Passa um único dedo na cabeça do pau. Então olha nos meus olhos e lambe.

"Ahhh", digo, enquanto ele chupa o dedo só pra me torturar. Estou amando essa porra. "Se toca pra mim, agora." Não posso esperar mais. "Usando só uma mão."

Jamie desliza a mão pelo peito e pega o próprio pau. Dá duas boas batidas nele.

"Mais devagar", mando. "Isso..." Eu o encorajo quando seus movimentos se tornam lânguidos. Seu peito sobe e desce a cada respiração, sua testa se franze de tensão. "Está querendo gozar, Canning?"

"Sim", ele solta. "Pensei muito em você hoje. Enquanto esperava o jogo começar..." Ele bate punheta um pouco mais rápido. Quase vibro quando o ouço dizer que sentiu minha falta. Não estraguei as coisas completamente. Ou talvez tenha estragado, mas não a química sexual que há entre nós. Podemos estar nos comunicando supermal ultimamente, mas deixar o outro com tesão nunca foi um problema pra gente.

"Pega seu saco", ordeno. "Se eu estivesse aí, ia chupar uma bola." Ele geme, e suas pálpebras parecem mais pesadas. "Provaria tudo. A porra toda. Te deixaria molhado só com a língua." Ele perde um pouco o ritmo. Sua cabeça cai mais para trás e suas pernas se afastam, como se estivessem se abrindo para mim.

Olhar deixa de ser o suficiente. Minha mão escorrega sozinha para dentro da calça. Agarro meu pau e aperto. Foda-se. Fico de joelhos e arranco o moletom. O ângulo do tablet na cama faz com que meu pau pareça gigantesco. Seria engraçado se eu não estivesse com tanto tesão. Bato uma com vontade.

"Quero você demais, lindo." Minha voz sai em meio a arfadas.

Jamie vira a cabeça para ver a tela. Seus lábios se entreabrem enquanto ele acompanha a movimentação frenética da minha mão. Então a dele começa a se mexer mais rápido também, para acompanhar. Pela primeira vez na semana inteira, estamos em sincronia. Não estamos nem no mesmo cômodo, mas me sinto mais próximo dele que em dias, e estamos com tanto tesão que arfamos, gememos e nos acariciamos com algo próximo do desespero.

"Vou gozar", ele geme.

"Goza", gemo de volta. "No seu peito."

Ele solta um ruído lindo, pintando uma linha perolada perfeita em seu abdome. O tanquinho se contrai quando mais um jato vem. E outro.

*Eu também*. Fodo minha mão mais forte e mais rápido. Quero tanto estar em casa com ele que até dói. Mas os últimos resquícios da adrenalina do jogo ainda servem de combustível. Toda a angústia e vontade sobem pela minha espinha e gozo na minha mão.

Levamos um minuto para nos acalmar. Sem dizer nada, Jamie desaparece de vista. Eu me limpo e espero que volte.

Depois de mais um minuto, ele volta para a cama, mas entrando debaixo das cobertas dessa vez. Então vira o rosto para a câmera, com a bochecha lisa apoiada numa mão. "Falei com Jess hoje", Jamie começa.

Sorrio. Adoro a irmã mais nova dele. É a garota mais inconstante que já conheci, mas é muito divertida. "Como ela está? Ainda desenhando joias?"

O som de sua risada aquece meu coração. "Não. Agora quer ser organizadora de festas."

"É claro que quer."

"Ei, talvez ela seja boa nisso." Mas ele não para de rir, mesmo enquanto defende a irmã. Então fica quieto por um momento e, simples assim, fico à flor da pele de novo.

"Tem alguma coisa errada?", pergunto, impaciente.

Vejo seu pomo de adão se movimentar enquanto Jamie engole em seco. "Não. Bom, tem. Não errada de verdade, mas estou precisando desabafar." Ele faz uma pausa. "Mas pode esperar."

O nó na minha garganta está tão apertado que mal posso falar. "Jamie..." É tudo o que consigo pôr para fora.

"Você parece cansado", ele diz, firme. "Devia dormir um pouco. Falamos quando voltar."

Falamos... ou terminamos?

Acho que ele vê o pânico no meu rosto, porque solta o ar e fala com a voz firme: "Te amo. Muito mesmo".

Meu coração se recupera. Ele parece estar sendo sincero.

Droga, é claro que está sendo sincero. A gente se ama. "Também te amo", digo, baixo.

Um sorriso se insinua no canto da boca dele. "Ótimo. Agora vai pra cama. A gente se vê amanhã."

# 13

**JAMIE**

Wes sempre tem direito a dois ingressos para todos os jogos em casa, mas só eu uso.

São assentos incríveis — no corredor, algumas fileiras atrás do banco do Toronto. Na verdade, estou sempre cercado pelas famílias de outros jogadores. Os veteranos devem ganhar mais ingressos ou coisa do tipo, porque toda uma seção do público grita sempre que Lukoczik entra em ação. Os pais do gigante Blake Riley sentam ao meu lado em todos os jogos. Ele é a imagem cuspida e escarrada... da mãe. Ela tem cabelo grisalho desarrumado, ossos largos e uma boca grande.

O pai, por outro lado, é do tipo professor magricela. De genética. Eles são meio malucos. Se acham que é esquisito eu aparecer sozinho em todos os jogos, nunca disseram nada.

Perdi o aquecimento e sentei bem quando o hino estava terminando. Já sei "O Canada" de cor. Tive que aprender a letra por causa do time que eu treino. Um treinador não pode ficar só mexendo os lábios sem produzir som, como um idiota.

Estou com dor de cabeça, o que é incomum. Então enfio o canudinho no refrigerante que comprei no caminho e me custou os olhos da cara e tomo um grande gole, esperando que uma dose de açúcar e cafeína me cure. Preciso melhorar, porque Wes quer sair depois do jogo.

Eu também, porque, nos três dias que passou em casa, fiquei enrolando com aquela história de nos comunicarmos melhor. Eu disse a Jess que conversei com Wes, e quase conversei na noite do Skype, quando nos masturbamos juntos até cansarmos. Mas, aquele momento de conexão, vendo seu rosto maravilhoso olhando para mim, tão cheio de desejo e luxúria... Não quis estragar tudo com nossos problemas enfadonhos. Então ele voltou para casa e o sexo da vida real foi ainda melhor do que bater uma diante da tela. Não quis estragar aquilo também.

Talvez eu seja um covarde. Minha irmã certamente concordaria com isso. Mas as coisas andam bem, droga. Wes e eu estamos no mesmo ritmo desde que ele voltou e estou morrendo de medo de fazer qualquer coisa que nos tire dele.

E não vou mentir — uma noite fora com Wes parece o paraíso. Quando perguntei a ele aonde queria ir, tudo o que disse foi: "Não importa. Só quero sair. Você e eu. Podemos ir a um bar e jogar dardos ou sinuca".

"Sinuca não", respondi. "Meu ego frágil não vai aguentar esse tipo de surra."

Ele deu risada. "Tá bom. O que quiser. O objetivo não é jogar alguma coisa. É você."

Gostei de ouvir aquilo.

O treinador Hal trocou as formações esta noite. Ele faz isso de vez em quando. Wes está na segunda, com Blake e Lukoczik. A primeira começa com tudo — Eriksson praticamente massacra o outro centro depois da saída. Quando o disco começa a ser perseguido em alta velocidade pelo rinque, não consigo pensar em mais nada além do jogo à minha frente. Meu mundo inteiro é reduzido a doze homens em disputa e o pequeno disco pesado de borracha que significa tudo para as dezoito mil pessoas que compõem o público desta noite.

Wes se prepara para entrar, e não consigo evitar levantar do assento. Ottawa mantém o disco sob controle e não se arrisca, passando-o de um lado para o outro como se estivessem passeando com um poodle premiado. Não é o bastante para marcar, mas conseguem frustrar os objetivos de Wes. O turno dele termina antes que tenha a chance de fazer qualquer coisa.

O jogo fica assim por um tempo, mas não perco o interesse. Alguns familiares não muito sutis me perguntam se não me importo em ser apenas um espectador em vez de jogar. Não me importo, mas nem sei se acreditam em mim. Sempre assisti a partidas de hóquei, mesmo com assentos muito piores. E patino todos os dias, com excelentes jogadores.

A vida é boa. A não ser pela dor de cabeça.

As coisas esquentam no gelo. Blake tem uma oportunidade e parte para o ataque. Ele passa para Wes, que devolve assim que ele fica livre. Blake atira para o gol, mas o goleiro consegue conter o disco a tempo, tocando-o desajeitadamente com a ponta da luva. O disco continua em jogo, então os dois times vão para cima dele.

"PEGA, QUERIDO, ATIRA DIRETO, MARCA UM GOL PRA MAMÃE, BLAKEYYYY!" A sra. Riley está de pé, gritando como uma maníaca.

Ela sempre grita, mas esta noite é como se esfaqueasse meu cérebro. O marido, enquanto isso, fica sentado ao seu lado com os joelhos grudados e as mãos sobre as pernas. Olhando para ele, parece mais que está numa igreja.

Há uma disputa pela posse do disco na frente da rede, que termina quando o goleiro o segura com a luva. Nada de gol.

O jogo se estende, sem nenhum gol marcado no primeiro tempo. Dou uma volta no intervalo, procurando em vão por uma barraquinha que venda ibuprofeno. Compro um pretzel, torcendo para que a comida me anime.

Quando o segundo tempo começa, a velocidade do jogo já é outra. Wes é bastante agressivo e consegue dar alguns tiros para o gol, mas todos são rebatidos. Não fico preocupado. Se ele continuar assim, vai acabar marcando. Toronto está melhor que Ottawa. Sempre que nos aproximamos da rede, a sra. Riley começa a disparar palavras de encorajamento em altos decibéis. "ACABA COM ELES, BLAKE! MIRA NO SACO DELE!"

Fico surdo.

Tudo parece estar girando de um jeito que não deveria. Tento focar no disco, mas olhar para o gelo faz minhas retinas queimarem.

Eriksson marca no segundo tempo, mas não fico tão animado como de costume. Quero ir para casa. Não. *Preciso* ir. Puxo o celular e mando uma mensagem para Wes. *Desculpa, lindo, mas estou morrendo de dor de cabeça. Vamos sair amanhã? Mesmo plano, só um dia depois.*

"MONTA NELE COMO SE FOSSE UM BURRO, BLAKE!", a sra. Riley está gritando quando levanto. Durante todo o caminho até a saída dos camarotes, ainda posso ouvi-la.

Na manhã seguinte, meu alarme toca às cinco e meia. Aperto o botão da soneca e me avalio. Meu corpo parece de chumbo, embora talvez seja porque está debaixo da coxa musculosa de certo atacante do Toronto que se encontra desmaiado e meio montado em mim.

Não o ouvi chegando ontem à noite.

Dou uma cochilada, e parece que meu alarme voltou a tocar rápido demais. Saio da cama mesmo assim, porque é dia de semana e meus garotos têm treino às seis e meia. Eles jogam hóquei antes da escola, tendo que se preparar enquanto os outros garotos de dezesseis anos dormem. Se conseguem chegar no horário, também tenho que conseguir.

O café que compro no rinque quarenta e cinco minutos mais tarde tem gosto de água e atinge meu estômago como fluido de bateria. Devem ter errado a mão. O treino parece passar devagar enquanto agonizo. A dor de cabeça voltou, na parte de baixo do crânio agora. E estou com dor de estômago.

Droga. Dunlop está especialmente inseguro esta manhã. É uma questão de tempo até que Bill Braddock designe um técnico defensivo mais experiente para trabalhar com ele. E, como temos reunião logo depois do treino, todos os meus colegas de trabalho estão por aqui, vendo meu goleiro se sair mal.

O dia poderia ficar ainda pior?

Depois que os garotos vão embora, sobrevivo a noventa minutos de falação sustentando a cabeça doendo com uma mão e me forçando a ficar acordado. Devo estar ficando doente, mas não vou embora. Porque, primeiro, não sou molenga e, segundo, talvez passe se eu ignorar.

Depois da reunião, volto para o rinque. Dois outros técnicos defensivos e eu vamos dar uma clínica esta manhã para alguns jogadores mais velhos. Quando piso no gelo, no entanto, meu estômago volta a doer. Então saio, coloco a proteção nos patins e vou para o banheiro.

Os quinze minutos seguintes são muito desconfortáveis, mas finalmente meu intestino sossega. Sei que isso é ruim. Tenho que ir para casa, mas de repente parece estar longe demais. Enquanto lavo as mãos, a luz do banheiro fica amarelada e o som ambiente desaparece.

Não pode ser bom.

Dou alguns passos na direção da porta, mas não dá muito certo. Se eu descansar por um momento, talvez resolva.

O chão do banheiro masculino de um rinque de hóquei é o *último* lugar no mundo em que alguém deveria sentar. Mas, no momento, parece conveniente. Vou escorregando com as costas contra os azulejos da parede. Minha bunda toca o chão.

"Canning?" Danton para assim que entra no banheiro. "Você está bem?"

*Não muito.* Ele repete a pergunta várias vezes, como se minha resposta pudesse mudar. Eu o ignoro.

Por sorte, o babaca desaparece. Fecho os olhos e tento me recuperar.

O silêncio não dura tempo o bastante. Danton voltou — consigo ouvir sua voz de fuinha. Mas está acompanhado de Bill, nosso chefe. As vozes deles se misturam. Estou cansado demais para ouvir direito.

"Você o encontrou aqui?"

"Foi. Acha que está drogado?"

"Está falando sério?"

Alguém me toca, e não gosto da sensação.

"Ele está com *febre*, Danton. Bem alta. Fica aqui, vou pegar a lista de contatos de emergência. Você está com seu celular?"

"Claro."

Fica um silêncio abençoado por um minuto. Então as vozes voltam. "Aqui diz para ligar para... Ryan Wesley? Engraçado." Bill ri. "Igual àquele atacante novato que está detonando. Liga aí: quatro, um, meia..."

Apago.

"Você não vai acreditar nisso." A voz de Danton me traz de volta à consciência. "Esse telefone é da central do Toronto. Peço mesmo para falar com Ryan Wesley?"

"É o que consta na lista. Deve ser verdade."

Meu último pensamento antes de perder a consciência é: *Sinto muito, Wes.*

# 14

## WES

Não estamos nem na metade do treino da manhã quando Blake sai do gelo mancando e é conduzido pela rampa pelo médico do time. A preocupação me atinge com força quando noto que está protegendo o joelho esquerdo. Ele estava com uma bolsa de gelo sobre ele no vestiário depois do jogo de ontem à noite, mas me garantiu hoje de manhã que estava ótimo. Disse que era apenas reflexo de uma lesão antiga e que os raios x e ultrassons de precaução que haviam sido feitos não acusavam nada.

Eu me forço a focar no restante do treino, mas fico torcendo para que Blake esteja bem. Ele não parecia estar com muita dor quando saiu, mas nunca se sabe. Jogadores de hóquei são durões pra caralho. Podem ter uma fratura exposta na perna e ainda insistir que estão bem.

Acho que o mesmo se aplica a *técnicos* de hóquei, porque Jamie também tinha tentado disfarçar quão mal estava ontem à noite. Quando cheguei em casa, ele estava na cama, com um travesseiro sobre a cabeça, reclamando que nunca havia tido uma enxaqueca como aquela. Jamie ficou se debatendo e virando a noite toda, mas já havia ido embora quando acordei, então imagino que tenha passado. Espero mesmo que tenha. Estava ansioso para passar a noite de ontem com meu namorado e estou determinado a fazer isso hoje.

O treinador apita para indicar o fim do treino. Vou para o vestiário tomar banho e me trocar, depois procuro por Blake. Eu o encontro na sala de fisioterapia. Está deitado sobre uma mesa comprida de metal, com a perna esquerda apoiada e uma bolsa de gelo sobre o joelho.

"O que disseram?", pergunto, preocupado.

Uma expressão infeliz surge em seu rosto. "Vão fazer uma ressonância."

Merda. "Ligamento colateral medial ou cruzado anterior?" Torço para que a resposta seja "nenhum", mas a cara de Blake fica ainda mais sem vida.

"Cruzado. Não acham que seja rompimento. No pior dos casos, entorse, mas ainda assim vai me manter fora do gelo por um tempo. Duas semanas, com sorte. Mas pode chegar a seis."

Merda mesmo. Perder Blake, mesmo que só por algumas semanas, seria um golpe forte para o time. Ele é um dos nossos melhores atacantes. "Sinto muito, cara", digo baixo.

Blake rapidamente abre um de seus sorrisos despreocupados, ainda que ambos saibamos que está chateado com a perspectiva de perder um jogo que seja. "Ah, não fica assim pra baixo, Wesley. Nada pode me segurar por muito tempo. Vou estar de volta antes que você note."

Levanto a sobrancelha. "É melhor que esteja mesmo. Vamos precisar de você se formos para os playoffs." Pela primeira vez em anos, Toronto tem chances reais de se classificar. Gosto de pensar que isso se deve parcialmente a mim — marquei pelo menos um gol em cada um dos últimos seis jogos —, mas estou tentando não ficar convencido demais. Hóquei é um esporte coletivo. Não há espaço para a individualidade.

"*Quando* formos para os playoffs", ele corrige. "Seu babaca pessimista."

"*Quando* formos para os playoffs", repito, o que arranca outro sorriso amplo dele. "Então cuida desse joelho, está ouvindo? Não tenta voltar pro gelo antes que os médicos te liberem. Podemos segurar as pontas até você estar pronto pra..."

"Wesley." Uma voz masculina nos interrompe. Viro e vejo um dos técnicos assistentes à porta.

"Oi?"

"Telefone pra você." Ele aponta para o aparelho branco pendurado ao lado da porta. "Estão esperando na linha dois. Parece importante."

Então vai embora sem dizer mais nada.

Não sei bem por quê, mas sinto meu estômago gelar. Não me considero um cara muito intuitivo. Jamie é assim. Sempre sabe o que as pessoas estão pensando ou o que fazer em dada situação. Mas, agora, um pressentimento ruim toma conta de mim. Por algum motivo peculiar, minhas pernas vacilam enquanto me dirijo ao aparelho.

Levo o fone ao ouvido e aperto o botão para a linha dois com o dedo trêmulo. "Alô?"

"Ryan Wesley?", uma voz desconhecida pergunta.

"Isso. Quem está falando?"

Há uma leve pausa. "Caralho, é mesmo o Ryan Wesley? O novato do Toronto?"

"Acabei de confirmar." Não consigo evitar o tom cortante. "Quem é você?"

"David Danton. Técnico assistente dos U17 Wildcats. Trabalho com Jamie Canning."

Meu corpo perde o equilíbrio e tenho que apoiar a mão na parede. Por que o colega de trabalho de quem meu namorado menos gosta está me ligando? Meu coração acelera.

"Canning desmaiou uma hora atrás", Danton diz, e todo o oxigênio deixa meus pulmões. "Tentamos ligar quando aconteceu, mas fiquei na espera. Então a ambulância chegou e tive que desligar."

Uma hora atrás? *Ambulância?* O pavor sobe pela minha garganta e uma onda de medo inunda meu estômago, me deixando perigosamente perto de vomitar no piso branco limpinho.

"Onde Jamie está?", pergunto. "Ele está bem?"

Ouço um farfalhar atrás de mim. Dou um pulo de um metro e meio quando Blake surge ao meu lado. A preocupação é clara em suas feições franzidas, mas estou assustado demais para prestar muita atenção nele.

"Acabamos de chegar ao pronto-socorro do St. Sebastian's. Jamie está com os médicos agora. A última notícia que deram foi de que continuava sem reagir."

*Sem reagir?*

O fone cai quando meus dedos ficam moles de repente. Ele fica pendurado pelo fio, balançando como um pêndulo, atingindo a parede a cada vaivém apressado. Tenho uma vaga consciência de uma mão enorme o pegando. De uma voz áspera falando ao telefone. Não sei o que diz. Tudo o que consigo ouvir é minha pulsação frenética martelando nos meus ouvidos.

Jamie continua sem reagir. Sem reagir. O que isso significa? Por que ele não reage?

Um ruído angustiado escapa da minha garganta. Saio pela porta, mas minha visão não passa de um vago borrão por conta do pânico. Nem sei aonde vou. Só cambaleio para a frente em busca da saída mais próxima.

Preciso ir ao hospital. Mas, porra, nem sei onde o St. Sebastian's fica. Sinto que se tentar colocar no GPS agora vou acabar quebrando o celular. Minhas mãos não estão normais — formigam, tremem e erram a maçaneta toda vez que tento abrir a porta.

"Wesley." A voz é baixa. Distante.

Tento abrir a porta de novo, e finalmente consigo.

"*Ryan.*"

É o uso do meu primeiro nome que permite atravessar a névoa de terror que me cerca como um escudo. Meu pai me chama assim, então quando criança fui condicionado a prestar atenção quando ouço as duas sílabas ditas de forma autoritária. Viro a cabeça e vejo Blake correndo na minha direção. Em seu estado atual, não deveria fazer isso.

"Seu joelho", consigo dizer.

Ele para à minha frente. "Está tudo bem com meu joelho. Vai me manter fora do gelo por um tempo, mas não está ferrado o bastante para que eu deixe você morrer em um acidente de carro."

Pisco. Não tenho ideia do que ele quer dizer com isso.

"Vou te levar até o hospital", Blake esclarece.

Eu me oponho sem muita firmeza. "Não..."

"Não preciso da perna esquerda pra dirigir." Seu tom não deixa espaço para discussão. "E você não está em condições de fazer isso agora."

Talvez ele esteja certo. Não estou em condições nem de abrir uma maldita porta quanto mais de dirigir um veículo motorizado. Um alarme dispara no fundo da minha mente. Não posso deixar que Blake vá ao hospital comigo. Ele vai me ver com Jamie. Vai... saber.

Mas... é o *Jamie*, porra. Preciso chegar até ele, e no momento Blake é minha melhor chance de chegar ao hospital sem atropelar alguns pedestres no caminho.

Não discuto quando sua mãozona pega meu braço e me leva para longe da porta. Me dou conta de que aquela era uma saída de emergência que dava para a área de carregamento, no lado oposto ao estacionamento para o qual preciso ir.

Blake me guia ao longo do corredor. Nenhum de nós fala quando pegamos o elevador até o térreo. Deixamos minha suv pra lá, e o cara me enfia no banco do passageiro do Hummer preto dele. Então senta ao volante e sai da garagem.

"O cara no telefone disse que Jay foi levado pro hospital com febre e dor abdominal", Blake revela, falando com tranquilidade. "Ele desmaiou quando chegaram ao pronto-socorro. E ainda não acordou."

A bile queima minha garganta. Essa é a ideia dele de papo motivacional? Agora sou eu quem estou prestes a desmaiar, porque a mera ideia de Jamie inconsciente, doente e *sozinho* me deixa sem chão. Nem consigo ver a rua através do para-brisa. Está tudo escuro, embaçado e esvanecendo.

"Wesley", Blake diz, com firmeza.

Volto a levantar a cabeça.

"Respira", ele manda.

Inspiro devagar, mas parece que não tem oxigênio no ar. Só estou me enchendo de mais medo. Não sei como, mas Blake avança com seu Hummer monstruoso em meio ao trânsito do centro como se não houvesse carros à frente. Quando entramos, a tela de navegação indicou que chegaríamos em vinte e cinco minutos, mas fazemos o percurso em dezesseis.

Assim que atravessamos as portas automáticas do pronto-socorro, volto a entrar em pânico. A imensa sala de espera está lotada. Rostos passam batido no meu campo de visão enquanto corro para a recepção e apoio as duas mãos no balcão.

"James Canning!"

Meu grito assusta a enfermeira ruiva, que me olha através das lentes grossas dos óculos. "Como?"

"James Canning!" Aparentemente, sou incapaz de formular uma frase. As quatro sílabas envoltas em terror retumbam uma terceira vez. "*James Canning.*"

Blake fala com calma. "Viemos ver um paciente chamado James Canning. Ele entrou cerca de uma hora atrás."

"Um segundo. Vou dar uma olhada." As unhas vermelhas dela voam sobre o teclado do computador. Seus olhos verdes estudam a tela, então ela levanta a cabeça com uma expressão tão sombria que faz meu coração acelerar, ainda que eu tenha quase certeza de que parou de bater agora há pouco.

"Ele foi colocado em quarentena", a enfermeira diz.

Mais uma vez, tudo em volta começa a vacilar. Ou talvez sejam minhas pernas. Nem sei como estou de pé. Por causa de Blake, me dou conta. Ele me segura pelas costas da jaqueta.

"Quarentena?", consigo dizer.

"Sintomas de gripe", a enfermeira explica. "Há uma pequena chance de que seja dskh-dl, e não podemos permitir que se espalhe pelo hospital."

"dsk... quê?", solto.

"A gripe ovina", ela explica, e Blake fica horrorizado. "Como eu disse, é pouco provável, mas temos que tomar todas as precauções. Você é da família?"

"Sou", digo, sem hesitar. Porque é verdade.

Ela levanta as sobrancelhas. "Você é o que do sr. Canning?"

*Merda*. Não posso dizer que é meu irmão, porque ninguém acreditaria. E, mesmo se disser nesta sala cheia de gente que sou o namorado, não vai ajudar em nada. Não somos casados, então não faz diferença. "Sou a única pessoa que ele tem em Toronto", digo em vez disso. "Moramos juntos."

"Entendo", ela diz, com uma voz paciente. "Me deixa explicar como a quarentena funciona. Enquanto se espera pelos resultados dos exames de laboratório, os membros da família ou as pessoas designadas por eles podem ver o paciente, desde que cumpram o protocolo da quarentena. Temos que fazer isso enquanto tentamos descobrir se os outros pacientes e acompanhantes estão fora de risco."

"Mas..."

"Próximo!"

E, simples assim, ela me *dispensa*. Por um momento, fico parado ali, à frente do balcão, sem conseguir me mover. Como ousa?

Duas mãozonas pegam meus braços e me tiram do caminho. "Vamos, Wesley. Temos que reagrupar." Blake me vira e apoia contra a parede. Suas patas aterrissam nos meus ombros. "Você precisa ligar pra família do Jamie."

Porra, é verdade. Pego o celular no bolso.

Então Blake o arranca da minha mão. "Não mata os caras de susto, tá? Só porque você está surtando, não quer dizer que eles precisem surtar também."

"Tá. Tudo bem." Ele me devolve o celular e chego à parte dos Canning da agenda. São muitos. Mas escolher o número do ateliê da mãe dele é fácil. *Fica calmo*, digo a mim mesmo enquanto ouço tocar. *Não entra em pânico.*

"Cerâmicas Canning, Cindy falando."

Apesar do desejo de me manter calmo e controlado, o calor e a força em sua voz apertam algum botão que eu nem sabia que existia dentro de mim. "Mãe?", digo. Tá, nunca chamei Cindy assim. Nem uma única vez. Não sei por que fiz isso agora.

"Ryan, querido, o que foi?"

Fecho os olhos e tento me recompor. "Estamos com um problema", digo, cuidadoso. Mas não consigo enganá-la, porque minha voz falha. "Jamie deu entrada no hospital com sintomas de gripe. Ontem à noite estava com dor de cabeça, e hoje desmaiou no trabalho. É tudo o que sei até agora."

"Tudo bem, Ryan, respira." Por que as pessoas ficam me dizendo isso? Mas obedeço, porque Cindy mandou. "Agora diz: 'Vai ficar tudo bem'. Três vezes."

"Mas..."

"Tenho seis filhos, Ryan. É um passo importante para que você mantenha a sanidade. Pode dizer. Agora mesmo. Quero escutar."

"Vai ficar tudo bem", digo.

"Mais duas."

"Vai ficar tudo bem. Vai ficar tudo bem."

"Bom garoto. Agora me diz onde você está."

Conto a ela o que a enfermeira na recepção me disse.

"Então você precisa da minha autorização para ver Jamie. Com quem devo falar a respeito?"

"Hum..." *Merda.*

Alguém coloca um cartão na minha frente. É Blake, com um número de telefone do responsável pelo registro de pacientes e autorizações.

Movo os lábios sem produzir som: "Obrigado". Então passo o número a Cindy.

"Certo", ela diz. "Vou ligar agora mesmo. Depois que vir Jamie me liga, está bem? No celular, porque vou sair pra pegar o pequeno. O parto de Tammy foi agendado pra amanhã."

"Ah, nossa. Tá. Eu ligo. Prometo."

"Eu sei. Aguenta firme. Amo muito vocês dois."

Há um nó gigantesco na minha garganta agora. "Também te amo. Tchau."

Desligo, e a sala de espera do hospital entra em foco. É barulhenta e está cheia de gente. Muitos olham para mim e Blake. Uma adolescente cutuca a amiga e aponta pra nós.

Se alguém me pedir um autógrafo agora acho que vou explodir.

Blake move seu corpo maciço, me separando do restante da sala. "Vamos esperar uns dez minutos", ele diz. "A mãe do Jay vai falar com sei lá quem, aí seu nome deve entrar no sistema. Então a enfermeira nazista ali vai ter que te deixar entrar."

"Tá", digo. Minha cabeça ainda gira. Jamie não pode estar com uma gripe desconhecida. Onde teria pego? Mas então por que está tão mal? Em meu pânico, esse me parece um problema que eu deveria ser capaz de resolver. Nunca me senti tão inútil.

"Ele vai ficar bem", Blake diz, lendo minha mente. "Um cara saudável como ele... Em alguns dias você vai estar rindo disso."

Mas só consigo ouvir as palavras "desmaiou" e "sem reação" se repetindo na minha cabeça. E se ele tiver um problema de coração que não foi diagnosticado? No primeiro ano do ensino médio, um dos meus colegas de classe morreu jogando basquete. Ele simplesmente caiu duro no chão da quadra da escola. O árbitro tentou reanimá-lo, mas era tarde demais.

Caralho. Não posso pensar nesse tipo de coisa. "Vai ficar tudo bem", repito, como Cindy mandou.

"*Ei*." Blake chacoalha meu ombro. "É claro que vai. Foi a mãe do Canning que fez aquela caneca?"

"Quê?" Estou pensando nas piores tragédias, e o cara quer falar sobre canecas?

"Lavei a louça na sua casa. Tinha uma inscrição na parte de baixo da caneca."

Ah, merda. Ela diz: *Querido Ryan, obrigada por fazer Jamie feliz. Ele te ama muito, e nós também. Bem-vindo à família.* Quando encaro os olhos de Blake, vejo exatamente aquilo que tem me preocupado nos últimos meses.

Ele *sabe*.

"Blake", começo. Negar qualquer coisa está fora de questão, então opto por me esquivar. "Não é um bom momento para ter esta conversa."

"Quem disse?" Blake usa uma voz que nunca ouvi saindo dele. Está meio irritado, e nem imaginei que tal coisa fosse possível. "Estamos a uns sessenta segundos de ter que nos defender de um bando de fãs que estão prestes a decidir que não é falta de educação abordar os jogadores de hóquei na sala de espera de um pronto-socorro. E eles vão perguntar por que estamos aqui. Não tenho nada a ver com o que você vai escolher dizer a eles. Mas sou seu amigo, e a gente tem que falar a verdade pros amigos."

Ele provavelmente está certo, mas tenho meus motivos para guardar segredo. Blake tem uma boca gigantesca, e não tenho certeza de que vai respeitar a situação em que me encontro.

Ficamos nos encarando por um tempo, e eu ganho. Porque ficar quieto é algo em que estou ficando muito bom.

Ele suspira e desvia os olhos. "Tá. Como quiser. Mas se pretende mesmo se esconder pelo resto da vida, pelo menos tira a jaqueta, cara. Esse negócio chama muita atenção."

Blake está certo, então obedeço. Tiro a jaqueta do time e enfio debaixo do braço.

"Ryan Wesley", chamam no alto-falante. "Ryan Wesley, acompanhante do sr. Canning."

Graças a Deus. Viro e volto à recepção. A enfermeira de olhos verdes aponta para um cara de avental esperando. "Vai com ele."

"Sou o dr. Rigel, infectologista." Ele estende a mão para mim.

Apertar a mão de alguém que trabalha com doenças infecciosas parece um pouco arriscado, mas o faço mesmo assim.

Blake está logo atrás de mim. "Quais as novidades?", ele pergunta, em sua voz potente.

O médico nos conduz pelo corredor, falando no caminho. "O sr. Canning está estável." Quase me derreto de alívio. "Chegou desidratado e com febre alta. Está tomando soro e um antiviral, mas só vamos receber os resultados do laboratório daqui a umas doze horas. Precisamos descartar o que a imprensa está chamando de gripe ovina."

Blake estremece tanto que me pergunto se estamos no meio de um terremoto. "Cara. Não pode ser isso que ele tem. Me recuso a acreditar."

111

"Bom..." O médico chama o elevador, e ficamos esperando que chegue. "Você provavelmente está certo, mas seria uma irresponsabilidade tratar isso de maneira leviana quando estamos em meio a uma campanha de conscientização. E os colegas do sr. Canning disseram que ele tem que viajar pelo país a trabalho, então precisamos ter absoluta certeza."

Meu medo volta com tudo. "Ele não está acostumado ao clima", tagarelo. "Sempre morou na Califórnia."

Blake me lança um olhar afiado, que sugere que talvez seja melhor eu parar de falar.

Entramos no elevador. "Foi um bom jogo ontem à noite", o médico diz depois de um momento de silêncio.

"Ah, valeu", Blake diz. "Você vai deixar o Wesley ver o Canning, né? Podemos descolar uns ingressos de camarote."

Diferentes emoções passam pelo rosto do médico em rápida sucessão, de euforia a desespero e irritação. "Eu nunca tomaria uma decisão médica em troca de ingressos para um jogo."

"É claro que não", Blake garante, depressa. "Só quis dizer que ficaríamos muito gratos se nos dissesse quando Jay puder receber visitas."

O dr. Rigel assente devagar. "O sr. Wesley vai poder entrar depois que colocar as roupas de segurança."

"Ótimo", concordo imediatamente.

As portas do elevador se abrem e nós saímos. Há uma placa na parede indicando que se trata da unidade de isolamento. O médico nos leva até uma sala que parece tirada de um thriller psicológico. As janelas dão para o quarto de diferentes pacientes. Algumas estão com as cortinas fechadas, mas as pessoas naquelas que estão nas abertas parecem mais doentes do que o normal.

Então eu o vejo.

Jamie está deitado de costas na cama, com metade de seu lindo rosto coberto por uma máscara de hospital, mas o reconheço no exato instante mesmo assim. Seus olhos castanhos estão fechados e ele parece imóvel demais.

Minha garganta se fecha diante da visão, e tudo o que consigo fazer é encarar.

Não sei quanto tempo fiquei ali, olhando. Alguns segundos? Um minuto?

Blake aperta meus ombros. Forte. Só então me lembro de respirar, puxando uma boa dose de ar.

Ele me sacode de leve. "Relaxa, Wesley. Vamos lá."

"Desculpa", murmuro.

Blake balança a cabeça. "Está tudo bem. Tenho que ir, mas te ligo mais tarde. Me manda uma mensagem se precisar de mim. De qualquer maneira, venho te buscar. Você está sem o carro, afinal."

É verdade, deixamos a suv no rinque. Nem tenho muita certeza de onde estamos. "Obrigado", digo, olhando para ele. "De verdade, eu..."

Blake me corta. "Desencana. Falamos depois."

Blake vira e desaparece na direção dos elevadores.

"Por aqui, sr. Wesley", o médico diz. Os enfermeiros vão ajudar você na preparação."

Dez minutos depois, estou com um avental comprido, luvas, touca, óculos, chinelos e máscara descartáveis. É simplesmente ridículo.

"Cada quarto tem duas portas", uma asiática baixinha cuja identificação diz "Janet Li, enfermeira", explica. "A entrada é por aqui..." Ela aponta para uma porta na sala do outro lado do vidro. "E a saída é do outro lado. Você vai deixar toda a proteção na antessala saindo do quarto do paciente. Tem um cartaz explicando como fazer isso. Entendeu?"

"Entendi", digo. Só quero entrar lá. Foda-se o cartaz.

"Você vai entrar sozinho, mas se você ou o paciente precisarem de alguma coisa, use o botão do interfone na parede que alguém vai ajudar imediatamente."

"Obrigado."

Entro assim que ela destrava a porta para mim. Há uma segunda porta à frente, que está destrancada e leva para o quarto de Jamie.

Então somos só eu e ele. Finalmente. Pego sua mão e a aperto. A temperatura de seu corpo me assusta. Eles não estavam brincando quanto à febre. "Lindo", digo com a voz embargada. "Estou aqui."

Ele não se mexe.

Então começo a tagarelar, porque quero que saiba que sou eu. Conto tudo o que me aconteceu no dia. *Tudo*. Quando Blake se machucou e fui procurá-lo. Quando recebi aquela ligação terrível. "Perdi o controle", digo, embora sua testa permaneça perfeitamente lisa enquanto dorme.

As máscaras que nos separam são desprezíveis. Só quero arrancá-las.

Eventualmente, meu relato acaba. Sento na beirada da cama, torcendo para que não tenha problema, então coloco sua mão sobre minhas pernas, onde a acaricio com a mão enluvada.

Suas pálpebras tremem.

"Canning", sussurro, apertando sua mão. "Ei. Vamos, lindo."

Então as pálpebras pálidas se abrem. Quando consigo ver seus olhos, finalmente acredito que vai ficar tudo bem. Eles se arregalam, então sua testa se franze.

Cacete, ele está assustado. Devo estar bizarro, ou pelo menos irreconhecível. "Sou eu", digo, alto. "Ei, olha." Com a mão livre, tiro os óculos e — dane-se — a máscara.

Seu rosto relaxa. Sorrio pela primeira vez em horas. Ou na vida.

"Sr. Wesley! O que está fazendo?" Viro a cabeça e vejo a enfermeira do outro lado do vidro, com uma mão na cintura e uma expressão irritada no rosto. Ela está com o fone no ouvido, e sua voz chega até mim pelo alto-falante na parede. "Você não pode tirar a proteção!"

Posso, sim. Ela não tem como me obrigar. Posso derrubá-la fácil. Então arranco a touca também. Levanto da cama e fico acima da cabeça de Jamie. Ele me observa com olhos arregalados e crédulos.

"Sr. Wesley!", ela grita. "Pare com isso."

"Você não entende", digo, olhando para Jamie, não para ela, porque é tudo o que importa. "Se ele está com a gripe ovina, já fui exposto. Dividimos a mesma cama."

Então me inclino sobre ele e beijo sua testa. Mesmo que estejamos na câmara dos horrores, ele ainda cheira a *Jamie*. E isso me acalma. "Te amo", sussurro no ouvido dele. "Não se preocupa com nada." Os olhos de Jamie se fecham. Eu o beijo mais uma vez, agora na boca. Para que saiba que ainda estou aqui.

A enfermeira já foi embora quando olho através do vidro. Por enquanto.

# 15

WES

A foto cai na rede seis horas depois de eu ter entrado no quarto de Jamie.

O TMZ é o primeiro — como os filhos da puta sempre conseguem furar todo mundo?? Depois, ela aparece em vários sites de hóquei, blogs sobre celebridades, revistas de fofoca e jornais que deveriam ter coisas mais importantes para publicar. Dois veículos proeminentes a colocam na página inicial, acima da notícia sobre a captura de um *terrorista*.

Acho que a visão de Ryan Wesley beijando outro homem na boca configura uma emergência nacional. E, no momento, não há nada que eu possa fazer para apagar o fogo.

Mencionei que também estou em quarentena?

Pois é. No momento em que retirei a indumentária de proteção, assinei minha própria sentença. O dr. Rigel logo entrou no quarto com a enfermeira raivosa ao lado. Ele me informou que, como talvez tivesse sido exposto ao que poderia ser um tipo perigoso de gripe, eu não poderia deixar a unidade de isolamento até que tivessem os resultados dos exames de Jamie. Então a enfermeira furiosa tirou sangue do meu braço e mandou para análise também.

Estou arrependido? Nem um pouco. Não estava planejando sair do lado de Jamie mesmo. Pelo menos assim ninguém pode me botar pra fora quando o horário de visitas terminar. E agora que algum cretino nos tirou do armário sem nossa autorização, não posso negar que é bom ter uma desculpa para me esconder do restante do mundo.

Não sei quem tirou a foto, mas, olha, deve ter ganhado uma grana com o momento de intimidade que roubou de nós. Nela, eu apareço sentado na beirada da cama de Jamie, pressionando meus lábios contra os dele. Foi pouco depois que ele recobrou a consciência, e eu estava tão tomado de alegria e alívio ao ver seus lindos olhos castanhos que me esqueci do vidro.

Ele dormiu por mais uma hora depois, enquanto eu segurava sua mão. Pode parecer bobo, mas nunca senti que fiz algo tão útil para alguém. Se acordasse confuso, queria que soubesse que não estava sozinho. Apesar de toda a merda sendo espalhada pela minha vida agora, me senti mais calmo do que nas últimas semanas. Porque sabia que estava fazendo a coisa certa no momento certo.

Quando Jamie finalmente acordou, estava mesmo confuso. "Onde estamos?", perguntou, me assustando.

"No hospital. Você está doente. Deve ser uma gripe, mas vão confirmar quando saírem os resultados dos exames."

"Certo", ele disse, apertando minha mão. Quanto mais desperto ficava, mais agitado se mostrava. Logo se deu conta de que aquele quarto era meio estranho, e concluiu que eu tinha sido exposto ao que quer que ele tivesse. Agora, não conseguia deixar aquilo de lado.

"Você não podia ter tirado a máscara", Jamie resmunga. "Foi loucura, Wes. Não deveria estar aqui."

Não é a primeira vez que ele questiona minha sanidade desde que acordou, mas agora *eu* estou questionando a sanidade *dele*, porque onde mais eu poderia estar? Do outro lado do vidro, assistindo ao sofrimento do homem que eu amo?

"Você vai acabar pegando essa gripe ovina idiota", ele murmura.

"Primeiro: nem sabemos se é isso que você tem", aponto. Estou sentado em uma cadeira ao lado da cama, mas inclinado sobre seu corpo enquanto acaricio sua bochecha com a mão sem luvas. Sua pele ainda queima, o que é preocupante. Passaram pelo menos seis horas desde a medicação intravenosa. A febre não deveria ter baixado? "Rigel acha improvável, lembra? Segundo: se for, provavelmente já estou contaminado, porque enfiei a língua na sua boca ontem. Terceiro: eu *deveria* estar aqui, sim. Dá só uma olhada nessa câmara de tortura." Abarco o ambiente opressivo com um gesto. "Nunca deixaria você ficar aqui sozinho, sofrendo."

Ele dá uma risada fraca.

Fico tão aliviado que esteja acordado. Quando o vi deitado, tão imóvel... fiquei assustado pra caramba.

"Seu técnico vai ficar puto." Ele suspira. "E se você perder o treino amanhã cedo? E tem o jogo em Tampa na quinta à noite. Você não pode se dar ao luxo de ficar doente, Wes."

Olho para ele, descrente.

Jamie vacila. "Quê?"

"Acha mesmo que vou treinar amanhã, com você no hospital?"

"Talvez já tenham me dado alta até lá."

"Com todas as precauções que os filhos da puta estão tomando? Até parece. No mínimo vão te manter em observação por alguns dias." Minha voz fica mais cortante. "Não vou para Tampa, espero que já tenha entendido isso. Não vou sair do seu lado até que o perigo tenha passado."

"Eu não corro perigo", ele protesta.

Meu queixo cai. "Você desmaiou no trabalho! Está com febre de quase quarenta graus! Seu rosto está da cor de uma lagosta, e você não para de tremer de frio. Está fraco até para levantar a cabeça!"

Jamie insiste: "Estou bem". Fico com vontade de socar a cara dele. Não o faço, claro, porque ele está deitado numa cama de hospital, então acho que preciso ser o adulto aqui.

"Você não está bem", digo, com severidade. "Está doente." Talvez até com uma variedade perigosa de gripe que foi transmitida de alguma forma por um animal, mas me recuso a acreditar que é mesmo isso. Graças à preocupante obsessão de Blake por ovelhas, sei que pelo menos dezesseis pessoas morreram por isso. E tudo o que tenho a dizer é que Jamie não vai ser a décima sétima. Eu venderia minha alma ao diabo antes de deixar isso acontecer. Ele é a minha vida.

Paramos de falar quando ouvimos um bipe alto. A porta abre e a enfermeira (que sem dúvida me odeia) entra no quarto, toda rígida. Está com a indumentária de proteção completa, incluindo máscara. Não consigo ver sua boca, mas seus olhos indicam que contorce os lábios.

"Venha comigo, por favor, sr. Wesley", ela ordena. O tom infeliz de sua voz me preocupa. Ah, meu Deus. Saíram os resultados dos exames de Jamie? Ela quer falar comigo em particular para confirmar que a ovelha o derrubou?

Meu batimento cardíaco triplica conforme levanto da cadeira. Jamie parece tão preocupado quanto eu, mas não protesta quando sigo a Mensageira da Morte para a antessala. Assim que a porta se fecha atrás de nós, ela pega um celular. *Meu* celular, que confiscou uma hora atrás, quando me pegou mandando mensagem para a família de Jamie.

Aparentemente, aparelhos eletrônicos são proibidos na quarentena. Na verdade, fiquei feliz quando o tirou de mim, porque as notificações não paravam de chegar depois que a foto vazou. Jamie ainda estava dormindo àquela altura. Ele não faz ideia de que uma tempestade de merda teve início do lado de fora da nossa jaula de vidro, e não tenho nenhuma intenção de contar isso a ele. Pelo menos não no momento.

Minha prioridade é ajudá-lo a ficar bem. Se descobrir que nosso relacionamento está sendo discutido e dissecado por milhares de pessoas — talvez milhões — quem sabe o que pode acontecer com seu corpo já fragilizado? Não posso correr esse risco.

"Recebemos um número exorbitante de ligações na última hora", ela diz, muito direta. "Mais de vinte vieram de um Frank Donovan. Ele insiste em falar com você. Sinceramente, eu e meus colegas estamos ficando cansados de ouvir gente gritando conosco. Então vamos abrir uma exceção. Você pode usar o celular, mas só nesta sala e rapidinho. Agora, por favor, ligue para o sr. Donovan, antes que eu me renda à vontade de olhar quanto custa contratar um assassino profissional."

Sorrio. Então talvez a Mensageira da Morte não seja tão ruim assim.

Espero até que ela saia e procuro o número de Frank na agenda, mas hesito antes de ligar. Cacete. Não estou preparado para lidar com nada disso agora. Eu tinha um plano, merda. Encerrar a temporada de estreia e depois sair do armário. A história seria controlada por Frank e por mim. Apresentada à imprensa do nosso jeito.

Mas algum cretino ganancioso e intrometido decidiu assumir as rédeas da situação. Ou alguma cretina. A Mensageira da Morte volta à minha mente. Será que foi ela?

Mas poderia ter sido qualquer um dos enfermeiros que vi do outro lado hoje. Ou os técnicos de laboratório que entregam os resultados. Os médicos que entram e saem da unidade. Os familiares que vêm visitar outros pacientes em quarentena.

Qualquer pessoa pode ter tirado a foto. Tentar apontar o culpado seria como jogar uma versão sem sentido de Detetive. A Mensageira da Morte... na unidade de isolamento... com a câmera!

E o que importa, a esta altura? Está feito, e agora é hora de controlar os danos.

"Ryan, já estava na hora!" A voz exausta de Frank explode no meu ouvido. "Por que não está atendendo ao celular?"

"Os enfermeiros pegaram", digo. "Não posso ficar com o celular no quarto."

"Isso é um mito. Estudos demonstraram que o efeito de celulares sobre os equipamentos médicos é mínimo."

Deveríamos mesmo estar falando disso agora? "Frank", digo, trazendo-o de volta a questões mais importantes. "De que tipo de estrago estamos falando?"

"Ainda é cedo para dizer. A maior parte dos veículos está seguindo a onda do arco-íris..." Cerro a mandíbula. "Você sabe, balançando a bandeira do orgulho gay e elogiando você pela coragem de sair do armário."

"Não saí do armário", reclamo. "Alguém me arrancou dele."

"Bom, mas o fato é que agora todo mundo sabe", ele diz, encerrando o assunto. "Agora precisamos garantir que a coisa caminhe bem. O time vai soltar a declaração que preparei logo depois do draft. Só queria te deixar avisado. Deve acontecer na próxima hora."

Frank me mandou uma cópia da declaração há um tempo. Era cheia de termos politicamente corretos, segundo me lembro. *O time apoia e sempre apoiou os jogadores e toda a diversidade que conferem ao hóquei...* Blá-blá-blá. *Temos orgulho de contar com Ryan Wesley em nosso elenco.*

"Vamos deixar os abutres fazerem a festa por uma noite", Frank diz em uma voz cínica. "Então, amanhã de manhã, você dá uma coletiva e..."

"Quê?", interrompo. "De jeito nenhum."

"Ryan..."

"Concordei em fazer uma declaração também", eu o lembro. "Em seguida ao que vocês liberassem para a imprensa. Não concordei em fazer uma aparição." A mera ideia de ficar à frente de uma sala cheia de jornalistas perguntando sobre minha vida sexual, respondendo a questionamentos que ninguém deveria ter o direito de fazer, faz a bile subir pela minha garganta.

"Isso foi antes que a internet ficasse cheia de fotos de você beijando outro homem", Frank diz. Ele não parece bravo ou incomodado, só está relatando os fatos. "Vão querer mais que um release de duas linhas, Ryan."

"Estou pouco me fodendo pro que querem!" A frustração se acumula no meu peito. Quero atirar o celular na parede, vê-lo se despedaçar, então pisar nele só pra garantir. Me sinto... violado. E isso só intensifica as ondas de indignação que sobem e descem pela minha espinha. Essas pessoas não têm o direito de me colocar nos holofotes só porque gosto de homens. Não é da porra da conta delas.

"Ryan." Frank faz uma pausa. "Tudo bem. É melhor a gente adiar essa discussão até seu, hum, companheiro receber alta do hospital. Por enquanto, vou liberar a declaração do time. Podemos sentir a resposta do público e depois decidir qual é o melhor passo a dar."

"Ótimo."

"Precisamos nos preocupar com o resultado dos seus exames?"

Minha mente parece vazia por um segundo. "Como assim?"

"Quanto à gripe", ele diz, impaciente. "A equipe técnica está preocupada. O jogo em Tampa é depois de amanhã."

Respiro fundo. "Não vou jogar na quinta, Frank. Se quiser, posso ligar para o técnico e falar direto com ele, mas isso não está aberto a negociação. Estou lidando com uma emergência familiar agora..."

"Por contrato, você..."

"Não quero saber do contrato", retruco. "Não vou pegar o voo com o restante do time." Não lhe dou a chance de se contrapor. "Tenho que ir agora. Os enfermeiros já estão me olhando feio." Não é verdade, mas Frank não sabe. "Ligo assim que os resultados dos exames de Jamie saírem."

Minhas mãos estão tremendo quando desligo. Eu não estava preparado para isso. Para nada disso. E, mesmo estando desesperado para voltar para o lado de Jamie, me obrigo a dar uma olhada nas mensagens caso alguém da família dele tenha escrito.

De fato, escreveram. Todos eles.

*Cindy: Patrick e eu precisamos de uma atualização, querido (mesmo sabendo que tudo vai ficar bem, vai ficar bem, vai ficar bem!).*

*Jess: Por que os cretinos do hospital não me deixam te ligar???*

*Joe: Como ele tá?*

*Scott: E o Jamester?*
*Brady: O J está bem??*

Tem até uma mensagem de Tammy, que também está internada no hospital. *Me liga assim que os resultados saírem. Pede pra ligarem no meu quarto: 3365.*

Em vez de responder a cada um separadamente, mando a mesma mensagem pra todo mundo.

*Ainda estamos esperando os resultados. Ele está acordado e rabugento. A febre continua alta, mas os médicos estão trabalhando pra abaixar. Não me deixam usar o celular aqui. Mando mensagem quando puder.*

Passo os olhos pelo restante das mensagens não lidas, quase todas de Blake. Também tem uma de Eriksson, mas nem abro, porque estou assustado demais com o que possa conter. Não tenho certeza de que estou pronto para encarar a reação dos caras do time à "novidade". Continuo descendo pelas mensagens e congelo ao ver o nome do meu pai. Clico nele.

*Pai: Você é um tolo.*

Sinto um aperto no coração. Fico puto comigo mesmo por permitir que essas poucas palavras me atinjam, mas, porra, dói.

Estou prestes a bloquear o celular quando o aplicativo do Twitter chama minha atenção. Tenho quatro mil seiscentas e vinte e duas notificações. Minha nossa.

Apesar de saber que não é uma boa ideia, cedo à curiosidade mórbida e abro o aplicativo para dar uma olhadinha no que a tuitosfera está achando dos últimos acontecimentos. Rá. #RyanWesley está nos trending topics do Twitter. Ganhei dez mil seguidores desde que a foto foi lançada. Clico nas notificações e descubro que, surpreendentemente, a maior parte dos tuítes é positiva.

*@gatadohoquei96: aimeudeus, seu namorado é lindo!*
*@FaDeToronto: Boa, cara!*
*@Kyle_Gilliam309: Você é uma inspiração pra todos nós, Wesley!*

E assim vai. Com exclamações, abraços e high-fives virtuais, as pessoas me dizem que sou um modelo para a comunidade gay. Espalhados entre esses tuítes, há alguns de negação, aversão e descrença.

*@SempreBears: Isso não é normal, sua bicha.*
*@Jenn_Sinders: Por favor, diz que você não é gay!*

Em uma conversa envolvendo uns cinquenta tuítes, duas fãs insistem em me marcar enquanto fazem um exame detalhado da "prova" da minha orientação sexual. Elas até dão zoom e cortam algumas partes da foto para defender sua tese.

@EiDelilah: *Sério, não é o RW. Olha só os olhos. Os dele são mais afastados.*

Meus olhos ficam próximos demais um do outro?

@InglesaPeituda69: *Claro que é! Eu reconheceria essa boca gostosa em qualquer lugar.*

@EiDelilah: *Bancando o advogado do diabo: vamos dizer que é RW. Isso não significa que é o \*namorado\* dele. Pode ser o irmão.*

@InglesaPeituda69: *Quem beija o irmão na BOCA?*

@EiDelilah: *Eu já beijei. Mas estava bêbada. Achei que era outra pessoa.*

@InglesaPeituda69: *Ecaaaaaaa! Não queria saber disso!*

Suspirando, fecho o aplicativo e bloqueio o celular. A Mensageira da Morte não disse que eu precisava devolver, então o enfio no bolso e volto para o quarto, onde Jamie me recebe com um olhar suspeito.

"O que ela queria?"

Dou de ombros. "Me deixou usar o celular para ligar pros seus pais."

"Eles estão pirando?"

"Não. Como eu, sabem que não há motivo pra preocupação." Volto a me acomodar na cadeira e pego sua mão. "Você vai ficar bem. Não vai dar nada nos exames. Você vai ver."

Ele assente, mas continua apreensivo. "Tem certeza?"

Me inclino e toco com os lábios sua preocupante bochecha quente. "Tenho", minto.

# 16

## JAMIE

Deliro de febre. O quarto tem algo que me deixa nervoso de um jeito esquisito. Sinto calor e frio ao mesmo tempo.

Só tem uma coisa que se comporta exatamente como preciso: Wes. Sempre que abro os olhos, ele está aqui. Ainda que eu esteja preocupado com sua saúde, sua carreira e um monte de outras coisas, não posso negar que é reconfortante. Porque tudo o mais é desorientador.

"Como cheguei aqui?", pergunto de repente.

Ele levanta os olhos do celular. "Hum, de ambulância, acho. Danton me ligou do rinque, mas não ouvi todos os detalhes." Ele limpa a garganta. "Acho que ele mencionou uma ambulância."

Penso nisso enquanto as paredes brilham. E então um urso enorme cola o corpo gigantesco contra o vidro. Ele pega um fone da parede e uma voz explode à nossa volta. "Porra! Você dá trabalho, hein, Jay?"

Minhas sinapses ainda estão em câmera lenta, mas o suspiro de Wes me dá a dica. Blake chegou. *Merda!* Tento puxar a mão casualmente, mas a pegada de Wes continua firme nela. "Wes?", eu o chamo.

"Oi?"

"Já era?"

"Bom..."

A euforia de Blake reverbera pelas paredes. "Já era? Vi vocês no jornal das dez. É uma boa foto para o anuário, Jay."

Wes levanta da cadeira e se aproxima da janela. Tenho certeza de que o está mandando parar com um gesto.

"Quê?", Blake pergunta, dando de ombros. "Ele vai acabar vendo TV, um jornal ou o próprio celular a qualquer momento."

De alguma forma, essa informação ajuda a clarear minha mente. Se estamos no jornal, o mundo inteiro está mergulhado em fofocas a respeito de Wes. "Desculpa", digo.

Wes vira pra mim. "Para com isso. Não é culpa sua. Nem um pouco."

Sei que é verdade. Mas aposto que está sendo bem inconveniente. Não é à toa que ele dá uma olhada no celular sempre que acha que não estou prestando atenção. "O que Frank disse?"

Wes dá de ombros. "Frank está lidando com a situação. Não precisa se preocupar." Mas ele não soa convincente.

"Você está preso aqui comigo. Eles devem estar putos com isso. Deve estar cheio de vans de canais de televisão do lado de fora do estádio."

"Está cheio de vans de canais de televisão do lado de fora do hospital", Blake diz, animado.

Olhamos para ele. "Sério?", Wes pergunta.

"Sério! Quase nem consegui passar. Trouxe pijamas." Ele levanta uma mala. "O zelador abriu o apartamento pra mim. Não sabia que escova de dente era de quem, então peguei tudo."

Devagar e sutilmente, Wes e eu nos entreolhamos. Sei que temos a mesma pergunta desconfortável em mente. *Será que ele abriu...*

"Não devia ter aberto tantas gavetas", Blake continua, coçando o queixo. "Não dá para apagar alguns daqueles brinquedinhos da mente. Mas cada um se diverte de um jeito. Também trouxe um sanduíche da lanchonete da esquina de casa. Será que rola pedir pra enfermeira mal-humorada entregar a mala pra vocês?"

Wes solta um suspiro longo e agonizante. Posso estar numa cama de hospital, mas ele acabou de ter sua privacidade amputada. E a ferida está jorrando sangue. "Blake, meio que me mata dizer isso, mas..."

"O que foi, cara?"

"Muito obrigado por toda a ajuda hoje." Ele coça a nuca, como se dizer algo simpático ao nosso vizinho irritante lhe causasse dor. "De verdade. Agradeço por tudo o que fez por mim mais cedo."

"Ah." Ele leva a mão ao peito. "Imagina, cara. E adorei a poltrona nova. Acho que vou comprar uma pra mim também. Ei! Moça! Espera!" Blake vê a enfermeira passando e larga o fone para correr atrás dela.

Wes vira pra mim e leva a mão pela milionésima vez à minha testa, que deve estar cheia de impressões digitais. "Você está surtando?", pergunto.

"Não", Wes mente.

"Não vou pedir desculpas por ser o motivo de tudo isso", digo. "Mas sinto muito por toda a merda com que você vai ter que lidar."

Ele apoia o cotovelo no meu colchão e aproxima o rosto lindo do meu. "Isso ia acabar acontecendo em algum momento. Talvez seja como tirar um siso. Você sabe que precisa, sabe que logo tudo vai ficar bem, mas ainda assim é um saco por um tempo."

"Verdade."

O que nenhum de nós diz é que esperamos que sua carreira sobreviva a isso. Ontem, ele era Ryan Wesley, a nova estrela do hóquei. Hoje, ele é Ryan Wesley, o primeiro jogador da NHL a sair do armário.

A porta faz um clique, e a enfermeira e o médico entram. Nenhum deles carrega a mala que Blake trouxe pra gente.

"Novidades?", Wes pergunta, levantando.

"Vamos transferir o sr. Canning para outro quarto", o médico diz.

É então que eu noto que os dois não estão mais usando nenhuma proteção. "Os exames deram negativo", solto.

"Deram *positivo*. Mas para um vírus da gripe mais comum."

"Não o ovino", Wes insiste, parecendo aliviado.

"Isso", o médico concorda. "É só uma boa e velha gripe."

Eles continuam falando, mas começo a sentir as pálpebras pesadas de novo. Wes pergunta ao médico por que é que estou tão mal, e o zum-zum-zum da resposta me deixa ainda mais sonolento, porque parece que ele não tem nenhuma ideia do que me derrubou. Ele usa termos como "apresentação incomum" e "clima pouco familiar".

Tanto faz. Só quero ir pra casa.

"A febre baixou para trinta e oito. Isso é bom", a enfermeira diz. Ela está perto de mim, com um termômetro na mão. "Assim que os antivirais fizerem efeito, você vai começar a se sentir melhor."

Estou tão tonto que tenho dificuldade em acreditar nela.

Quando acordo, estou sendo levado para outro quarto, no quarto andar. Fico com vergonha durante a viagem de maca pelos corredores. Quando chego ao quarto, que parece igual ao anterior, eles levantam o lençol sobre o qual estou deitado e o deslizam até a cama, levando meu corpo junto.

"Não posso ir pra casa?", pergunto a quem quer que esteja me ajeitando na cama nova.

"Só quando a febre baixar, meu bem", a nova enfermeira diz. É uma jamaicana corpulenta chamada Bertha. Gosto dela imediatamente. "Provavelmente amanhã."

Achei que já fosse amanhã.

Isso faz sentido?

Quero dormir mais um pouco.

Fecho os olhos enquanto Bertha mexe com as bolsas de medicação. Wes está em algum lugar no quarto. É tudo o que preciso saber por enquanto.

# 17

**WES**

Depois de devorar o sanduíche que Blake trouxe, passo o restante da noite no quarto de Jamie, sentado numa cadeira de plástico. Durmo em intervalos de quinze minutos, com a cabeça caída para a frente. Acabo me dando conta de que isso é mais exaustivo do que virar a noite.

Então a manhã chega com um susto. Tem luz demais no ambiente, e quando minha visão foca estou olhando para Frank Donovan, que enfia a cabeça pela porta do quarto do hospital.

Levanto da cadeira e vou para o corredor, para não acordar Jamie.

"Que horas são?", pergunto, soando incoerente aos meus próprios ouvidos.

"Sete e meia."

Balançando a cabeça de maneira brusca, tento me livrar da exaustão. "Começou a trabalhar cedo hoje?" Ele está à minha frente de terno e gravata, com os sapatos engraxados. O cabelo penteado. Somos o contraste perfeito.

Frank ri. "Pus o celular no silencioso às duas e meia da manhã. Quando olhei, às seis, tinha cento e cinquenta ligações perdidas. Todos os repórteres esportivos do mundo querem falar com você."

"Pena que não vão conseguir", digo, firme.

Frank morde o lábio. "Olha, sei que você está numa posição difícil. Mas releases do time declarando seu apoio não vão bastar. Estamos fazendo o possível para garantir que está tudo nos conformes quando se trata de você. Mas os fãs precisam te ver ao lado dos seus companheiros no gelo. É a única maneira que o público tem de ter certeza de que estamos falando sério. Isso ou uma entrevista no sofá de Matt Lauer ao lado do treinador."

Uma risada cruel me escapa. "Hal não vai topar."

"Hal vai fazer o que o time precisar que ele faça. Como *você*." A última palavra é dita em tom de ameaça.

"Ou o quê?", pergunto, mal-humorado. "Vocês vão me dispensar? O cara que acabou de ser tirado do armário? Não vai pegar bem."

Frank bate o pé no chão, impaciente. "Não faça isso, Ryan. Estou me matando pra segurar o furacão de bobagens da mídia. Estou do seu lado. Então bota logo os patins e deixa o meu trabalho mais fácil."

"Que horas é o treino?", pergunto. As engrenagens do meu cérebro começam a funcionar.

"Onze."

Olho por cima do ombro pro Jamie. Da última vez que a enfermeira mediu a temperatura dele, tinha baixado para trinta e sete e meio. Finalmente. "Tá, vou treinar hoje. Mas não vou para Tampa à noite. Talvez Jamie saia do hospital amanhã, e não pode ir pra casa sozinho. Não temos mais ninguém aqui."

Frank pensa a respeito. "Certo. Combinado. Mas é melhor arranjar alguém que possa ficar com ele aqui. Pegamos Nashville em seguida. Um jogador não pode perder partidas assim, a menos que esteja em meio a uma crise familiar de verdade."

Quero socar alguma coisa quando ele diz isso. É uma crise familiar de verdade. Das piores.

"Os fãs precisam ver que seu lugar no time está seguro. Se ficar afastado, vai parecer que estamos tentando nos livrar de você. Se for treinar, o interesse na história logo vai diminuir."

Agora estávamos falando a mesma língua. "Tá bom. E vou pensar em alguma coisa para o jogo contra Nashville", digo, só para que cale a boca. "E estarei no treino às onze."

Ele levanta o queixo na direção do quarto de Jamie. "Vai se despedir. Eu te deixo em casa para que possa dormir algumas horas. Precisamos de você com uma cara melhor."

Quanta sutileza. Eu o encaro por um segundo. Mas, droga, estou preso no hospital. Meu carro ficou na arena. "Espera aí."

Jamie está acordado quando volto para o quarto. "Tem problema se eu sair por algumas horas?" Sento nos poucos centímetros de colchão disponíveis perto do seu quadril. "Está com dor?"

Ele engole com dificuldade, como se a garganta queimasse. "Pode ir. Vou ficar bem."

"Precisa de água?" Olho em volta, procurando pelo copo com canudo.

"Vai", ele diz, mais forte. "Só..."

"O quê?" Apoio as duas mãos na cama e olho para seu rosto lindo.

"Volta mais tarde", ele diz, com um sorriso. "Talvez me deixem ir pra casa."

Eu me inclino e beijo sua testa. Então pego a mala do chão e vou antes que eu mude de ideia.

Em casa, durmo profundamente por duas horas. Então tomo um banho antes de ir para o rinque. Estou um pouco atrasado, mas é até bom. Sobra menos tempo para conversa de vestiário. Estou cansado demais para ouvir as bobagens que meus companheiros têm a dizer a meu respeito hoje.

Nem posso pensar nisso agora. Se estão tentando criar uma área separada para eu me trocar ou qualquer absurdo do tipo, nem quero saber.

Quando entro no vestiário, toda a conversa para.

Que seja. Estou pouco me fodendo. Jogo a mala no banco e tiro o casaco. Daria pra ouvir um alfinete caindo. Penduro o casaco e tiro as botas.

"Wesley, seu babaca", Eriksson diz. "Não ia contar nada pra gente?"

"O quê?", eu rosno. Minha vida sexual não é da conta de ninguém.

"Como ele está? Minha nossa. O noticiário na TV dá a impressão de que seu namorado já recebeu a extrema-unção."

Meus dedos tremem nos botões da minha camisa xadrez verde-claro. "Q-quê?"

O goleiro reserva, Tomilson, fala com ironia: "Acho que o que o sr. Sensível aqui está tentando dizer é: seu companheiro está bem?".

É difícil não deixar meu queixo cair. Para começar, eu e Tomilson mal trocamos dez palavras desde que me juntei ao time. Ele é um cara reservado. Tendo vencido dois campeonatos, acho que ganhou o direito de não aparecer nos eventos, porque nunca o vi em uma coletiva de imprensa ou festa. Blake me contou que passa todo o tempo livre com a esposa e os filhos.

Ouvi-lo se referir a Jamie como meu "companheiro", sem nenhum vestígio de julgamento, desconforto ou aversão em sua voz, faz meus olhos arderem. Porra. Se eu começar a chorar na frente dos outros caras do time ninguém nunca vai me deixar esquecer isso.

Pigarreio para tentar desfazer o nó que se formou ali. "Ele está melhor. A febre baixou. Acho que pode ter alta hoje." Minha voz sai mais áspera quando acrescento: "Essa gripe acabou com ele. Nunca vi nada igual".

"Pelo menos não era aquela da ovelha", Tomilson comenta. "O técnico disse que é uma gripe comum. Isso é bom, não?"

Assinto. O silêncio se prolonga no vestiário. Fico instintivamente tenso, esperando mais perguntas. Parece... fácil demais. Por que eles não estão vasculhando minha vida pessoal por mais detalhes, ou querendo saber por que não contei que sou gay?

Mas a verdade é que os caras do meu time universitário também tinham aceitado minha homossexualidade. Na época, também achei que havia sido fácil demais. Enquanto fico aqui esperando o julgamento do meu time atual, me dou conta do tipo de cínico que me tornei. Talvez haja mais tolerância no mundo do que penso. É possível? Meus pais homofóbicos são a exceção em um mundo que está aos poucos evoluindo?

Depois de mais alguns segundos de silêncio, Eriksson abre a boca de novo. "Foi a camisa."

Pisco, confuso. Ele aponta para a camisa verde que estou vestindo.

"Eu sabia que ia te deixar gay", ele diz, achando graça.

"Matt", outro jogador o repreende, mas é tarde demais. Os outros caras começam a rir, e eu também.

"Quantas vezes vou ter que te dizer?", brinco. "Esta camisa é o que está pegando ponto com. Não. Ponto edu. Porque todo mundo deveria aprender com ela."

Forsberg ri. "Todo mundo vai ficar cego com ela, isso sim." Ele se aproxima e me dá um tapa na bunda. "Agora se arruma. O treinador não vai pegar mais leve com você só porque seu namorado está gripado. Eu me atrasei pro treino uma vez porque a linda estava doente e aquele velho cretino me mandou fazer cem flexões, com todo o equipamento. Incluindo patins. Tem ideia de como essa porra é difícil?"

"Linda? Não sabia que você tinha namorada...", começo a dizer, mas

Forsberg já desapareceu pelo corredor, de modo que Eriksson tem que responder por ele.

"Ele não tem. Linda é o nome da cadela dele."

Então tá. Parece que Forsberg tem uma cadela chamada Linda. O que é só mais um lembrete de quão pouco esforço fiz para conhecer melhor os homens com quem treino todos os dias.

O nó na minha garganta volta. Eu o engulo e me troco depressa para treinar.

A entrada no rinque esta manhã só é permitida a alguns poucos repórteres e jornalistas, que sem dúvida foram escolhidos a dedo por Frank e sua equipe. O time em geral não dá acesso à imprensa no treino anterior a um jogo, mas hoje é exceção. As pessoas precisam me ver no gelo com meus companheiros, e é isso que vamos dar a elas.

Estou dolorosamente consciente das câmeras que me seguem aonde vou, como uma caneta laser. Cada movimento que faço é documentado e fotografado, e quase posso ver as legendas sob as imagens.

Quando o treinador me dá uma bronca por ter perdido um gol fácil: *Tensão no ar: Hal Harvey e Ryan Wesley brigam no treino!*

Quando Eriksson e eu batemos peito contra peito depois de uma bela assistência minha: *Matt Eriksson apoia companheiro gay de time!* Embora, nos tabloides, imagino que vá ser algo mais para: *Matt Eriksson e Ryan Wesley: amantes?*

Quando aceno e sorrio para um dos repórteres (depois de um olhar cheio de significado de Frank): *Orgulho gay! Ryan Wesley recebe bem a atenção da mídia!*

Odeio minha vida neste momento. De verdade. A única coisa boa nela é que o homem que eu amo não está mais "sem reação" numa cama de hospital. Jamie está melhorando. Fiquei com tanto medo de perdê-lo que saber que vai ficar bem é a luz no fim do túnel à qual me agarro durante esse treino de fachada.

Depois que o treinador apita para nos dispensar, não consigo sair do gelo rápido o bastante. Isso faz com que Frank me olhe feio de novo, mas ele que se foda. Eu disse que não ia atender os jornalistas, e estava falando sério.

No vestiário, tiro o equipamento tão depressa quanto coloquei. Quando ouço o burburinho da atividade no corredor, meu estômago gela. Ótimo. Acho que Frank decidiu dar livre acesso à imprensa hoje. Infelizmente, só tem uma saída do vestiário: pela porta atrás da qual deve haver uma multidão de repórteres.

Tomilson me lança um olhar compreensivo quando tento sair despercebido.

"Só sorri e acena", Eriksson sugere.

"Dê a eles um tchauzinho tipo o da rainha Elizabeth", Luko acrescenta. Então ele simula o balançar de mão lento e empolado que os membros da realeza britânica dominam, fazendo todo mundo rir.

"Você me chamou de rainha?", brinco.

O sorriso dele desaparece na hora. "N-não! Eu..."

"Estou brincando, cara. Juro por Deus." Merda. Não tive tempo de pensar no que queria dizer pros outros caras do time. "Não me ofendo com facilidade. E, só pra registrar, nenhum de vocês é meu tipo, prefiro homens bonitos. A não ser por Eriksson, talvez. Mas não quero que ele só me use pra esquecer a mulher."

Eriksson ri e eu vou embora, passando pela porta bem no momento em que o treinador Harvey diz algo que quase faz meus olhos saltarem das órbitas.

"Se ser gay significa patinar como Ryan Wesley, vou encorajar todos os meus jogadores a experimentar."

O corredor inteiro se desfaz em sorrisos e risadas, que se transformam imediatamente em gritos quando os repórteres me notam à porta.

"Ryan! Você tem algo a dizer aos atletas gays que têm medo de sair do armário?"

"Qual é a sensação de ser o primeiro jogador declaradamente gay da liga?"

"Quando você descobriu que era gay?"

"Gostaria de dizer algo a respeito da declaração do treinador Harvey?"

Eu estava preparado para balbuciar apenas "sem comentários" hoje até que a expressão perdesse todo o sentido, mas, depois de ouvir meu técnico declarar seu apoio a mim (apesar do modo estranho como fez isso), tenho que responder à última pergunta.

"Hal Harvey é o melhor técnico com quem já trabalhei", digo, com a voz áspera. "Espero poder deixá-lo orgulhoso por muitas temporadas ainda."

Os repórteres disparam outra leva de perguntas, mas eu já disse tudo o que queria, então abaixo a cabeça e atravesso a multidão, deixando que suas vozes ansiosas ecoem no vazio. Tem mais um monte de jornalistas e vans da imprensa no estacionamento, mas eu os ignoro e abro depressa minha suv. Só posso agradecer pelos vidros filmados. Tenho certeza de que as câmeras me pegam sentando no banco da frente, mas com sorte ninguém vai me ver levando as mãos ao rosto e soltando um gemido de agonia.

Um minuto depois, estou saindo do estacionamento. Meu celular está pareado com o som via Bluetooth, então, quando recebo uma ligação, o nome de Frank surge no painel.

Clico para ignorar a chamada. Quando o celular toca de novo, quase arranco o volante do carro. Porra. Ele não pode me dar um segundo de descanso?

Só que não é Frank. Relaxo ao ver o nome de Cindy Canning. Atendo na hora.

"Oi, querido", ela me cumprimenta, e o calor em sua voz faz mais pela temperatura dentro do carro que o ar que entra pelo aquecedor. "Acabei de falar com Jamie. Ele disse que não vai ter alta hoje. Não quis ligar porque achou que poderia ainda estar no treino."

A decepção me atinge com tudo. Eu estava bem esperançoso de que Jamie fosse liberado hoje. Mas pelo menos significa que Frank não tem como me fazer ir para Tampa esta noite. Enquanto Jamie estiver no hospital, o único lugar para onde vou viajar é a cabeceira da cama dele.

"Acabei de sair. Estou indo pro hospital agora."

"Jamie disse que você vai perder o jogo amanhã..." Ela parece preocupada.

"É. E o seguinte, e talvez o próximo." Frank e sua baboseira de "emergência familiar de verdade" que se danem. É uma emergência familiar.

"Ryan..."

"Não vou pegar avião nenhum enquanto Jamie não estiver cem por cento", digo, firme.

O tom dela é igualmente severo. "*Ryan*."

"*Mãe*", eu a imito, então suavizo o tom de voz. "Sou tudo o que ele tem aqui. Não tem ninguém para ficar com Jamie enquanto eu estiver fora. Não vou deixá-lo sozinho no apartamento, pelo menos até que esteja totalmente recuperado."

Cindy suspira. "Certo. Vamos esperar até que ele tenha alta e não tomar nenhuma decisão precipitada."

Dou seta para a direita para pegar o acesso à rodovia. Ainda é cedo o bastante para que o tráfego na Gardiner não esteja tão ruim. "Ligo quando tiver uma ideia de quando ele vai receber alta", digo.

"Obrigada, meu bem. Quando vir Jamie, diga a ele que ganhou uma nova sobrinha. Lilac nasceu faz mais ou menos uma hora. Com quase quatro quilos."

"Uau! Parabéns, vovó! Mas... Lilac?"

"Tammy ainda está sob efeito da medicação."

"Então tá. Ah, e obrigado por ontem."

"Pelo quê?", ela pergunta, sem se alterar.

"Pelo mantra que me ensinou", eu a lembro. "*Vai ficar tudo bem*. Devo ter dito *um milhão* de vezes ontem à noite, e fez mesmo com que eu me sentisse melhor."

Sua risada explode no alto-falante. "Aquilo? Foi uma merda qualquer que eu inventei na hora, porque achei que você precisava."

Não consigo segurar uma risada histérica também. E Cindy acabou de dizer "merda"? Ela nunca fala palavrão. "Bom, funcionou. Acho que impediu que eu tivesse um colapso nervoso."

"Fico feliz. Agora desliga o telefone e se concentra em dirigir. Cuida do nosso garoto. Te amo."

"Também te amo."

Encerro a ligação e agradeço aos céus por ter Cindy e o restante da família de Jamie na minha vida. Então dirijo até o hospital para cuidar do nosso garoto.

# 18

## JAMIE

Fiquei no hospital por mais um dia só para fazer alguns exames. Tiraram sangue tantas vezes que sonhei com vampiros vestidos de enfermeiros.

Então tive que passar mais uma noite neste lugar. Tentei pegar no sono, mas eles vinham tirar minha temperatura a cada hora. Agora estou com uma tosse seca e entrecortada que me impede de dormir mesmo quando os enfermeiros não estão me furando.

Pelo menos convenci Wes a ir para casa esta noite e dormir na nossa cama. Ele vai perder o jogo em Tampa à toa, só porque continuo neste lugar. Quero sair daqui e vestir minhas próprias roupas.

"Oi, lindo!"

São umas dez da manhã quando ele aparece para me ver, parecendo descansado e cheio de vida. Já eu estou derrotado, fedendo e com a barba por fazer. Pelo menos um de nós está bem.

"Trouxe um croissant de chocolate e um cappuccino duplo", ele diz, beijando minha têmpora antes de se jogar na cadeira. "E boas notícias. Parece que vão te dar alta em algumas horas."

"Ótimo", digo, tentando acreditar nele. "E obrigado." Pego o café que ele oferece e dou um gole, mas meu estômago protesta um segundo depois. Merda. Coloco o copo na mesa. Se não consigo tomar nem café, é melhor me dar logo um tiro.

O sorriso dele se desfaz. "Qual é o problema? Você precisa de alguma coisa?"

Estou cansado de ser a pessoa cheia de necessidades. "Só de um banho e da nossa casa."

À porta, a enfermeira Bertha estala a língua. "A febre tem que passar antes que você possa usar o chuveiro. Sou grande, mas não o bastante para te segurar se você cair."

"Você ainda está com febre?", Wes pergunta, levando a mão à minha testa.

Tenho que me segurar para não a tirar de lá. "Baixa", resmungo. "Nada de mais."

"Posso trazer uma bacia e um pano para te limpar", Bertha oferece. Ela bate uma unha vermelha brilhante contra os lábios sorrindo. "Ou posso fazer um intervalinho de trinta minutos antes. Então volto pra te ajudar."

"Mas vou pra casa hoje, né?", suplico. Porque é só isso que importa. Em casa posso fazer o que quiser.

"Claro, docinho. O médico vai passar ao meio-dia, então você vai estar liberado. Mas te vejo em meia hora." Ela sai e eu suspiro, então começo a tossir. Ótimo.

Wes atravessa o quarto para fechar a porta. "Tá bom, levanta!", ele diz, tirando a jaqueta. "Hora do banho."

"Quê?" Tusso de novo, porque é difícil parar, ainda que minha barriga esteja doendo por causa do esforço.

"Meu Deus, Canning." Wes me lança um sorriso espertinho por cima do ombro, como faz desde que tínhamos catorze anos. "Regras existem pra ser quebradas. Não tem tranca na porta, mas que se dane." Quando ele vira, vejo que está desabotoando a própria camisa.

"O que está fazendo?"

"Não quero molhar minha roupa", ele diz, com a tatuagem já aparecendo. Wes joga a camisa na cadeira e então baixa o zíper do jeans.

Hesito, com as mãos no lençol que me cobre. As palavras estão na ponta da minha língua: *Vamos nos meter em muita encrenca por isso.*

"Você quer tomar banho, não é?" Seus olhos indicam que ele está achando isso divertido. "A água quente vai ajudar com essa tosse feia. Temos menos de trinta minutos. Vou ligar o chuveiro."

Ele vai para o pequeno banheiro, onde só entrei uma vez. Ontem à noite, em vez de pedir o papagaio, cambaleei até lá para mijar. O que percebo que tenho que fazer de novo quando ouço a água correndo.

Bom, chegou a hora.

Saio da cama e ponho os pés no piso frio. Odeio o avental do hospital. Não consigo nem olhar para o troço sem me indignar.

Preciso me lembrar de nunca mais ficar doente. Este lugar é péssimo.

Vou cambaleando até o banheiro. A febre está baixa, mas não tenho comido muito nos últimos dois dias. Quando chego, me seguro na barra de metal parafusada na parede, como se eu fosse um velho.

"Pronto, a água está quente", Wes diz, animado. Então me olha com cuidado, e noto a preocupação em seu rosto.

Dou as costas e foco na privada, fazendo o que tenho que fazer. Wes mexe sem necessidade na torneira do chuveiro, só para preservar o que resta da minha dignidade. Depois que aperto a descarga, ele desamarra o avental do hospital e prende no gancho. Passo por ele para entrar no boxe apertado.

"Senta", Wes diz, casualmente. Tem um banquinho lá dentro.

Eu o ignoro e entro debaixo da água. A sensação é *maravilhosa*. Viro devagar, aquecendo o corpo. Então começo a me sentir tonto.

Uma mão quente envolve meu bíceps. Gostando ou não, sou guiado com firmeza para o banquinho. Apoio os cotovelos no joelho e solto a cabeça nas mãos. Se não estivesse tão cansado, poderia chorar. Para piorar, a água só me atinge de um ângulo estranho aqui.

Ouço um barulho ao meu lado e sinto a direção da água mudar. Quando abro os olhos, Wes está pelado dentro do boxe comigo. Ele soltou o chuveirinho. Cantarolando, ele o usa para molhar meus ombros. "Inclina a cabeça pra trás", Wes diz, baixo. Quando obedeço, ele molha meu cabelo.

A água desaparece pouco depois, então as mãos de Wes esfregam minha cabeça. Já tomamos banho juntos centenas de vezes, mas nunca assim. Odeio depender dele. Me inclino, descanso a testa no osso do quadril dele e suspiro.

Wes segue em frente. As mãos fortes que tanto amo passam pela minha nuca, pelos meus ombros, atrás das minhas orelhas. Então ele me enxágua, protegendo meus olhos com a mão para que não entre sabão. Arde mesmo assim, mas de frustração. Wes se ajoelha na minha frente.

Quando levanto o rosto, um par de olhos cinza bem sérios me encara, na mesma altura que os meus. "Ei", ele diz, baixo.

"E-ei", gaguejo. *Não se incomode comigo. É só um colapso nervoso.*

Ele pega minha cabeça com as duas mãos e me beija. Deixo minhas pálpebras se fecharem enquanto o puxo para mim. Seus lábios macios estão molhados. Ele investe a boca contra a minha com tudo. Sua língua quente passa pela fresta entre meus lábios. E de repente estamos nos pegando no chuveiro do hospital, o que é maluquice. Não se trata de sexo, no entanto. É um beijo reconfortante. Gosto muito mais disso do que da mão dele na minha testa.

Quando Wes se afasta, tem um sorrisinho dissimulado no rosto. "Esta noite você vai estar em casa", ele sussurra. "Na nossa cama."

Engulo em seco com dificuldade e assinto. É melhor que eu esteja.

"Levanta os braços", Wes manda.

Quando obedeço, ele lava minhas axilas, massageando a pele sensível com as mãos ensaboadas, que continuam sua jornada até minha barriga e a virilha. Ele afasta meus joelhos e lava a parte interna das coxas, tocando meu saco com a ponta dos dedos. Então deixa a mão se demorar ali, me dando uma única batida lenta. Está me lembrando de que a vida nem sempre é essa merda, e fico grato pela mensagem.

Cantarolando de novo, ele pega o chuveirinho e enxágua o sabão, sem pressa, tocando todo o meu corpo como se me admirasse com as mãos. "Acho melhor a gente sair", ele diz por fim.

"É."

Wes desliga o chuveiro e pega duas toalhas do suporte. Amarra uma em volta da cintura e coloca a outra na minha cabeça, então começa a secar meu cabelo.

"Pode deixar", digo, levantando os braços pesados para assumir o controle. "Pode ver o que Blake me trouxe de roupa?"

"Só calças de flanela, mas eu peguei um jeans hoje de manhã. Espera aí."

Wes se seca rápido e põe a cueca. Eu o ouço circulando pelo cômodo, enquanto veste as próprias roupas. Ele volta com uma cueca e uma calça jeans pra mim. "Levanta."

Eu obedeço, sem firmeza. Me seco, mas preciso me apoiar nele pra isso. Wes estica a toalha no banquinho do chuveiro e então eu sento nele pra colocar a cueca e a calça. Então ele estende a mão e me ajuda a levantar, me puxando para um abraço.

Se já duvidei de seu amor por mim, sou um idiota.

"Vem." Ele me deixa andar sozinho pelo quarto, mas empurra a cadeira para mim. "Senta. Você vai se sentir melhor fora da cama por um tempo."

Wes está certo. Vou mesmo.

Me acomodo perto das janelas. Wes está revirando a mala que Blake trouxe. "Ei, quer fazer a barba?" Ele me mostra uma gilete e espuma de barbear.

"Aqui? Agora?"

"Tem alguma outra coisa pra fazer?"

"Não." Dou risada.

Wes pendura minha toalha sobre meus ombros nus, então pega uma bacia pequena de um armário. Nem quero saber para que serve. Ele a enche de água e se inclina sobre mim. Passa a espuma nas minhas bochechas e no meu queixo, então barbeia meu rosto centímetro por centímetro.

Posso sentir sua respiração na minha maçã do rosto conforme ele se aproxima para me barbear com mais cuidado. A água está morna, assim como seu toque. Não é incomum os homens irem a barbeiros, mas agora o processo todo parece estranhamente íntimo. Meu rosto está muito sensível ao toque de Wes. Gosto do jeito como sua mão hábil segura minha mandíbula e seu dedão passa pela minha bochecha para verificar o resultado.

Quando ele passa para o outro lado, recebo um beijo na nuca. "Tenho que ir para Nashville amanhã cedo", ele diz, então bate dois dedos debaixo do meu queixo. "Levanta."

Obedeço. "Vai. Vou ficar bem", digo, depressa. "Posso pedir sopa pelo celular e ficar vendo TV. É tudo de que preciso. Alguns dias de descanso. Então vou ficar novo em folha."

Ele está quase acabando quando Bertha entra. "Olha só pra você!", ela diz. "Parece bem mais feliz."

Pareço? Acho que estou. É bom se sentir limpo.

Ela não diz nada sobre o vapor no ar, nossos cabelos molhados ou pés descalços. Só recolhe os lençóis e sai, voltando um minuto depois com um jogo limpo. Bertha arruma a cama enquanto Wes termina de limpar o que sobrou de espuma de barbear no meu rosto.

"Agora senta aqui de novo", Bertha diz, erguendo a parte de cima da cama. "Vão te trazer uma canja para o almoço enquanto cuido da papelada da sua alta."

A sopa não tem gosto, mas tomo mesmo assim, para testar se estou pronto para ir para casa. Wes e eu acabamos dividindo o croissant de chocolate, mas como minha parte com dificuldade. Não tenho o menor apetite, mas estou cansado de me sentir tão fraco.

Wes acha uma foto da minha sobrinha recém-nascida no Facebook. Então, por algum milagre, o médico vem me dar alta. Wes conversa com ele sobre meus exames, mas nem ouço. Não encontraram nada de interessante, e só quero deixar esse pesadelo para trás.

O insulto final é a cadeira de rodas que Bertha me traz. "É a regra", ela insiste. "Que nem na TV."

Estou tão desesperado para ir embora que nem discuto. Sento naquela porcaria. Wes coloca a alça da mala no ombro e me empurra até o elevador. A liberdade está próxima! Ele deve se sentir igual, porque, quando chegamos ao andar certo, me empurra mais rápido enquanto segue as indicações para o estacionamento.

As portas automáticas se abrem para nós e o ar frio me faz perder o fôlego. Estou sem blusa.

"Desculpa", Wes diz, apertando meu ombro. "Ele deve estar... Ali!"

Um Hummer vem na nossa direção. Blake Riley sorri de trás do volante. "Por que ele não está em Tampa?", pergunto.

"Machucou o joelho. Vai perder... ah, porra."

Estou processando as más notícias, então preciso de mais um segundo para registrar o som de pés correndo pelo asfalto.

"Ryan Wesley!", alguém chama. "Como vocês dois estão?" Flashes iluminam as paredes de concreto do estacionamento. "Aqui, Wesley!"

"Ignora, lindo", ele diz, firme. Então abre a porta do Hummer e vira para me oferecer a mão.

"Se me ajudar agora vou acabar com a sua vida", ameaço.

Ele recolhe a mão rápido, como um criminoso pego no flagra, e eu levanto sozinho. Só preciso dar alguns passos antes de sentar no banco de couro do machomóvel de Blake.

Wes deixa a cadeira e senta ao meu lado. Ele bate a porta e os repórteres se aproximam das janelas. Um dos babacas chega a colocar a lente da câmera contra o vidro filmado e ilumina o interior com o flash.

Blake resmunga no banco da frente, então avança um pouco com o carro. Isso basta. Ninguém quer ser atropelado. Ele acelera, e Wes solta um suspiro profundo. "Minha nossa."

Ficamos em silêncio por alguns minutos enquanto Blake nos conduz pelas ruas movimentadas de Toronto. "Como está se sentindo, Jay?"

"Bem", digo, então começo a tossir como um tuberculoso.

Wes está tenso ao meu lado, ainda em silêncio, passando os olhos pelo que parecem ser mensagens de texto de uma vida inteira. "Ah!", ele diz de repente. "Ufa!"

"O que foi?", pergunto, ainda tossindo. Boas notícias viriam bem a calhar.

Ele vira o celular para me mostrar uma mensagem da minha mãe: *Pelo seu calendário, você vai para Nashville e depois Carolina do Norte, então Jess vai passar um tempo por aí. Ela chega amanhã de manhã.*

"Espera", consigo dizer, desejando que a tosse parasse. "Como assim?"

"Jess vai vir cuidar de você, já que vou ficar fora. Cara, eu poderia beijar sua mãe agora. Pena que sua irmã só vai chegar amanhã."

"Não preciso de Jess. Não preciso de ninguém", digo. Meu Deus. Minha irmã só vai dominar o controle remoto e encher meu saco.

Wes guarda o celular e relaxa contra o assento. "Tarde demais. Eles já compraram a passagem."

Ele parece ridiculamente aliviado, então engulo minhas objeções. "Obrigado por vir me buscar", digo para Blake, no banco do motorista.

"Sem problemas! Gosto de dirigir um carro em fuga, como se fosse um gângster. Acha que eu seria bom nisso?" Ele pigarreia e faz uma imitação fraca de *O poderoso chefão*. "Luca Brasi dorme com os feixes."

"É peixes, cara", corrijo.

"Não!" Ele ri. "Não pode ser. Não faz sentido." Ele faz uma curva sem desacelerar, e eu e Wes somos jogados para o meu lado do carro.

Wes leva a mão à frente do meu peito como alguém faria com uma criança que está sem sinto de segurança. Se me deixassem em paz, eu ficaria bem. De verdade.

"Mas não sei se conseguiria colocar uma cabeça de cavalo na cama de outra pessoa", Blake continua falando. "Meio nojento."

Recosto a cabeça no assento e me pergunto como foi que chegamos a esse ponto.

# 19

## JAMIE

Wes já foi embora quando entreabro meus olhos cansados na manhã seguinte. Tem um post-it verde no travesseiro dele. Eu o pego, ainda meio grogue.

*Queria me despedir te chupando, mas você estava tão apagado que não tive coragem. Ligo quando chegar em Nashville. Blake está no sofá, se precisar dele. Jess chega às onze. Te amo.*

Os garranchos familiares me agradam, mas não posso dizer o mesmo do que escreveu. Não preciso de uma babá, muito menos de duas. Só preciso levantar dessa cama, me trocar e ir ao treino da manhã.

Um monte de gente depende de mim, droga. Braddock pode ter me dado a semana de folga (na verdade, uma quantidade de tempo indefinida de folga, até eu "melhorar"), mas de jeito nenhum vou faltar ao trabalho. Tem um torneio importante chegando em algumas semanas. Os garotos precisam estar prontos para ele. Meu *goleiro* precisa estar pronto. Me deixa louco pensar que outro técnico possa estar trabalhando com Dunlop só porque estou com essa tosse idiota e...

Quase cuspo um pulmão conforme sento na cama. Porra. Meus olhos se enchem de água e meu peito dói enquanto seguro a lateral do corpo e tusso tão forte que tenho medo de quebrar uma costela.

Ouço passos pesados no corredor. Em um segundo, Blake aparece na porta, só de cueca e com o cabelo todo bagunçado. "Meu Deus! Tudo bem com você, Jay?", ele pergunta. "Do que precisa? Água? Remédio?"

Olho para ele durante outro acesso de tosse. Quando se aproxima, agito a mão e consigo dizer: "Estou bem".

Olhos verdes descrentes me encaram. "Você não está bem. Parece que vai cair duro a qualquer segundo. Vou ligar pro Wesley!"

Por sorte, a tosse para no mesmo instante. Cambaleio para fora da cama. "Não precisa ligar pra ele", digo apenas. "Já falei que estou bem."

"Ah, é? Então por que está cambaleando por aí como um... o que cambaleia, hein? Um filhote de cavalo? Um *potro*." Ele parece muito satisfeito consigo mesmo. "Por que está cambaleando como um potro? Ei, aonde está indo?"

Paro em frente à porta do banheiro. "Vou mijar", digo, entredentes. "Posso?"

Blake me segue até o banheiro. Para minha irritação, ele cruza os braços enormes e diz: "Wesley disse que não posso te perder de vista. Caso caia ou coisa do tipo."

Puta que o pariu. "Quer segurar meu pinto também?", murmuro.

Ele ri. "Não, prefiro deixar isso pro seu namorado. Só vou olhar."

Não há nada mais humilhante do que mijar enquanto o companheiro de time gigantesco do seu namorado te vigia. Blake continua me seguindo pelo quarto, enquanto faço um esforço inacreditável para me vestir.

"Não precisa se embonecar por minha causa", ele comenta enquanto abotoo a camisa.

"Não é por sua causa", solto. "Tenho treino em uma hora."

"Ah, não." No segundo seguinte, Blake está à minha frente, *desabotoando* minha camisa. Minhas fracas tentativas de afastar suas mãos são inúteis. "Você vai é voltar para a cama", ele ordena. "Ou pode ir para o sofá, se quiser ver algum talk show matutino comigo. Curte *The View*? Eu adoro. Aqueles caras são engraçados. Apareci no programa uma vez, sabia? Dei em cima da Whoopi. Não deu em nada." Ele faz uma careta. "Que droga, né?"

"Blake."

Ele para. "Hum?"

"Cala a porra da boca." Estou sendo mal-educado. Sei que estou. Mas, puta merda, minha cabeça está me matando. Meu peito dói. Minhas pernas mal aguentam meu próprio peso. Minhas orelhas não merecem um descanso? Essa criatura não pode ficar em silêncio por cinco segundos?

Ele parece magoado por um momento. "Ah. Tá. Desculpa." Então sua expressão endurece, e dá para entender por que o cara é tão incrível no gelo. Seu olhar de "não mexe comigo" é assustador. "Mas você não vai treinar, Jay. É melhor aceitar isso, porque não vou deixar."

Blake e eu assistimos a *The View*. Calados. Fico com aquela música da Joni Mitchell na cabeça, sobre não saber o que se tem até perder. Sinto falta da falação sem sentido de Blake. O silêncio é excruciante. Me deixa consciente demais da minha respiração instável, do chiado no meu peito toda vez que inspiro. Quando começo a tossir, Blake se aproxima e bate nas minhas costas até que eu pare. Então ele me passa um copo de água em uma ordem silenciosa para que eu beba. Merda. Ele é um cara legal.

"Desculpa", solto. Ele vira o rosto pra mim. "Desculpa por ter te mandado calar a boca. Não estou acostumado a aceitar ajuda dos outros. Nem a me sentir..." *Desamparado*. Nem consigo dizer a palavra. Sinto o rosto esquentar, mas não sei se de vergonha ou frustração, ou ainda se é só a febre voltando. E, reparando agora, minha calça e meu moletom estão meio úmidos. Estou suando.

"Tudo bem", Blake murmura.

Estico o braço para colocar a mão em seu ombro e apertar de leve. "Não. Fui um idiota e sinto muito por isso. Você é um bom amigo, Blake."

Um segundo depois, ele abre um sorriso enorme. "Sou mesmo. Mas desculpas aceitas, sr. Ranzinza. Sei que foi só porque..." Ele para, franzindo a testa. "Sua mão parece uma luva de cozinha. Bom, se a luva estivesse no forno assando. A febre voltou?"

"Não." Ele me lança um olhar desconfiado, mas pelo menos não levanta do sofá num pulo para procurar o termômetro. Nem acho que tenhamos um em casa, na verdade.

Blake me traz um copo de água gelada e alguns comprimidos, que eu me forço a engolir. Eles me deixam meio grogue, e não demora muito para que eu esteja roncando no sofá.

Não tenho certeza de por quanto tempo durmo, mas eventualmente começo a ouvir cachorros latindo. É um chihuahua estridente, que parece puto. E o rottweiler com quem briga... talvez ache que o chihuahua é uma fêmea no cio? Ele parece meio feliz. Chihuahuas e rottweilers conseguem cruzar? A raça do filhote é rottuahua?

"Chiweiler", murmuro.

Os cachorros param de latir.

"Ele acabou de dizer 'chiweiler'?", uma voz de mulher pergunta. "O que isso quer dizer?"

"É uma mistura de rottweiler com chihuahua", responde uma voz masculina e profunda. "Dã."

Abro os olhos e suspiro quando vejo Blake e minha irmã diante do sofá. Os dois me olham como se tivessem crescido chifres em mim e um bigode de cafetão.

Então Jess diz "Jamie!" e se joga em mim, me abraçando forte o bastante para fazer minhas costelas doerem. "Você está bem? Como se sente? Opa, um pouco quente."

"Merda", Blake diz, irritado. "A febre já voltou?"

"Deixa comigo, eu assumo agora. Tchauzinho, grandalhão. É o meu turno agora."

Blake balança a cabeça, teimoso. "Prometi a Wesley que ia cuidar dele."

"Te dou permissão pra quebrar essa promessa. Agora vai!"

"Gente... vocês..." Minha voz sai áspera. "Podem parar de brigar? Minha cabeça está me matando."

A preocupação inunda os olhos castanhos da minha irmã. Seguido pelo calor da acusação quando ela se volta para Blake. "Você não me disse que ele estava com dor de cabeça!"

"Eu não sabia!"

"Que tipo de enfermeiro é você?"

"Do tipo que joga hóquei!"

Eles levantaram a voz de novo. Quero estrangular os dois. Gemendo, sento e esfrego os olhos. "Que horas são?"

"Uma", Jess diz. "Você almoçou?"

"Hum..."

"Tomou café?", ela insiste. Então olha feio para Blake. "Você não deu comida pra ele? Como vai melhorar se está morrendo de fome?"

"Estou sem apetite", digo. Mas não adianta. Os dois já voltaram a discutir. Dessa vez, sobre o que preciso comer pra recuperar minhas forças. Blake defende fast-food e sai para comprar.

Me jogo no sofá de novo, e por alguns minutos abençoados ninguém me incomoda, porque Jess está ocupada na cozinha, preparando alguma coisa. A dor de cabeça alivia um pouco. O tempo passa, e o único barulho na sala vem da TV tentando me vender carros de luxo e produtos farmacêuticos.

A paz é quebrada quando a porta se abre e Blake entra. "Trouxe comida, Jotinha!"

"Do que você me chamou?", Jess gritou da cozinha.

"Como você entrou?", protesto do sofá.

"Fiz uma cópia da chave", Blake diz, voltando a colocá-la no bolso. Ele coloca uma caixa grande na mesa e a abre. "Trouxe um sanduíche de peru no pão doce! Todos os grupos alimentares em uma única caixa."

"Eu..." Devo ter entendido mal, porque poderia jurar que ele disse que me trouxe um sanduíche e uma rosquinha. Não pode ser.

Jess marcha até o sofá com um prato na mão. "Afasta isso aí dele", ela solta. "Fiz uma omelete de couve orgânica." Minha irmã coloca o prato no meu colo e enfia um garfo na minha mão.

Para não ficar para trás, Blake coloca o sanduíche de aparência estranha num prato ao lado.

Gostaria de poder dizer a ambos onde deviam enfiar a comida, mas isso só vai levar a mais discussão. Então, em vez disso, dou uma mordida na omelete. E pego um pedaço da criação de Blake.

Mastigar. Engolir. Essas coisas costumavam ser fáceis para mim. Mas minha cabeça dói e meu estômago não está muito seguro. Pego outro pedaço de omelete — com bastante couve — e dou uma mordida no sanduíche adocicado.

"Tá aí uma refeição saudável", Blake comenta.

Jess leva as mãos à cintura e começa a discutir. Não aguento mais. O mundo gira por um momento. Minha vista clareia, mas a onda de náusea que me inunda só fica mais forte.

"Caralho", solto.

Levanto do sofá. O banheiro do corredor parece longe demais, mas consigo chegar a tempo. Bato a porta atrás de mim, me inclino sobre a privada e vomito sem parar.

Ainda estou ofegando e tremendo quando sinto o calor das mãos nos meus ombros. Minha visão está borrada de novo. Alguém passa uma toalha úmida e fria no meu rosto.

"Você precisa voltar pra cama", Jess diz, baixo.

Talvez ela esteja certa. Eu me limpo por um segundo e então me arrasto para o quarto. Entro debaixo das cobertas e fico ouvindo Jess e Blake gritando um com o outro sobre qual comida me fez vomitar.

Passo o resto do dia tonto. Devo estar com febre, mas não digo nada, porque não quero que fiquem em cima de mim. Só preciso de um pouco de descanso.

Jess diz que estamos sem comida, o que pode ser verdade ou não. Ela dá uma lista para que Blake vá ao mercado, talvez só para mantê-lo ocupado. Os dois me esquecem por um tempo, o que é ótimo.

A febre me faz delirar mais. Há momentos de confusão completa, quando abro os olhos e não faço ideia de onde estou. Sinto frio, meu corpo inteiro treme e parece que corre gelo pelas minhas veias. Não, espera, estou quente. O quarto está pelando. Minha nossa, moramos numa *fornalha*?

Começo a tirar o moletom e a calça, mas eles ficam presos nos meus braços e pernas.

"Fornalha", digo pras paredes. "Parece uma fornalha."

O quarto não responde.

Quando acordo, está escuro lá fora. Não sei a hora ou mesmo o dia.

Não sei por que minha cabeça está assim. Disseram que não é a gripe ovina. Disseram que era uma gripe normal, droga. Já deveria ter melhorado.

Então por que me sinto pior?

Quero Wes. Sinto falta dele. Conversamos hoje? Não lembro. Mas quero ouvir sua voz. Em vez disso, ouço ruídos estranhos, como se um chihuahua e um rottweiler estivessem cruzando. São uns gritinhos estranhos e grunhidos baixos, sob o leve zumbido de uma poltrona vibratória.

Esquisito.

Estou tentando descobrir o que é o barulho quando o celular se ilumina sobre o criado-mudo. Posso estar grogue, mas a tela claramente mostra wes, e fico eufórico.

"Alô?", digo ao telefone. "A gente tem cachorro?"

## 20

**WES**

Talvez eu seja maluco, mas passei o caminho todo até Nashville preocupado com Jamie.

O táxi que pegamos no aeroporto já está parando em frente à arena e ainda imagino tudo o que poderia dar errado. Talvez o avião da escala de Jess em Denver não tenha conseguido decolar. Talvez Jamie fique tonto, bata a cabeça e acabe desmaiado sobre uma poça de sangue...

Droga. Preciso conter minha imaginação. Não sou do tipo que se preocupa. Mas meu sexto sentido não sossega, e não consigo descobrir por quê. Deve ser só o choque de ver Jamie tão mal no hospital. Talvez eu ainda não tenha superado.

Coloco as informações do voo de Jess no aplicativo da companhia aérea mais uma vez e descubro que o avião pousou bem algumas horas atrás.

A menos que tenha perdido a conexão e a bateria do celular tenha acabado...

Pago o taxista, enquanto o segurança abre minha porta. Saio e mostro a identidade.

Ele me dá uma olhada rápida, levantando as sobrancelhas grossas. "Você é o cara do jornal."

*Infelizmente.* "Onde fica o vestiário dos visitantes?", pergunto.

Ele esconde a surpresa e abre a porta da arena pra mim. "No fim do corredor. Tem placas à esquerda."

"Certo. Obrigado."

"Boa sorte", ele diz, quando já estou seguindo em frente.

"Hum, valeu." O paranoico que agora sou passa um minuto considerando o que o segurança quis dizer com isso. Preciso de mais sorte que o normal hoje? Ou ele diz a mesma coisa a todos os jogadores que passam por ali?

Merda. Espero que o treino seja puxado e cansativo. Preciso esvaziar a cabeça.

Não é muito difícil achar o vestiário, porque ouço a voz dos caras do time quando me aproximo da porta.

"Quer dizer que os caras das cativas estão vendendo seus ingressos por um preço baixo?", ouço Eriksson perguntar.

"Não baixo", Forsberg responde. "Mas normalmente não tem revenda. Os caras esperam uma década para conseguir comprar uma cadeira. Mas tem centenas de lugares à venda para os próximos jogos."

Paro tão rápido que minha mala bate na bunda.

"Mas e daí? Não é como se fôssemos jogar para uma arena vazia na segunda."

"Não", Forsberg diz. "Frank Donovan disse que o clube vai comprar todos os ingressos disponíveis e doar pra um grupo LGSQ aí."

"Você quer dizer LGBT?"

"Sei lá. Mas tenho certeza de que tem um Q em algum lugar."

"Ryan?"

Viro e vejo Frank se aproximando pelo corredor, acompanhado por um cara que não conheço. "Oi", digo rápido, com um aceno meio esquisito. Será que tem alguma chance de não ter percebido que eu estava ouvindo a conversa no vestiário?

"Está tudo bem?"

*Tá, então ele percebeu.* "Claro. Melhor que nunca."

"Ótimo."

O outro cara dá um passo à frente e estende a mão. Eu a aperto, me perguntando se deveria saber de quem se trata. "Sou Dennis Haymaker."

*Ah.* O colega de faculdade do meu pai. "Da *Sports Illustrated*, né?", confirmo, embora tenha certeza de que é o jornalista que venho evitando desde julho.

"Isso..." Ele pigarreia. "Como seu companheiro está?"

"Melhor." Ainda é estranho falar sobre Jamie em público. Vou me acostumar, mas talvez leve um tempo.

"Que bom", ele diz. "Sabe, seu pai parou de atender minhas ligações de repente."

Dou risada antes de pensar melhor a respeito. "Opa. Me deixa adivinhar: isso faz uns três dias?"

Dennis se esforça para sorrir. "Mais ou menos."

"Que surpresa." Sorrio. "É melhor esperar a ligação dele sentado. Deve estar bastante ocupado riscando o meu nome do testamento."

"Ele disse isso em off", Frank Donovan interfere. Sei que ele quer que eu pare de falar, mas, pela primeira vez, estou considerando de verdade falar com esse cara. Seria um belo jeito de mandar meu pai à merda: dar uma entrevista bem gay ao amigo dele. Com sorte, talvez apareça na revista de ex-alunos da faculdade deles.

"Bom..." Dennis parece sério. "Ainda gostaria de escrever sobre sua primeira temporada."

Não consigo evitar o escárnio. "Aposto que sim."

"Ei, já faz oito meses que estou esperando por essa matéria. Continuaria a ser um texto sobre uma temporada de estreia."

"Mesmo?" Eu o encaro.

"Claro que sim."

"Eu não teria que falar sobre minha sexualidade?", pergunto, conseguindo de alguma maneira manter a expressão séria.

"Bom..." Ele é vago. "Eu não vou escrever algo só para conseguir cliques. Mas sempre foi minha intenção falar sobre seu passado. Seu time na universidade. Sua *criação*."

O cara é esperto. Ele sabe que eu gostaria de irritar meu pai. "Tudo bem. Temos uma rodada de jogos em casa chegando. Se Jamie estiver se sentindo melhor, posso arranjar um tempo pra conversarmos."

Dennis quase consegue controlar a animação. Mas falha. "Mal posso esperar", diz, oferecendo a mão para mais um aperto.

"A gente te liga", Frank diz a ele, então aperta sua mão também.

O cara vai embora antes que eu possa mudar ideia.

"Então", Frank diz.

"Então."

"Algum problema? Quer falar sobre algum aspecto da cobertura da imprensa?"

"Pra ser sincero, não li muita coisa. Estava ocupado demais."

Ele assente, devagar. "Certo. Minha equipe pode separar os destaques pra você, se quiser se manter atualizado."

"E se eu não quiser?" Pareço estar bancando o espertinho, mas é sério.

Ele dá de ombros. "Você que sabe."

"Ei... e essa história de que as pessoas estão revendendo ingressos? Ouvi uns boatos."

"Ah." Ele balança sobre os calcanhares, se entregando. Já aprendi a ler o cara. Se nos encontrássemos numa mesa de pôquer, eu apostaria alto sempre que fizesse isso. "É bobagem. Não vai dar em nada."

"Quantos donos de cativa deram pra trás?"

"Não o bastante para importar. Só alguns bocudos que não têm mais do que reclamar. Na semana que vem vai ser notícia velha. Estamos tentando comprar todos os ingressos disponíveis. Coloquei um número de telefone no site e tudo o mais. Pouca gente entrou em contato. Os ingressos vendem muito rápido pela internet."

*Hum.* Não sei se acredito nele ou não. "Tá."

"Só isso?"

"Só."

"Depois aviso se você vai estar nas entrevistas pós-jogo. Vamos ver como nos saímos."

Isso parece meio agourento, mas não vou perguntar a respeito.

Ele passa por mim e abre a porta do vestiário. Eu o sigo para dentro, e meus companheiros de time me cumprimentam casualmente. "Como está o Jamie?", alguém pergunta.

"Melhor", digo pela segunda vez em cinco minutos. "A irmã está passando alguns dias com ele."

"Legal."

"É", concordo, me sentindo culpado. Eu deveria estar em Toronto. Em vez disso, estou neste lugar desconhecido, tentando descobrir onde estão minhas coisas.

"Aqui", Hewitt chama. Ele aponta para o banco, então vejo minha camisa do time pendurada.

"Valeu." Começo a tirar a roupa. Temos que estar no gelo em poucos minutos.

"Vamos treinar com um a menos", ele diz, sentando ao meu lado. Já está de patins e pronto pra jogar.

"Tá", digo, com só metade da atenção na conversa com o intimidador oficial do time. "Por quê?"

"Porque vai haver suspensão se os caras forem atrás de você."

Fico com o coração saindo pela boca. "Por que eles iriam atrás de mim?" *Além dos motivos óbvios.* "Quer dizer, não pegaria mal pra eles?" Agora que estou pensando a respeito, aposto que os árbitros vão ter uma reunião bem séria antes do jogo. *Estratégias para lidar com times que querem acabar com a bicha.*

"Talvez não role nada", Hewitt diz depressa. "Só quero estar pronto. Vou ficar de fora tantos minutos quantos forem necessários. Não vamos deixar os babacas se safarem."

*Merda!* É exatamente o tipo de coisa que eu queria evitar. Se tivesse saído do armário no verão, já não seria mais notícia e meu time não precisaria mudar seu estilo de jogo só para me defender.

"Olha", digo, baixo. "Agradeço. De verdade. Mas não vai pra cima do primeiro cara que me chamar de bicha. Não tem motivo pra transformar isso numa confusão se pudermos evitar. Pega leve a princípio. Vamos ver como vai ser."

Hewitt assente devagar. Então me dá um tapinha nas costas e levanta. "Tudo bem. Não vou dar uma de Hulk pra cima deles logo de cara."

Patino firme durante o treino curto. Quando voltamos ao hotel para descansar, não consigo dormir. Jamie não atende quando ligo, provavelmente porque está dormindo.

Isso é bom, certo?

Mas tudo parece meio fora do lugar. Ainda estou preocupado com ele. E raras vezes fiquei tão tenso antes de um jogo quanto este.

Depois de algumas horas sem sossego, volto para o rinque e para a agitação do pré-jogo. Somos o time visitante, então recebemos alguns xingamentos quando somos apresentados e entramos no gelo. Nunca presto atenção nesse tipo de coisa, mas esta noite não consigo evitar. As vaias estão mais altas que o normal? Meu time vai se arrepender de ter me escolhido?

O jogo começa como sempre, mas meus companheiros estão visivelmente tensos, e sei que é por minha causa. Quando há a primeira disputa comigo no gelo, fico ombro a ombro com um cara chamado Chukas. Meus olhos não deixam o disco quando ele diz: "Então você é veado, hein? Vai ficar de pau duro se eu te prensar contra o acrílico?".

"Só se me beijar primeiro", retruco. Então o disco cai e a partida recomeça. Quando estou jogando, todas as dúvidas ficam de lado. Tem que ser assim. O hóquei exige toda a minha concentração. Amo isso no jogo. É bom pra caramba esquecer minha vida por algumas horas e ver apenas os corpos em movimento sobre a superfície de gelo branco brilhante.

No fim do primeiro tempo, está claro que o jogo não está mais ou menos difícil que qualquer outro. A briga se mantém no nível de qualquer outra partida adulta. No terceiro tempo, meu time parece se soltar mais.

É tarde demais, no entanto, e só conseguimos um empate, quando poderíamos ter nos saído melhor. Mas, uma vez na vida, conto um empate como uma vitória. Não vai ter nenhuma notícia de contusão nos jornais de amanhã.

Uma semana atrás, fiz três gols num único jogo. Amanhã, não vou ser mencionado no noticiário nacional. Meus padrões acabaram de abaixar.

Volto ao vestiário pingando de suor e aliviado que a NHL tenha sobrevivido a seu primeiro jogo com um jogador assumido. Tiro a proteção e pego o celular antes de ir para o chuveiro. São quase dez da noite e quero ligar para Jamie antes da hora de dormir. Torço para não o acordar. Ele atende imediatamente.

"A gente tem cachorro?"

"Quê? Não entendi, amor."

"Cachorro. Um chiweiler. Não temos um, temos?"

Sinto o arrepio subir pelas minhas costas suadas. "Hum, não temos cachorro, não." Ele está brincando comigo?

"Quero um filhotinho", Jamie diz. A voz dele é áspera. "Sempre quis. Meus pais diziam que seis crianças já eram demais para uma casa."

Meu cérebro tenta acompanhar a conversa. "Você está com febre?"

"Não sei. Mas está quente aqui."

"Onde você está?" *Estou prestes a ligar para a emergência.*

"Na cama. E você? Não devia estar aqui?"

O arrepio se espalha por toda a minha pele. "Estou em Nashville", digo, com cuidado. "Vim jogar. E a Jess? Ela devia estar aí com você."

"Hum...", ele diz, com um suspiro. "Faz tempo que não vejo minha irmã."

Então Jamie começa a tossir, e o som é horrível. Profundo e úmido. Fico ali, com o celular colado no rosto suado, ouvindo-o se esforçar para respirar. Nunca me senti tão perdido. "Jamie", finalmente digo, quando há uma pausa na tosse. "Você..."

Ele volta a tossir.

Frank Donovan tenta chamar minha atenção. Ele aponta para o relógio e depois para os chuveiros. Pelo visto quer que eu dê entrevista.

Eu o dispenso, ou pelo menos tento. Mas o cara não sai da minha frente. Ignoro. "Jamie", digo quando ele para de tossir. "Eu te amo, mas preciso desligar para falar com Jess. Ela te ouviu tossir?"

"Não sei", ele murmura. "Estou com sono."

"Tá", digo, com a mente acelerada. O que posso fazer? "Durma bem, se conseguir. Mas, se sua irmã quiser te levar para o pronto-socorro, você vai ter que obedecer, tá?"

"Não", ele sussurra. "Boa noite." A ligação cai.

"MERDA!", grito.

"O que aconteceu?", Frank pergunta.

Estou nervoso demais para responder. Ligo para Jess e fico ouvindo chamar. Quando cai na caixa de mensagem, desligo e tento de novo. Nada. "Ei, Eriksson", digo.

"Fala." Ele está se enxugando na frente do armário.

"Preciso de um favor. Tenta ligar pro Blake. É uma emergência. Preciso que vá pro meu apartamento."

Eriksson não faz nenhuma pergunta. Enfia a mão no bolso do paletó e pega o celular.

Ligo para Jess. Onde pode estar? Na quarta tentativa, ela atende. "Wes?"

"Cadê você?", pergunto.

"Na sua casa!" Ela parece estranhamente sem fôlego.

"É? Porque acabei de falar com Jamie e ele está *delirando*. Acha que temos um chiweiler, seja lá o que for. E a tosse dele parece uma sentença de morte." Estremeço só de dizer isso. "Cadê o Blake?"

"Hum, Blake? Não sei."

Ao fundo, ouço os acordes repentinos de "Who Let the Dogs Out", que sei que é o toque do celular dele. "Ei. Ele está aí?"

"Acabou de chegar." Ela parece afobada.

"Tá, presta atenção. Jamie precisa de ajuda. Ele disse que está na cama. Manda Blake derrubar a porta se estiver trancada. Você tem que levar seu irmão pro hospital."

"Ai, meu Deus", ela arfa. "Te ligo de volta em dez minutos."

Assim, que desligo, Frank pergunta: "Está tudo bem?".

"Não, não está. Você conhece algum médico?"

"Médico?" Ele olha para o teto enquanto pensa a respeito. "Um médico do time se aposentou há uns três anos. Ele mora em Rosedale. Por quê?"

"Tem algo errado com Jamie. Ele está com febre e uma tosse horrível. Merda. Eu não devia ter saído de Toronto."

O rosto de Frank se abate. "Pode ser pneumonia. Talvez tenha evoluído pra isso. Melhor ir pro hospital."

"EU SEI!", grito, e todos no vestiário, incluindo alguns repórteres, viram para me olhar. "Eu sei", repito, mais tranquilo. "Me arranja o número desse cara. Preciso de ajuda."

# 21

## JAMIE

*Uma semana depois*

É como um déjà-vu.

Outra alta do hospital. Outra cadeira de rodas. Outra multidão de abutres da imprensa espreitando do lado de fora, outra fuga em alta velocidade, agora com um carro alugado por Wes que nos espera do lado de fora.

A última semana foi um inferno. Voltei para a porra do hospital. Mas fiquei apagado nos primeiros três dias. No quarto, acordei e dei de cara com minha mãe e Bertha me encarando com expressão preocupada.

Nunca pegue pneumonia. Apenas evite. É uma merda.

Mas agora a febre passou de vez. Minha mãe voltou para a Califórnia com Jess esta manhã, e não posso dizer que não estou aliviado, especialmente com a partida da minha irmã. Adoro Jess, mas ela não estava bem essa semana. Se sentiu tão culpada por minha febre ter ido às alturas quando eu estava sob sua responsabilidade que grudou em mim como velcro durante todo o tempo que fiquei no hospital. Minha mãe teve que mandá-la para casa algumas vezes quando eu já não aguentava mais seu carinho opressor.

Wes e eu não nos falamos quando saímos do elevador. Minhas pernas vacilam um pouco, e tropeço quando estamos na metade do corredor. Quando ele tenta pegar meu braço, faço uma careta. Estou cansado de todo o cuidado comigo e de ser tratado como um inválido.

Sem dizer nada, ele me larga. Chegamos ao apartamento. Wes enfia a chave na fechadura e abre. Depois que entra, joga a mala com minhas coisas no chão e fica parado no meio da sala, olhando para mim.

"Precisa de alguma coisa?" Sua voz é cortante. "Comida? Banho? Chá?"

Chá? Como se eu fosse uma velhinha cujo estômago delicado não dá conta de um bom e velho café?

A amargura sobe pela minha garganta. Eu me forço a engoli-la, porque não é justo com Wes. Não é culpa dele se uma pneumonia acabou comigo. E sei como sofreu de medo nessa última semana.

Wes teve que fazer outros dois jogos fora antes de poder ir me ver no hospital. Não que eu tenha notado, dado meu estado. Mas o time não o dispensou, já que minha mãe e minha irmã estavam comigo no hospital.

Esta manhã ele me disse que nem se lembra desses jogos, de tão puto e preocupado que estava, ligando para minha família ou Blake sempre que tinha um tempinho livre.

Eu deveria estar beijando seus pés por ser um namorado preocupado e amoroso. Mas não estou. Só tenho... raiva. Dele. Do meu corpo. Da porra toda. E os remédios de que o hospital me encheu esta semana estão fazendo o maior estrago. Comecei com uma série de esteroides esta manhã, que fazem com que eu me sinta estranho. É como um barato superficial que não compensa a raiva e o ressentimento crescendo dentro de mim.

Wes me observa, cauteloso. "Lindo?"

Me dou conta de que não respondi sua pergunta. "Não", murmuro. "Vou tirar uma soneca."

A decepção é visível em seu rosto. Ele não tem jogo hoje, e sei que estava ansioso para passar algum tempo comigo. Mas não sou boa companhia no momento. Estou cansado de ficar doente. Odiei os dias no hospital. Detesto não poder voltar ao trabalho até... até sabe-se lá quando. Liguei para o Bill ontem à noite e ele me disse para nem pensar em voltar por pelo menos mais uma semana.

Não preciso de outra semana. Só preciso da minha vida de volta.

"Tá", Wes finalmente diz. "Então eu..." Seus olhos cinza passeiam pela sala, então pousam sobre o aparador, que está lotado de papéis. "Vou abrir umas cartas e pagar umas contas."

Quase solto um comentário desdenhoso em troca: *E você por acaso sabe fazer isso?*

Desde que estamos morando juntos, Wes não cuidou de nada relacionado à casa. Roupa pra lavar. Contas. Faxina. Faço tudo, porque ele está ocupado demais sendo uma estrela do hóquei para...

*Chega*, uma voz dentro de mim ordena. Talvez seja minha consciência. Ou a parte de mim que está louca e profundamente apaixonada por esse cara. De qualquer modo, estou sendo injusto de novo.

Então procuro injetar uma gratidão genuína na minha resposta. "Obrigado. Facilitaria muito a minha vida. E fica de olho na conta do hospital." Paro, em pânico, porque acaba de me ocorrer que as duas semanas de internação provavelmente vão acabar com as minhas economias. Talvez até estourar o limite dos meus cartões de crédito. Não sou cidadão canadense, então não sei se meu seguro-saúde cobre alguma coisa.

"Ah, não vai vir nada", Wes diz, me dispensando com um aceno. "Paguei uma parte, e o seguro vai cobrir o resto."

Cerro a mandíbula. Ele pagou a conta?

Wes franze a testa ao ver minha expressão. "O que foi?"

Minha voz sai mais dura do que eu pretendia. "Me diz quanto foi que eu transfiro o dinheiro pra você."

Ele protesta na hora. "Não é nada de mais, lindo. Tenho dinheiro de sobra. Por que colocar essa pressão financeira sobre você se sou perfeitamente capaz de..."

"Te pago de volta", insisto.

Há um longo silêncio. Então Wes assente. "Tá. Se você quiser."

"Eu quero." Não sei por que estou sendo tão difícil. Mas me ofende que Wes tenha pagado minha conta do hospital sem nem me avisar. Entendo que ele tem montanhas de dinheiro, mas não sou... o garotinho dele. Somos parceiros, e não vou deixar que pague tudo.

Depois de um momento de hesitação, ele dá um passo à frente e toca minha bochecha, acariciando a pele lisa. Consegui me barbear esta manhã. Sozinho. Grande bosta. Mas acho que deveria ser grato pelas pequenas conquistas.

"Jamie." A voz dele é áspera. "Fico feliz que esteja melhor."

Um nó se forma na minha garganta. Porra. O alívio nos olhos dele dispara uma onda de culpa em mim. Sei que fui um babaca a semana inteira. Perdi a paciência com ele quando foi me visitar. Eu o contrariei quando sugeriu que minha mãe e minha irmã ficassem mais. Fiquei ressentido quando o vi na TV do hospital, patinando como um campeão e marcando gols enquanto eu estava preso à cama, mijando num papagaio. E agora estou brigando por *dinheiro*, entre todas as coisas.

"Eu também", murmuro, me inclinando contra seu toque caloroso.

Ele acaricia meu lábio inferior, então pressiona a boca contra a minha em um beijo leve e fugaz. "Certo, vai dormir. Vou estar aqui se precisar de mim."

Estou prestes a pedir que deite comigo, mas o celular dele toca antes que eu possa abrir a boca. A mão de Wes deixa meu rosto e vai para o bolso. Seu rosto lindo se contrai em frustração quando ele vê quem está ligando.

"Frank", ele resmunga, então se afasta para atender.

Fico ali por tempo suficiente para entender que Frank, o chefe da comunicação, está de novo no pé de Wes por causa das entrevistas. Ou melhor, da falta delas, porque ele continua se recusando a falar com a imprensa. Wes estava planejando finalmente dar aquela entrevista para a *Sports Illustrated*, então fiquei doente e ele teve que adiar.

Só mais um item na longa lista de coisas que minha doença fodeu.

Vou para o nosso quarto e sento à cama, apoiando a cabeça na pilha de travesseiros. Não estou cansado. Os esteroides que estou tomando para limpar os pulmões me deixam totalmente desperto e alerta de uma maneira pouco natural, então dormir não é uma opção agora. Eu só disse aquilo a Wes porque... droga, porque estava sendo um babaca ingrato de novo. Mas preciso de espaço. Preciso de uma hora que seja sozinho, sem enfermeiros assomando sobre mim ou Wes me perguntando se preciso de alguma coisa.

Depois de cinco minutos olhando para as paredes, abro o notebook e verifico meus e-mails. Merda. Tem *centenas* deles. Minha mãe confiscou meu celular no hospital dizendo que eu devia me concentrar apenas na minha recuperação. Na hora, reclamei como um pré-adolescente que não podia mais mandar mensagens de texto. Agora, fico feliz que ela tenha feito aquilo. Minha caixa de entrada está fora de controle.

Tem mensagens dos meus companheiros do time da faculdade — alguns me perguntando se estou bem, outros querendo saber por que não contei que era gay. *Cara, eu também não sabia.*

159

Também tem cartões virtuais de melhoras dos meus amigos e da minha família, mas tudo é obscurecido pela quantidade assustadora de e-mails da imprensa. De cada revista esportiva de que já ouvi falar. Da *People*. De jornais locais e de outros lugares.

Enquanto passo os olhos pelos pedidos de entrevistas, sinto o estômago revirar. Minha vida — minha vida *sexual* — está sendo examinada com um microscópio, e não gosto disso. De repente sinto uma admiração renovada por Wes, porque me dou conta de que sofre duas vezes mais com isso.

Outra mensagem atrai minha atenção. É do meu chefe. Ele a mandou da primeira vez em que estive no hospital.

*Jamie,*

*Você tentou me falar sobre o uso de linguagem homofóbica de um colega de trabalho, e não dei a atenção que deveria. Sinto muito mesmo. Nossa política é muito clara — nenhum funcionário ou jogador deveria ter que suportar linguagem discriminatória ou um ambiente hostil.*

*Por favor, permita que eu te ajude a fazer agora o que deveria ter ajudado a fazer antes. Segue anexo um formulário para prestar queixa. Assim que se sentir bem o bastante, preencha para que possamos investigar adequadamente.*

*Aprendi uma dura lição esta semana, e gostaria de consertar minha resposta anterior ao seu comentário.*

*Um abraço,*
*Bill Braddock*

Não tenho ideia de como responder. Fazer uma reclamação agora parece tão mesquinho. Afinal, eu mantinha minha bissexualidade em segredo, posso até parecer uma espécie de espião. Como se eu estivesse fazendo anotações enquanto ninguém prestava atenção.

Danton não deveria escapar impune por semear o ódio, mas tenho que voltar àquele rinque em alguns dias. Não quero que meus colegas de trabalho achem que eu estava anotando tudo o que diziam no vestiário.

Estou relendo o e-mail pela quarta vez quando Wes entra no quarto.

"Por que não deixa isso de lado e tenta descansar?", sugere. Sua pegada é firme quando tira o notebook de mim e o fecha. "Parece cansado."

Droga. Me sinto mesmo cansado. Não me sentia há cinco minutos, mas agora minhas pálpebras começam a cair. Ler alguns e-mails já sugou toda a minha energia, o que faz a sensação de desamparo se instalar na minha garganta de novo. Odeio ser fraco. *Odeio mesmo*, e a raiva me faz perder o controle. "Tá bom, mãe."

A mágoa é clara nos olhos de Wes.

A culpa bate de novo. "Desculpa", sussurro. "Não quis ser grosso."

"Tudo bem." Mas ele continua parecendo chateado quando sai em silêncio do quarto.

# 22

**WES**

Jamie não está indo bem.

Faz três dias que ele saiu do hospital. Consigo ver que está ficando mais forte fisicamente falando. Não dorme mais tanto durante o dia. Ele fez o café esta manhã sem ter que se apoiar de exaustão. Saiu do apartamento para dar umas voltinhas. Mas quando o arrastei para nossa lanchonete favorita — aquela que encontramos na manhã seguinte à vinda dele — foi um desastre total. Assim que fizemos nosso pedido, alguns universitários vieram pedir nossos autógrafos — no plural. Outras pessoas tiraram fotos. Jamie ficou puto e começou a tossir.

Fomos embora sem comer. Quando sugeri que fôssemos a um restaurante chinês de que gostamos, ele disse: "Vamos pedir pra entregar".

O corpo dele está se curando, disso tenho certeza. Mas não tenho ideia de onde está sua cabeça ou do que está sentindo. Ele está se afastando de mim. Se alterna entre ser grosso comigo e se desculpar por isso.

Não consigo me lembrar da última vez em que nos beijamos. De verdade, digo, e não só os selinhos que temos trocado essa semana. Acho que deve ter sido durante a primeira passagem no hospital, no chuveiro. Foi um banho bom pra caramba.

O banho que estou tomando agora nem se compara. Estou numa cabine com portas vaivém, com um companheiro de time de cada lado. Me encarando. Não de um jeito pornográfico, dando uma conferida no meu pau, embora, para ser honesto, seria melhor do que esses olhares de preocupação profunda.

"Você não fala mais com a gente." A água caindo à nossa volta não é capaz de abafar o tom de acusação na voz de Eriksson.

"Claro que falo", respondo, ensaboando o peito.

Do meu outro lado, Hewitt é rápido em me contradizer. "Não. Você está sendo um antissocial."

Eles querem que eu seja *sociável*? Quando meu namorado está em casa deprimido ou me dando patadas sempre que pode? É sorte que eu esteja aparecendo nos jogos. Minha mente anda tão focada em Jamie que é um milagre eu ainda me lembrar de como se joga hóquei.

"Blake disse que seu namorado está melhor", Eriksson comenta.

Enxáguo o sabão do corpo e pego o xampu. "É. Está, sim."

"Então por que essa cara?"

Minha relutância em me abrir com eles faz com que eu me demore mais do que o necessário para lavar o cabelo. Espero que seja o bastante para que esqueçam a pergunta de Eriksson, mas eles ainda estão me observando quando meus olhos finalmente se abrem.

"Anda, Wesley, desembucha. O que está acontecendo na sua casa?" Eriksson dá uma risada autodepreciativa. "Não pode ser pior que a minha situação atual."

A lembrança dos problemas conjugais dele afasta minha hesitação. Porra. Os caras do time fizeram todo o possível para me apoiar desde que a "notícia" da minha orientação sexual vazou. Sempre me perguntam como Jamie está. Tiveram que lidar com minha cara azeda em todos os jogos fora de casa. Foram superlegais comigo, e eu me sinto um cretino por continuar mantendo distância.

"Jamie está deprimido", confesso.

As palavras parecem ficar suspensas com o vapor no ar. Eu ainda não havia dito aquilo em voz alta. Droga, nem tinha pensado muito a respeito, mas agora me dou conta de como são verdadeiras. Jamie não está só pra baixo. Não está só desanimado. Está *deprimido*.

Outras palavras me escapam antes que eu possa impedir. "Ainda não pode voltar ao trabalho, e ontem à noite o time ganhou outro jogo sem ele. Não recuperou toda a força. Não pode malhar, porque o médico proibiu. Não pode sair do prédio sem ser atacado pelos repórteres." Minha garganta se fecha. "Acho que me culpa pelo que aconteceu."

Porra, é a primeira vez que digo *isso* também. O fato de que pode ser verdade acaba comigo: que Jamie me culpe pelo interesse da mídia que parece nunca ter fim.

Frank ainda me liga várias vezes ao dia. O time divulgou uma série de declarações para compensar minha recusa a falar com a imprensa. Meu rosto e o de Jamie estão em todos os blogs esportivos. Durante o último jogo, houve um protesto do lado de fora da arena, com cartazes citando passagens da Bíblia e slogans desprezíveis.

A vida está uma merda. Está uma merda da porra neste momento.

"Não sei como melhorar a situação", murmuro. Desligo o chuveiro, pego uma toalha e a enrolo na cintura. "E não é como se eu tivesse reforços, pessoas que pudesse chamar para ajudar a animar Jamie. Não conhecemos ninguém na cidade. Além de vocês, claro", acrescento depressa, quando vejo que se magoam. "Mas a maior parte dos amigos dele mora na Costa Oeste dos Estados Unidos, onde estudou. A família dele é da Califórnia, e não pode largar tudo e vir ficar com ele aqui. A mãe e a irmã até fizeram isso quando ele estava no hospital.

Eriksson e Hewitt me seguem até os armários, parecendo compreensivos. "Que dureza, cara", Hewitt diz.

"É." Viro para o armário para que não consigam ver meu desespero. Dureza é pouco. Dureza eu poderia encarar. Mas isso? Ver Jamie triste e ser incapaz de ajudá-lo.

Não é dureza.

É *tortura*.

Quando chego do treino, Jamie está no quarto, com o nariz enfiado em um livro. Sobre uma espécie de animal que corre risco de extinção, se estou lendo o título direito.

Fico tenso no mesmo instante, porque ultimamente não sei o que vou encontrar no rosto de Jamie. Aquela expressão fechada? A carranca de "não fala comigo"? A sombra da culpa? Tristeza?

Hoje, nenhuma dessas opções. Eu o cumprimento com um sorriso tenso antes de tirar o moletom. Tenho um sobressalto ao ver um lampejo de desejo em seus olhos castanhos.

Meu pau fica duro instantaneamente. Mal lembra a última vez que transamos — como eu. Não rolou desde a primeira internação, pelo menos.

"Como foi o treino?", ele pergunta, deixando o livro no criado-mudo.

"Bom. E o livro, está gostando?"

"É interessante. Sabia que alguns pandas machos de cativeiro nem sabem o que fazer quando a fêmea está no cio?" Ele sorri, e meu coração pula pra garganta. É tão raro vê-lo sorrir ultimamente.

"Que coisa."

"Pois é. E eles precisam se reproduzir no cativeiro, então um zoólogo filmou pandas transando e mostrou aos machos que não sabiam o que fazer na hora. Quem imaginaria que existia pornô panda?"

Rindo, tiro o jeans e o jogo na poltrona. Jamie olha para minha cueca preta, então para meu peito nu, e diz: "Agora que estou pensando no assunto, você está especialmente gostoso esta noite".

Fico tão feliz que quase choro. Não sou idiota — sei que sexo não vai resolver as coisas. Sei que não vai animá-lo miraculosamente e apagar o desconforto das últimas semanas. Mas é um começo.

Corro para a cama, e ele ri da minha ansiedade. Meu pau reage imediatamente ao som. Senti falta dessa risada. E do Jamie tranquilão, sempre disposto e com um sorriso no rosto. Sua risada familiar faz com que eu devore sua boca com a minha.

Meu beijo é desespero, fogo, desejo e "ah, meu Deus, como senti sua falta" em um único pacote quente de tirar o fôlego. Sua língua entra na minha boca e rouba minha sanidade. Suas mãos acariciam meu peito, seus dedões passeando pelos peitorais e mamilos antes de descer pelo abdome na direção da cintura.

"Tira", ele murmura, puxando minha cueca.

Solto sua boca por tempo suficiente para tirar a cueca e jogá-la do outro lado do quarto. A calça de flanela e a camiseta de Jamie a seguem. Estou um pouquinho preocupado que pegue friagem e fique doente de novo, mas ele pressiona o corpo quente e nu contra o meu antes que eu possa nos cobrir.

Seus lábios encontram meu pescoço, beijando e sugando minha pele como se estivesse coberta de açúcar. Os rosnados profundos que solta no meu ouvido fazem meu saco formigar.

"Senti falta disso", ele sussurra.

"Eu também." As palavras saem estranguladas, cheias de emoção. Ele não tem ideia de como senti.

Jamie me deita de costas e vai descendo aos beijos pelo meu corpo quente e trêmulo. Quando sua boca toma a ponta do meu pau, projeto o quadril, querendo mais. Querendo *Jamie*.

Devagar, ele me engole mais e mais, até que tem toda a minha extensão em sua boca. As únicas sensações que consigo registrar são *úmido*, *quente* e *gostoso pra caralho*. Mas então me lembro do modo como ele tossia violentamente na semana passada e passo a mão em seu cabelo sedoso, acalmando-o.

"Tem certeza de que consegue?"

Ele aperta a mandíbula forte.

Foi a coisa errada a dizer, merda.

Por algum motivo, Jamie é muito sensível quanto a parecer "fraco". Mesmo que eu não ache que seja o caso. Nunca o achei fraco. Só está doente, e ponto final. Mas, não importa quantas vezes lhe diga isso, ainda é uma ferida aberta.

"A tosse", esclareço na hora. "Se sua garganta ainda dói, você tem outros jeitos de me fazer gozar..."

Ele relaxa, botando a língua pra fora pra circular a cabeça do pau.

Meus lábios se contorcem em safadeza. "Na verdade, quanto mais penso a respeito, mais gosto da alternativa." Permito que dê mais uma lambida antes de pegar seus ombros e empurrá-lo para que deite de costas.

"Qual é a alternativa?", ele diz, intenso.

Já estou abrindo a gaveta do criado-mudo para pegar o lubrificante. "Meter esse pau enorme na minha bunda até eu perder o controle."

Um gemido cheio de luxúria escapa da garganta dele. "Hum... É. Parece uma boa ideia."

Provavelmente não espero o tempo necessário para estar preparado, mas estou completamente impaciente. Faz muito tempo. Tempo *demais*. Eu o quero tanto que minha boca está seca e minhas palmas estão úmidas. Meus dedos tremem quando enfio dois deles em mim mesmo, esfregando e girando enquanto sento apressado sobre as pernas de Jamie.

O peito dele está vermelho de excitação, seus olhos queimam ao focar no movimento do meu braço e depois no meu pau duro saltando da virilha. O dele está igual, e gemo quando ele o envolve com uma mão e o massageia devagar. A cabeça inchada escapa do punho dele, gotejando.

Minha boca fica ainda mais seca, então eu a umedeço abaixando para chupar o líquido que sai da pontinha. Depois levanto a cabeça e lambo os lábios.

O corpo de Jamie se contrai todo. "Droga, Wes, preciso de você."

Meu coração dá um pequeno salto. Ele precisa de mim. Sei que está falando de sexo agora, mas uma parte de mim espera que signifique mais. Ele se recusou a aceitar minha ajuda esta semana. A ajuda de quem quer que fosse, na verdade. Se recusou a admitir que precisava de qualquer assistência que fosse. Talvez seja sua maneira de admitir isso agora.

De qualquer jeito, dou o que ele quer: *eu*. Levanto meu corpo e então desço minha bunda sobre seu pau duro. A pontada de dor confirma que ainda não estava pronto, mas nem ligo. Aceito a queimação. Aceito cada centímetro do homem que eu amo, me inclinando para beijá-lo enquanto me dá uma estocada que me faz perder o ar.

"Cavalga", ele ordena. "Cavalga com força."

Desta vez, não obedeço. Vou devagar. Dolorosa e deliciosamente devagar, arrastando cada subida e descida do quadril até que seu rosto esteja contraído de impaciência e necessidade, até que esteja gemendo, se contorcendo e implorando por mais.

Jamie agarra desesperado meus quadris. Também tenta levantar os dele, mas continuo provocando, plantando beijos em seu pescoço e em sua clavícula, chupando o lóbulo da orelha, mordiscando seu lábio. Quero saborear cada segundo disso. Quero me perder na sensação de ser alargado e preenchido por ele.

Mas então Jamie toca meu pau.

O brilho maligno em seus olhos me faz xingar. No momento em que começa a me masturbar, meu corpo ganha vida própria. De repente, estou montando nele com fervor, incapaz de manter o ritmo lento.

"Quero que você goze em cima de mim", ele murmura. Suas mãos aceleram, seu dedão apertando a lateral da cabeça do meu pau a cada estocada apressada.

Meu Deus. Ele quer que eu exploda. E explodo de fato. Com sua mão e seu pau em mim, é impossível impedir a onda que percorre meu corpo como um jato na pista. Gozo com um grito áspero, e ele levanta os quadris enquanto sua mão firme tira tudo de dentro de mim.

Jamie fecha os olhos e tremula com seu próprio orgasmo, soltando meu pau e envolvendo meu corpo com os dois braços. Meu peito está colado ao dele graças ao nosso suor e à minha porra. O coração dele martela descontrolado contra meu peitoral. Parece tão... rápido. Deveria estar nessa velocidade?

Sento depressa, preocupado que ele possa ter se extenuado, que minha necessidade egoísta de estar com ele possa provocar uma recaída.

Jamie deve ter lido minha mente, porque o prazer se esvai de seu rosto e seus lábios se contorcem de leve. "Não", ele avisa.

Engulo em seco. "O quê?"

"Não diz o que quer que ia dizer." Ele volta a me puxar para baixo, envolvendo meu corpo com um braço. "Estou cansado dessa cara."

"Que cara?" Será que quero saber?

"A cara *preocupada*. Substituiu sua cara de sexo menos de um minuto depois de ter gozado."

Não é como se eu pudesse negar sem contar uma mentira. Então, em vez disso, pergunto: "Tenho uma cara de sexo?".

"Tem. Seus olhos perdem um pouco o foco e sua língua fica meio pra fora."

Dou risada na axila dele. "Parece muito sexy."

"É sexy quando é por minha causa. Mas eu não faria essa cara na hora das fotos para a entrevista da *Sports Illustrated*."

Quando fala da imprensa, Jamie parece... amargo. Nunca usei essa palavra para descrevê-lo. Nunca mesmo. Agora minha coluna formiga de desconforto, porque não sei o que fazer a respeito. Contei a ele ontem que o jornalista não quer somente uma publicação por escrito: decidiu transmitir pela tv. "Você quer que eu cancele isso?"

Ele dá de ombros. "Você não pode."

"Hum..." Eu posso? É tudo território desconhecido. Dennis Haymaker vai perguntar sobre meu relacionamento com Jamie. E acaba de me ocorrer que, independente do que eu disser, preciso antes acertar isso com meu namorado. "Tenho que falar com ele sobre hóquei, porque está no meu contrato. Mas gostaria de saber o que você acha a respeito do resto."

"Por quê?"

"Porque somos *companheiros*." Levanto a cabeça. "Certo? Estamos juntos. É o *nosso* relacionamento. Você precisa participar da decisão sobre o que contar ao mundo."

Ele vira o rosto para a janela. "Pode dizer o que quiser."

Meu estômago se contorce. O amor da minha vida parece não se importar com nada que eu digo. "Jamie", sussurro.

Ele nem me olha.

"Acho que a pneumonia não é o único problema. E quero falar com você a respeito."

"Estou bem."

*Não está, não. Você está deprimido.* As palavras estão na ponta da língua. Mas é a primeira vez em semanas que o tenho nos braços. E não consigo criar coragem de estragar tudo com uma conversa séria.

Pigarreio e tento uma tática diferente. "O que você gostaria de fazer agora?"

"*Agora?*", ele pergunta.

"Não, hum..." Escolho minhas palavras com cuidado. "Em geral. Quais são suas vontades?"

Ele encara o teto. "Ia ser legal ver o sol. Quero ir pra Califórnia."

Meu coração salta. Jamie quer *ir embora*. Mencionou o sol, mas não consigo ouvir de outra maneira. Preciso de meio segundo pra considerar minha agenda de viagens. Vamos para Minnesota e Dallas. Nenhum lugar com praia. "Tá, hum, ainda tem oito semanas de temporada. Por que não procura passagens pro verão? Podemos fazer uma viagem mais longa e ver seus pais. Você pode me ensinar a surfar."

"Tá", ele diz, devagar. "Vou fazer isso."

Enterro o rosto em seu pescoço. Talvez planejar as férias o anime. Talvez o sexo ajude com a produção de endorfinas. Talvez o fato de ter me querido hoje signifique que está começando a se sentir melhor. Espero que sim.

A esperança é tudo o que tenho.

# 23

## JAMIE

No dia seguinte, fico deitado de costas no sofá, olhando para o teto. Já faz um tempo que estou aqui. Wes foi para o treino e o apartamento está tão quieto que meus pensamentos ecoam alto na minha cabeça.

Algumas horas atrás, dei uma olhada nos voos para a Califórnia. Mas, se o time de Wes se classificar para os playoffs, só vamos poder ir daqui a dois ou três meses. Não faz sentido planejar uma viagem agora.

Parece até que esqueci como é estar animado com algo. Ou como se uma febre houvesse tirado toda a felicidade de mim. Mesmo a sensação boa depois de transar com Wes ontem passou rápido.

O dia se prolonga à minha frente. Não tenho nada para fazer e ninguém com quem conversar. A hora do almoço chega e passa, mas nem sinto fome. Não é preciso energia para ser um completo inútil, então meu estômago se esqueceu de exigir comida.

O tédio me faz levantar e ir até as janelas que dão para o lago. Ele está escuro e parece frio. Me arrepio só de olhar. Então vejo as pessoas lá embaixo, agasalhadas e apressadas no meio da tarde de março. Carros vêm e vão na Lakeshore.

O mundo inteiro está ocupado, menos eu.

Meu celular vibra na bancada da cozinha. Isso acontece bastante. Vou até ele e dou uma olhada na mensagem que chegou, mas é só alerta automático indicando que o jogo do meu time vai começar em trinta minutos. Mesmo de licença, os alertas continuam tocando, para me lembrar de tudo o que estou perdendo.

Perambulo pela cozinha, escolho um iogurte e como. Cozinhar tem parecido trabalhoso demais ultimamente.

Quando termino, jogo o pote fora e confronto as horas vazias à minha frente. Pela primeira vez, minha loucura supera a indiferença. Se não sair agora mesmo, vou perder a cabeça.

Pego o celular e enfio no bolso. Então pego um casaco, um gorro e um cachecol, só para que Wes não fique bravo se me vir no frio da rua.

Nem sei aonde estou indo até pegar o elevador. Então tenho uma ideia: estou proibido de trabalhar, mas não fui banido do rinque. Posso assistir aos meus garotos jogando, certo? É um país livre.

Levo meia hora para chegar, entre o metrô e a longa caminhada. Meu peito está chiando quando finalmente vejo o prédio à minha frente. Paro e tusso, porque não quero ter um acesso na arquibancada. Odeio esse som e o modo como minha barriga dói com o esforço que agora me é muito familiar de limpar os pulmões.

Rir dói ainda mais. Ainda bem que não faço isso com muita frequência.

Quando finalmente chego ao rinque, o jogo já começou. Mas tudo bem, porque assim posso entrar sem ser notado. Meus garotos parecem bem no gelo. Subo a arquibancada e pego um assento na última fileira. O lugar não é dos maiores — devem caber só uns poucos milhares de pessoas aqui. Mas é estranho ficar tão distante dos garotos durante o jogo. Eu deveria estar lá no banco, onde a cabeça de alfinete de Danton se mexe enquanto fala com o time e chama as jogadas.

Sinto falta de participar. É como se eu fosse alguém de fora aqui. Mas não posso fazer nada. Outro técnico assumiu meu lugar. Gilles está trabalhando com Danton, treinando meus defensores.

E está se saindo bem. Os garotos estão fazendo um bom trabalho, mantendo a cabeça levantada, fazendo o passe antes de ser bloqueados pelo oponente. E meu goleiro parece alerta e pronto. Sua expressão está mais relaxada do que da última vez que o vi jogar, como se tivesse perdido o medo.

Os dois times estão indo bem, e ninguém marca no primeiro tempo. Dunlop faz algumas belas defesas, mas nem precisa trabalhar muito. Ainda não.

As coisas ficam mais difíceis no segundo tempo. O time tem boas chances, mas o goleiro adversário faz defesas incríveis. Mas então nosso central marca, e eu sorrio amplamente pela primeira vez em semanas.

Cerro as mãos conforme o jogo avança. O outro time acelera, dando tudo de si. Dunlop tem que trabalhar bastante por um tempo. Mas não entrega. Estou quase explodindo de orgulho dele. Então nosso time fica com um a menos e paro de respirar por dois minutos, até que ele possa voltar, torcendo para que Dunlop aguente a pressão.

E ele é uma rocha. Faz duas defesas durante a suspensão. E se mantém firme em todo o terceiro tempo.

O alarme toca, encerrando o jogo em um a zero. Dunlop fechou o gol. Fico aliviado. É ótimo vê-los ganhar.

Mas então toda a alegria é drenada do meu corpo. Como sempre acontece agora.

No gelo, Danton e Gilles reúnem meus garotos. Estão felizes com a vitória, batendo nas ombreiras um do outro e sorrindo, com os rostos vermelhos e suados. Me sinto como Scrooge quando os fantasmas do Natal o fazem assistir a cenas de sua própria vida. Deveria estar lá embaixo, dando os parabéns e fazendo o discurso do pós-jogo. Mas outro técnico assumiu meu lugar, e agora o time está *ganhando*. Dunlop parece uma centena de vezes mais feliz do que nos últimos jogos comigo.

Por que vim aqui? Foi a pior ideia do mundo.

Preciso ir. Mas a arquibancada esvaziou, e meu time continua no gelo. Então fico ali sentado por mais alguns minutos horríveis, esperando irem para os chuveiros para poder sair sem ser notado. Nem sei o que diria aos garotos agora. *Bom jogo. Que bom que tive pneumonia, assim vocês conseguiram ganhar algumas partidas.*

A verdade me atropela. *Sou desnecessário e provavelmente vou ser demitido.* Se acontecer, não vai ter nenhum outro trabalho pra mim em Toronto.

E aí?

De repente, não posso mais ficar aqui. Levanto e desço os degraus correndo, seguindo na direção da porta. Não tem ninguém no corredor, de modo que o caminho parece livre. Então alguém grita meu nome.

"Canning!"

Viro por instinto, e é Danton que vem trotando até mim. Ele para logo depois. "Oi." Seu rosto está vermelho.

"Oi." *Não tenho nada para dizer a você.*

"Olha. Você deveria ter falado comigo."

"Quê?" Encaro seus olhos redondos e raivosos e quase rio. Não pode estar dizendo que eu deveria ter saído do armário para ele. Não somos amigos.

"Se tinha um problema comigo, devia ter falado sobre. Agora Braddock está pegando no meu pé. Você falou com ele pelas minhas costas. Eu não quis dizer nada com aquelas merdas. É só modo de falar. Você sabe disso. Nunca te chamei de bicha."

Fico nervoso. Nunca senti nada assim. Meu corpo todo treme. "Não interessa pra quem você diz. Ainda assim é errado."

"Mas nunca te tratei mal! Não sou assim. Não teria agido como um babaca se soubesse que você tem namorado."

Já chega. É toda a lógica absurda que posso aguentar em um dia. Pego Danton pelos ombros e o empurro com força contra a parede. "Seu imbecil. Não fica pensando que me importo com o que pensa de mim."

Seus olhos se arregalam em choque, mas não estou nem perto de terminar. Dou outro empurrão nele e sua nuca bate contra os blocos de concreto. "Os garotos ouvem as merdas que saem da sua boca. Você é uma figura de autoridade. Agora eles pensam que tudo bem chamar alguém de bicha desde que não conheça a pessoa. E não é verdade. Não mesmo." Estou praticamente cuspindo em sua carinha estreita de rato.

Noto um movimento de canto de olho. Para meu horror, vejo Bill Braddock se aproximando pelo corredor.

Cacete.

Solto Danton. É ruim chamar alguém de bicha na frente do seu time. Mas não tem discussão quando você imprensa seu colega de trabalho contra a parede e grita na cara dele. Tem uma página no manual do funcionário que proíbe especificamente o toque forçado.

Agora, sim, é que vou ser demitido.

A porta está a uns dez metros de distância, então corro em sua direção. Bill Braddock grita meu nome, mas não paro. Saio e vou para a calçada. Corro uns cem metros antes que meus pulmões estejam queimando. Perco o ritmo e paro. Então começo a tossir descontroladamente.

Porra. Não consigo nem correr. Não sirvo pra nada mesmo.

Quando me recupero um pouco, caminho até o metrô. Ninguém me segue.

# 24

**WES**

Esta noite vamos jogar contra Pittsburgh. É um ótimo time, mas estou confiante de que podemos acabar com eles. O treino da manhã foi bom e Blake está de volta ao gelo.

Melhor ainda: quando saio da arena para descansar algumas horas antes do jogo, não tem nenhum maluco protestando do lado de fora, e já faz alguns dias que não ouço nada sobre ingressos sendo revendidos.

Será que o frenesi está diminuindo? Espero que sim, porra.

Esta manhã, quando saí, Jamie estava com o calendário dos playoffs numa mão e um site de viagens aberto no notebook. No caminho para a porta, perguntei se tinha algum resort que ele queria visitar na Califórnia. "Ou então podemos passar uns dias no Havaí antes de ver sua família", sugeri.

"Deve ser caro", ele murmurou.

Mas eu queria que pensasse grande. Depois de um ano difícil, merecemos nos divertir. Enquanto dirijo para casa, penso em fazer stand-up com Jamie em alguma praia. Em pedir cervejas com fatias de limão no gargalho. Falei no Havaí, mas México também seria legal.

Estou assoviando quando entro no apartamento. A primeira coisa que noto é a bagunça. Vários copos estão na bancada e revistas estão espalhadas pela mesa de centro e pelo chão. Não seria nada de mais, só que Jamie é meio que doido por arrumação na maior parte do tempo, e ultimamente não está nem aí. Isso me preocupa. Muito.

"Lindo?", chamo, como costumo fazer quando chego.

Ninguém responde, mas ouço um zíper sendo aberto em algum cômodo.

Deixo o casaco no mancebo (que Jamie comprou quando cansou de encontrar meus casacos no sofá). Em alguns passos estou no corredor e depois no nosso quarto.

Jamie está inclinado sobre uma mala grande. A mala *dele*. Está colocando produtos de barbear no bolso externo.

"Lindo?", repito.

Ele se assusta, mas se endireita rápido. Como se tivesse sido pego em flagrante. "Oi", Jamie diz, com a voz áspera. "Não ouvi você entrar."

*Claro que não.* Não digo nada. Estou ocupado fazendo os cálculos. Tem uma folha impressa na cama. CARTÃO DE EMBARQUE, diz. Air Canada. O notebook está no estojo. O celular e o carregador estão ao lado na cama. "Aonde você vai?", pergunto.

"Pra casa", ele diz. Então acrescenta rápido: "Ver meus pais. Eu disse que achei que precisava passar um tempo na Califórnia. Ainda não posso voltar ao trabalho, então achei que podia fazer uma visita".

"Hum..." Tem algo de muito errado com isso. O rosto dele está ficando vermelho. "E não ia me contar? Não ia nem se despedir?" As palavras saem irregulares e assustadas. Porque estou assustado.

"Ia, claro", ele diz. "Sabia que você estava pra chegar."

Os sinais de alarme ressoam na minha cabeça. Jamie está a cinco passos de distância, com as mãos enfiadas nos bolsos do jeans, claramente desconfortável. Nunca estive num relacionamento antes. Mas sei que não deveria ser assim. "Estamos terminando?", solto.

Jamie parece assustado, como se não esperasse que eu dissesse tal coisa. "Não", ele garante depois de uma leve hesitação. "Não. São só férias. Eu..." Ele pigarreia. "Preciso ver meus pais."

Mas o que ouço é: *Preciso me afastar de você.*

Sinto minha pulsação nos ouvidos. Agora devo gritar com ele? É a coisa certa a fazer? Não sei do que Jamie precisa. Se soubesse, daria a ele. Uma demonstração agressiva e expansiva do meu amor seria uma saída.

Mas e se essa viagem for o que ele realmente precisa? E se um pouco de sol resolver tudo? A indecisão me paralisa. De repente, sinto a garganta quente e dolorida. Pego o copo de água no criado-mudo e o viro enquanto tento decidir o que dizer.

O celular dele toca. Jamie o pega para atender. "Obrigado", ele diz depois de um minuto. E encerra a ligação.

"Quem era?", pergunto.

"Era, hum, a empresa de táxi. Meu carro vai chegar em dez minutos."

Luto contra o arrepio que ameaça percorrer meu corpo inteiro. "Se precisava de uma carona para o aeroporto, por que não me pediu?" *Que PORRA está acontecendo aqui?*

Jamie volta a parecer culpado. "Não sei", ele diz, olhando para os próprios pés. "Achei que seria mais fácil assim."

E é verdade. Porque eu provavelmente faria uma cena no aeroporto. Estou prestes a fazer uma agora mesmo. "Não quero que você vá, Canning."

Jamie se encolhe. "Preciso..." Ele engasga com a palavra. "Só tenho que tentar alguma coisa, tá?" Quando volta a levantar os olhos, estão úmidos.

Agora estou em pânico como nunca. Me aproximo dele e o abraço. Jamie me abraça de volta, o que já é alguma coisa. Minha garganta fecha por completo. *Não, não, não, não,* repito internamente. Mas como negar a ele uma visita aos pais? Amanhã vou para Minnesota. Não faz nenhum sentido implorar para que fique e então pegar o jatinho do time e passar cinco dias fora.

Merda.

Então faço a coisa certa. "Se cuida", sussurro. "Você é importante pra caralho pra mim."

Ele me abraça um pouco forte demais. Sua respiração parece instável. "Você também."

Tá. Posso fazer isso. "Te amo", digo, me afastando meio passo.

"Também te amo", ele murmura.

Mas não me encara.

Porra.

Porra.

Porra.

Jamie guarda os últimos itens sobre a cama e fecha os zíperes da mala. A empresa de táxi manda uma mensagem dizendo que o motorista chegou adiantado e já está esperando.

Ótimo.

Eu o levo até a porta do apartamento. Dou um beijo na bochecha dele e o abraço mais uma vez.

Então o deixo atravessar o corredor sozinho. Se descer, vou fazer papel de bobo.

Em vez disso, apoio a testa contra o aço frio da porta e ouço seus passos se afastando.

Repasso tudo na minha mente. Uma viagem para visitar os pais na Califórnia. Ele não pode mesmo trabalhar. Disse que não estamos terminando. São só férias.

Então por que sinto que deixei meu coração saltar do peito e pegar um táxi para o aeroporto?

# 25

## WES

Depois de vencer Minnesota por três a dois, sento numa poltrona na primeira fileira do ônibus. Eu deveria estar tão animado quanto os caras à minha volta, mas não é o caso. Já faz dois dias que estou surtando. E isso ficou óbvio pela minha falta de gols no gelo esta noite. Não dei nenhuma assistência. Me matei, mas não consegui fazer nem um pouco de mágica.

Porque Jamie levou toda a mágica consigo quando me deixou.

*Ele não deixou você. Só está de férias.*

Porra nenhuma. Ele me deixou.

Os olhos de Lemming encontram os meus por acaso quando entra no ônibus. Sei que não foi intencional, porque ele desvia o rosto depressa. Então passa pelo lugar vago ao meu lado e vai para os fundos.

É, nem todos os meus colegas de time ficam loucos para sentar ao lado do cara gay. Parece que o fato de ambos termos crescido em Boston não é o bastante para ficarmos próximos.

Dez minutos depois, o ônibus para em frente a um hotel cinco estrelas no centro de Saint Paul. Todos saímos do veículo e entramos no saguão. Estou de mau humor quando vou para o quarto. Tiro o terno e coloco calça e blusa de moletom, mas ficar numa boa na suíte vazia só me deixa ainda mais chateado, então decido descer para o bar do hotel. Eriksson e alguns outros caras iam a uma casa de striptease esta noite. Até me convidaram, mas não pareceram muito surpresos quando recusei. Começaram a aceitar que estou rabugento e antissocial, acho.

Pego o elevador e vou para o térreo, sem me importar com minhas roupas desleixadas. A rotina do terno e gravata é reservada para a viagem e as entrevistas depois dos jogos, mas agora posso relaxar um pouco. Se estou a fim de beber alguma coisa de moletom, é o que vou fazer.

Sento numa banqueta alta em frente ao longo balcão brilhante e peço um uísque, que o barman serve rapidinho. Talvez veja o desespero em meus olhos. Mas não se oferece para me ouvir, como se estivéssemos em um capítulo de *Cheers*, o que agradeço.

Enquanto bebo, pego o celular para ver se Jamie mandou mensagem, o que não aconteceu. A frustração borbulha dentro de mim, queimando mais que o álcool que desce pela minha garganta. Ele me ligou quando pousou em San Francisco, mas não nos falamos de verdade. Nada além de algumas mensagens do tipo "Estou bem, meus pais estão bem".

Me pergunto se ele está ensaiando para terminar comigo quando voltar para casa.

Meu coração se despedaça com o pensamento. Viro o resto do uísque e peço outro. O barman o prepara com olhos compreensivos.

Depois de cerca de cinco minutos sentado sem expressão e em silêncio, pego o celular de novo. Meus dedos tremem enquanto procuro o número de Cindy e ligo. É quase meia-noite em Saint Paul, mas só dez horas na Costa Oeste.

A mãe de Jamie atende na mesma hora. "Oi, querido! Você deve estar cansado depois de um jogo tão agitado! Por que não foi dormir ainda?"

Sorrio, apesar do nó gigantesco na minha garganta. Cindy Canning é a mãe que nunca tive. É tão diferente ter alguém que realmente se importa se estou dormindo o bastante ou não. "Não estou cansado", digo. "Você viu o jogo?"

"Todos vimos. Jamie quase socou a TV quando aquele babaca te derrubou no segundo tempo."

Meu coração dá um pequeno salto de felicidade. Jamie assistiu ao jogo. Ficou bravo quando um adversário me derrubou. Isso tem que significar alguma coisa, não? Que talvez ele não vá me dar o fora, por exemplo.

Meu silêncio deve ter despertado as habilidades misteriosas de leitura de mentes de Cindy, porque ela diz: "Ele ficou muito orgulhoso de você".

Minha garganta se fecha. "Mas... nem marquei um gol."

Ela dá uma risada leve. "Você não precisa marcar para deixar Jamie orgulhoso, Ryan. Te ver na televisão, jogando hóquei profissionalmente, já está de bom tamanho." Cindy faz uma pausa. "Mas por que não me pergunta de uma vez o que quer saber?"

Ela lê *mesmo* mentes. "Jamie está bem?", solto.

"Vai ficar." Cindy fica em silêncio por um segundo. "Ele realmente não tem sido o mesmo, mas acho que pode ter a ver com a medicação."

Franzo a testa. "Os analgésicos?"

"Estava pensando mais nos esteroides que deram pra ele. Não sou médica, mas imagino que todos aqueles remédios tenham algum tipo de efeito colateral. Ele está triste e um pouco reservado. Acho mesmo que a medicação contribuiu para isso."

Fico preocupado de novo. Pensar em meu Jamie, tranquilo e sempre com um sorriso no rosto, agora triste e reservado me mata por dentro.

"Mas o ar fresco tem ajudado", Cindy diz, mais animada. "Ele saiu com o pai agora, foram dar uma volta. E passou o dia com os gêmeos ontem, ajudando Scottie a escolher uma prancha nova. Às vezes o melhor remédio para as aflições é uma dose saudável de família."

Meus olhos queimam. Achei que Jamie fosse a minha família. Achei que a família dele fosse a nossa família. O fato de não ter sido o bastante para ele, de que tenha buscado conforto nos Canning quando passei semanas oferecendo o mesmo a ele acaba comigo.

"Fico feliz que ele esteja melhorando", consigo dizer. "Só... cuida dele, tá? E não conta que liguei para saber. Jamie não..." Mordo o lábio. "Ele não gosta que eu me preocupe. Fica irritado."

"Ah, meu bem, isso não é verdade. Sei que ele dá valor à sua preocupação. Faz com que se sinta amado."

Ela me tranquiliza por mais alguns minutos, mas ainda me sinto uma merda quando finalmente desligo. Sinto falta de Jamie pra caralho. Odeio ficar separado dele, o que pensando bem é meio idiota, afinal, o que mudou? Independente de onde está agora, Toronto ou Califórnia, não estaríamos juntos de qualquer maneira. Eu ainda estaria em Saint Paul por causa do jogo.

Mal posso esperar pelo fim da temporada.

"Posso te pagar outro?"

A voz masculina me assusta. Eu me endireito e então viro na banqueta para ver o loiro sentado ao meu lado. Ele está apontando para o copo vazio. Nem me lembro de ter acabado o segundo uísque, mas um terceiro está fora de cogitação. Frank ficaria louco se alguém me visse caindo de bêbado em um bar de hotel.

"Não, valeu", digo, sem prestar muita atenção.

O cara continua me olhando. Tem trinta e poucos, é bonito e não faz nenhum esforço para disfarçar o fato de que está me secando. E não de um jeito "Você não é Ryan Wesley, o jogador de hóquei?". Seu olhar é puro sexo.

"Quer conversar?", ele pergunta.

Cerro os dentes. "Sobre o quê?"

"Sobre o que quer que tenha te deixado com essa cara." Um braço musculoso descansa no balcão enquanto ele gira levemente de lado, colocando o corpo de frente para mim. Ele está de camisa e calça social. Deve ser um executivo. "O que foi? Um término complicado?"

Meus molares quase viram pó, de tanto que os aperto.

Me mantenho em silêncio, então o cara ri e chega ainda mais perto. "Desculpa. Sei que estou sendo muito descarado. Mas..." Ele dá de ombros. "Sei quem você é. Ryan Wesley. Vejo sua cara em todo lugar ultimamente, então sei qual é a sua, que tem namorado e tudo o mais." Ele parece um pouco envergonhado. "Mas esse olhar no seu rosto... indica que talvez não tenha mais."

Não respondo. Ele é corajoso, tenho que admitir isso. Dar em cima de mim mesmo sabendo que estou num relacionamento exige ousadia. Infelizmente para ele, não do tipo que me agrada.

Ele prova ser ainda mais ousado tocando meu pulso e fazendo um carinho leve. "E, se for o caso, eu ficaria mais do que feliz em..."

"Cai fora", alguém diz, cortante. "Ele já tem dono."

Viro a cabeça e vejo Blake do nosso lado. Seus olhos verdes têm um brilho ameaçador, e a expressão que dirige ao loiro tem o efeito desejado. Ele desce da banqueta e dá de ombros, como se não se importasse. "Valeu a tentativa", diz, antes de ir embora.

Blake senta no lugar dele e direciona o mesmo olhar para mim. "O que é que você está fazendo, cara? Sacaneando o Jay? Qual é o seu problema?"

Reviro os olhos. "Não estou fazendo nada. Estava prestes a dizer ao idiota para cair fora quando você apareceu."

Os ombros enormes dele relaxam. "Ah. Tá. Boa."

"Achei que você fosse à casa de strip com Eriksson."

Ele assente. "Eu ia. Mas então saí do táxi, vi a placa e voltei."

Tenho que rir. "Por que fez isso?"

"Cara, sabe como chamava o lugar?" Ele faz uma pausa dramática. "A Ovelha Negra!"

Meu riso se transforma em gargalhada. É a primeira vez que acho graça em alguma coisa desde que Jamie foi para a Califórnia, e não me surpreende que Blake seja o responsável por provocar tal reação em mim. De alguma forma, no pouco tempo em que o conheço, o cara se tornou meu melhor amigo. Fico feliz que esteja de volta ao gelo. E, diferente de outros caras do time, Blake não tem nenhum problema em sentar ao meu lado no ônibus.

"Bom, se isso não é um sinal do universo pra ficar bem longe daquele lugar, não sei o que é." Ele balança a cabeça, desolado. "Juro por Deus, Wesley, ovelhas são o demônio."

"Eu sei", concordo, batendo de leve em seu braço.

Blake olha para o outro lado do balcão e se dirige ao barman. "Manda uma cerveja!"

Retorço os lábios enquanto o cara lista todas as cervejas que eles têm. Blake leva um tempo incrivelmente longo para se decidir, um processo que envolve duas piadas, um trocadilho e um relato detalhado sobre a primeira vez que ele bebeu uma Heineken. O barman parece atordoado quando entrega a ele uma cerveja artesanal local.

Enquanto isso, me esforço para segurar a risada.

"Que foi?" Blake estreita os olhos para mim. "Por que está com essa cara?"

"Eu..." Dou de ombros. "Senti sua falta, só isso."

O rosto dele se ilumina. "Também senti a sua. Isso significa que está pronto para deixar o mau humor de lado?"

E, simples assim, a rabugice volta. Por um momento, esqueci que meu namorado me deixou. A mera lembrança da ausência de Jamie é como uma lâmina na jugular.

Blake suspira. "Acho que não." Ele leva a garrafa aos lábios, parecendo refletir enquanto bebe. "Falou com o Jay?"

"Trocamos algumas mensagens."

"Ele disse quando vai voltar pra casa?"

A dor me atinge na hora. "Jamie está em casa", murmuro.

"Tá nada." Blake tamborila no balcão, ao mesmo tempo que cutuca o rótulo da garrafa de cerveja com a outra mão. Poderia ser garoto-propaganda de uma campanha sobre déficit de atenção. "A casa dele é em Toronto. Com a gente."

"A gente, é?"

"É. Você e Jay são meus melhores amigos. Somos o trio parada dura." Blake fica branco. "Ele sabe disso, né? Ou acha que só passo tempo com ele por sua causa? Porque não é nada disso."

"Eu sei." Mas me pergunto se Jamie sabe. Ele anda tão infeliz em Toronto nos últimos meses. Quando não está comigo, está sozinho. Acho que a única vez em que saiu com seus colegas de trabalho foi naquela noite em que nos encontramos sem querer no bar. E é tudo minha culpa. Ele se manteve isolado por minha causa, pela minha necessidade de esconder nosso relacionamento, pela minha carreira.

Mas Jamie não é assim. Desde que o conheço, sempre viveu rodeado de amigos e de sua família. Sempre foi popular, adorado por todo mundo que o conhece. E por que não seria assim? É a pessoa mais legal, simpática e cativante que já conheci.

Não é à toa que foi embora. Eu o condenei a uma vida de isolamento.

"É uma pena que a gente não jogue em Anaheim até abril", Blake devaneia. "Poderíamos fazer uma visita surpresa pra ele na Califórnia."

Assinto com frieza, porque já pensei nisso. Mas vamos para Dallas amanhã, não Anaheim. E depois voltamos a Toronto, onde vou ficar sozinho no apartamento enquanto Jamie desfruta do amor e do apoio da família.

Meu corpo todo treme enquanto escorrego da banqueta. "Vou pra cama", digo, seco.

Blake parece querer me impedir, mas não lhe dou a chance. Só vou embora, seguindo até o elevador com uma nuvem de pesar pairando sobre mim.

# 26

### WES

Quando deixei Frank Donovan e o repórter me convencerem a dar uma entrevista diante das câmeras, eu sabia que seria humilhante. Mas não considerei que teria que passar *maquiagem*.

Ranjo os dentes enquanto um cara chamado Tripp passa alguma coisa nas minhas bochechas com uma esponja, assoviando.

Meu pai cairia duro na hora se visse isso. O que me anima um pouco.

Quando Tripp dá um passo atrás para admirar seu trabalho através dos óculos hipsters de armação preta, pergunto: "Fazem todo mundo passar isso, né?".

Ele ri. "Claro, querido. Não é só porque você é gay."

*Sai da minha cabeça.* Odeio quando as pessoas leem minha mente. E só vai piorar, porque estou prestes a ter uma conversinha íntima com alguns milhões de telespectadores. Quero morrer.

"Bom saber", murmuro.

Frank entra, parecendo muito animado. Pelo menos alguém está feliz com essa situação ridícula. "Pronto?", ele pergunta.

"Claro", digo. Porque qual é a alternativa? Prometi a Dennis Haymaker que faria isso. O time quer que eu faça. E, para completar, vai deixar meu pai puto. É melhor acabar logo com isso. "Já estou liberado, né?", confirmo com Tripp.

"Um segundo." Ele se inclina com um pincel gigante e eu fecho os olhos imediatamente antes que comece a passar algum tipo de pó na minha cara.

"Afe", solto, assim que o ataque à minha pessoa acaba.

"Ah, o gigante durão do hóquei não aguenta um pouquinho de maquiagem?" Ele dá uma risadinha. "É só pra você não brilhar na filmagem."

"Você está se divertindo demais com isso", resmungo.

"Verdade! Mas não é sempre que tenho um gato como você na minha cadeira." Ele arranca a capa preta de náilon dos meus ombros. "Pode ir. Acaba com eles, Ryan Wesley."

"Valeu." Mas não vou acabar com ninguém. Só quero passar logo por essa investigação de uma hora da minha alma e tocar a minha vida.

Frank me leva para o estúdio, organizado de modo que pareça íntimo. Tem duas poltronas de couro bem masculinas num ângulo que garante que estejam ao mesmo tempo voltadas uma para a outra e para as oitenta e sete câmeras apontadas para elas. Fora do palco, tem cerca de cem mil dólares em equipamentos de televisão.

Muito pitoresco.

Me colocaram um paletó escuro, jeans de lavagem escura também e uma camisa cara e sem graça, com o colarinho aberto. Aposto que alguém passou horas pensando em como me fazer parecer masculino, descolado, casual, interessante e comum ao mesmo tempo. Provavelmente fizeram um modelo desse figurino no computador.

Tanto faz. Pelo menos não tem uma gravata me estrangulando.

"Pode sentar aqui", Frank diz, indicando a poltrona da esquerda.

Não pergunto como escolheram meu lugar. Só sento.

"Não se esqueça", Frank diz, esfregando as mãos. "Olhe para o Dennis ou para a câmera. Está aqui." Ele aponta para uma câmera que está um pouco para a direita de onde meu entrevistador vai sentar. "Se seu olhar ficar perdido, você vai parecer dissimulado. E não levante a voz no fim das frases."

Um pouco do meu cinismo natural escapa: "Pra não parecer gay demais?".

Ele revira os olhos. "Não. Pra não parecer inseguro. Coisa que você não é. Então não passe essa impressão."

"Tá bom."

É estranho ser o cara para quem a câmera está apontada. Nunca pedi para representar os gays do mundo todo. E não me sinto capaz disso. Vamos encarar os fatos: levo uma vida bastante autocentrada, cujos únicos objetivos são vencer no hóquei e passar o maior tempo possível com Jamie Canning.

No momento, estou falhando em ambas as frentes. Esta entrevista vai acontecer quando sinto que tenho muito pouco a oferecer a quem quer que seja.

A autoflagelação é interrompida pela chegada de Dennis, que está vestido como se fosse meu irmão gêmeo, só que com o cabelo mais brilhante e uma dose extra de autoconfiança. "Ryan! É bom ver você." Ele aperta minha mão e se senta. "Como está se sentindo? Pronto para responder a algumas perguntas?"

"Claro", minto. "Passei os olhos pela sua lista."

"Tem alguma coisa que acha que está fora de questão?", ele pergunta, endireitando a lapela do blazer.

"Não." Frank me alertou quanto à dita lista de perguntas. Dennis não vai necessariamente se ater a ela. Como a entrevista é gravada, sempre posso dizer "Bela tentativa, cretino", e eles cortam o trecho depois. O contrato que assinei estipula que não preciso responder sobre nenhum assunto que não tenha sido previamente indicado, mas cabe a mim ou a Frank recusar.

"Ótimo", Dennis diz, entusiasmado. "Vamos começar."

Um produtor vem falar conosco sobre o ritmo e as câmeras. Tento prestar atenção, mas fico me perguntando o que Jamie está fazendo agora e se vai assistir à entrevista mais tarde. Antes, eu sempre ficava feliz quando pensava nele. Se estava estressado, bastava visualizar seu sorriso.

*Ainda visualizo*, lembro a mim mesmo. Só espero que ele tenha um sorriso no rosto, onde quer que esteja.

As luzes acendem, e Tripp corre para passar um lenço de papel amassado de última hora no nosso rosto. Ele aperta meu ombro antes de sair.

Então o produtor diz: "Gravando".

Dennis Haymaker olha para a câmera. "Estou aqui esta noite com Ryan Wesley, o atacante novato do vitorioso time de Toronto..."

Enquanto ele segue com a introdução, sinto meu rosto congelar em uma máscara autoconsciente. Sério, onde eu estava com a cabeça?

Mas pelo menos Dennis começa com perguntas fáceis. "Você sempre quis jogar hóquei?"

"Sempre." É fácil concordar. "Quando eu tinha cinco anos, minha mãe reformou meu quarto com as cores dos Bruins, porque eu tinha colado fotos dos jogadores em ação em todas as paredes, e ela cansou de lutar contra aquilo."

Ele aborda o início da minha carreira, quando joguei no infantil e no juvenil. Fazia anos que eu não pensava naquela época. Conto a história de quando quebrei o braço numa final, porque é a minha entrevista e posso fazer parecer que eu era um garoto durão se quiser. E eu era mesmo. "Fiquei chateado de perder a cerimônia de premiação para ir ao hospital. Queria ver o troféu, depois de tudo o que tinha feito por ele."

Dennis ri. "Nossa. O que seus pais pensavam sobre sua obsessão e sobre os riscos? Eles jogavam hóquei?"

Agora sou eu que tenho que rir. A ideia do meu pai suando por causa de qualquer coisa que não transações financeiras é cômica. "Não, eles não jogavam."

"E são seus maiores fãs?"

Acho que esse é o assunto da vez. "Não. Não somos próximos."

"E por que não?"

*Lá vem*. Dou uma risada nervosa. "Nunca fomos. Quando quebrei o braço, não foram meus pais que me levaram ao hospital."

Dennis parece genuinamente surpreso com isso. "E quem foi?"

"O motorista deles. Um cara chamado Reggie. Meu pai gostava de me ver ganhando no hóquei, desde que não tomasse muito tempo da sua agenda lotada. Ele me mandava para os jogos com um motorista. Reggie era meu preferido. Eu costumava olhar para a arquibancada depois que marcávamos para ver o cara comemorando. Ele ficava ali, de paletó azul, gritando pra mim. Sempre achei que gostasse de hóquei, mas agora me pergunto se meu pai pagava um extra pra que ficasse na torcida. E eu nem sabia que era um jeito meio estranho de ser criado. Só tinha dez anos. Pra mim, isso era o normal."

"Então..." Dennis leva um momento para formular sua próxima pergunta. "Seu pai estava ocupado demais para te levar ao hospital quando quebrou o braço?"

Dou de ombros, porque ele logo vai passar para outro tópico. "Não sei. Talvez Reggie tenha decidido me levar sozinho. Você não leva o filho do chefe pra casa com um braço quebrado. Parece um bom jeito de ser demitido. Eu nem me importei com quem me levou, na verdade. Ainda que tivesse dez anos, eu sabia que devia ser homem e não chorar na frente de quem tirasse o raio x. Não importava quem estivesse na sala de espera."

O jornalista pigarreia. "Acha que esperavam que você fosse homem em outros sentidos, Ryan?"

É claro que essa pergunta não estava na lista. Mas não interrompo a entrevista. "Bom, Dennis, não esperavam que eu me apaixonasse pelo meu colega de quarto do acampamento de hóquei. Era outra proibição na casa dos Wesley. Mas nunca fui muito bom em seguir regras."

Uma expressão séria surge em seu rosto. Como se estivéssemos falando do desarmamento do Irã. "Quando você disse a seus pais que era gay?"

Porra, de repente as luzes parecem esquentar demais. Resisto à vontade de passar a mão na testa. "Eu tinha dezenove. Estava na faculdade. Me preparei para os gritos, os xingamentos ou o que fosse. Mas eles só se recusaram a escutar."

"O que seu pai disse?"

"Bom..." Pigarreio. "Acho que ele disse que minha gravata estava torta. No verão passado, quando contei que estava morando com meu namorado, ele disse: 'Tenho uma ligação importante para atender. Preciso ir'. Ele se recusa a escutar qualquer coisa que não o agrade."

"Como você se sente a respeito?"

Quase reviro os olhos. "O que espera que eu diga? Não é o ideal. Mas algumas famílias colocam o cara na rua, outros são espancados. Então não vou reclamar."

"Quando foi a última vez que seus pais te ligaram?"

"Hum..." Não resisto e coço a nuca. Fico nervoso com as perguntas pessoais, mas fui eu quem me meti nisso. "Acho que em fevereiro. Meu pai queria marcar um jantar para quando o time fosse jogar em Boston. Depois que meu namorado ficou doente e meu rosto surgiu em cada canto da internet, ele retirou o convite."

"Entendo", Dennis diz, voltando sua expressão compreensiva para a câmera número dois.

Pelo amor de Deus...

"Me conte sobre seu namorado. Ele deve ser muito especial. Você precisa suportar muita coisa para ficar com ele."

Sorrio, porque gosto de pensar em Jamie. Mas as perguntas que vão se seguir serão as mais difíceis de responder, porque quero respeitar a privacidade dele. "Ficamos amigos aos treze, quando começamos a ir ao mesmo acampamento de hóquei todo verão. Ele é um cara incrível e um ótimo técnico defensivo. E me aguenta, na maior parte do tempo."

"Vocês nem sempre foram um casal?"

Balanço a cabeça vigorosamente em negativa. "Levei nove anos para dizer como me sentia. Mas valeu a espera." Eu me pego olhando para a escuridão do estúdio enquanto tento formular o que vou dizer. Então, como um bom entrevistado, olho nos olhos de Dennis. "Gosto de quem eu sou com Jamie. Nos conhecemos desde que eu era um garoto de treze anos cheio de espinhas e conversávamos sobre video games. Ele não me vê como o atacante novato de Toronto. Não se importa com minha média de gols. Não preciso impressionar o cara." *A não ser com minha habilidade de engoli-lo por inteiro. Mas não vamos falar disso no horário nobre da TV.*

"Ele é sua família", Dennis sugere. "Mais do que sua família de verdade."

"Com certeza", concordo.

"Acha que vão se casar?", Dennis pergunta com um sorriso no rosto. "Espera aí. Estou colocando você numa posição difícil?"

Cretino. Está tocando num ponto sensível só para ter mais audiência. Mas me mantenho tranquilo. "Ah, não sou eu que você está colocando numa posição difícil. É Jamie. Eu casaria com ele no mesmo instante, e tenho certeza de que sabe disso."

"Você já fez o pedido?"

Dennis está testando a sorte e tem plena consciência disso. Eu deveria proteger Jamie e me recusar a responder esse tipo de pergunta. Considero minhas opções rapidamente.

Já que entrei nessa, melhor ir até o fim. "Não pedi. Caso não tenha notado, está sendo um ano muito difícil. Seria, tipo, 'Ei, sei que desde o hospital alguém enfia uma câmera na sua cara sempre que sai de casa e o mundo inteiro de repente quer dissecar sua sexualidade. Então por que não aproveitar pra subir no altar?'."

Dennis ri. "Então o que está dizendo é que o momento certo ainda não apareceu?"

"Definitivamente não."

Depois disso, Dennis volta ao assunto do hóquei e dos meus colegas de time. E, já que esse é o assunto mais fácil do mundo sobre o qual falar, finalmente relaxo.

# 27

## JAMIE

Da última vez que voltei para a Califórnia chateado, minha mãe me deixou sofrer em paz. Mas não desta.

Ontem, passei três horas ajudando a estocar as prateleiras do banco de comida da igreja, e à tarde fizemos as entregas. Hoje, cortei o gramado gigantesco do vizinho e podei as roseiras da minha mãe.

Quase botei um pulmão pra fora com o esforço, mas ela só bateu nas minhas costas e disse para eu continuar trabalhando.

Isso sem contar todo o tempo que passei com meus irmãos.

E o mais estranho é que está funcionando. Ainda não me sinto como antes e nenhum dos meus problemas foi resolvido. Mas me movimentar tem sido muito útil. Quanto mais trabalho, menos me preocupo. E meu apetite voltou. Faz só uma hora que jantamos e já estou querendo fazer um lanchinho.

"Ryan ligou ontem à noite."

Congelo na bancada da cozinha, com a mão enfiada no pote de biscoitos. Minha mãe está sentada à mesa, tomando seu chá com toda a serenidade enquanto me observa. Eu me pergunto o que vê na minha expressão. Alegria? Terror? Arrependimento? Frustração? Sinto tudo isso, então fico curioso em saber que expressão é mais óbvia.

Arrependimento, imagino. Porque, cara, é como se eu carregasse uma tonelada nas costas pelo modo como fui embora de Toronto. Depois do desastre no rinque, não podia ficar naquele apartamento por um segundo mais. Fui para casa e fiz uma busca por passagens aéreas. Quando vi uma tarifa promocional de último minuto para San Francisco, nem pensei duas vezes. Custava muito menos que a viagem que Wes planejava fazer. Um cara desempregado não pode bancar um resort na praia.

Não era culpa de Wes se eu precisava ir embora, mas a expressão em seu rosto ainda me assombra.

Minha mão se fecha em um dos cookies sete grãos com passas da minha mãe. São mais saudáveis do que um cookie deveria ser. Mas já que estou na chuva, melhor me molhar de vez... "O que Wes disse?", finalmente pergunto, com uma mordida.

Ela suspira. "Só queria saber como você estava. Parece que não tem ouvido muito de você."

Ai. A culpa tem feito com que eu o evite. O que só faz com que me sinta ainda mais culpado. "Não tem mesmo", admito.

"E por que não?"

"Bom..." Pego um guardanapo e me junto a ela na mesa. "Não sei como explicar o que há de errado. Estou muito infeliz, mas não quero que pense que a culpa é dele."

Minha mãe gira a caneca nas mãos, parecendo pensativa. "Se não disser nada a ele, acho que é exatamente isso que vai assumir."

De repente o cookie tem gosto de poeira, mas talvez não seja culpa dele. "Então o que está dizendo é que sou um cuzão?"

Ela ri. "Não. E não use essa palavra na minha mesa."

"Desculpa", digo, mastigando. Levanto e vou pegar leite na geladeira antes que essa conversa me mate. E não posso morrer sem antes ter esclarecido as coisas com Wes. Viro o restinho de leite em um copo grande e tomo.

Minha mãe está me olhando quando retorno à mesa. "O que você vai fazer?"

"Falar com ele?"

"Além disso. Se está infeliz, deve haver um motivo."

*Ou uma série deles.* Minha vida em Toronto é um nó tão apertado que não sei como desfazê-lo. Não contei a ninguém sobre os e-mails que tenho recebido de Bill Braddock. O pior deles chegou antes mesmo que meu avião deixasse o solo de Toronto.

*Treinador Canning,*
    *Lamento informar que Danton fez uma reclamação contra você pelo acontecido depois do jogo de hoje. Envio anexo o formulário preenchido e assi-*

*nado por ele. Você tem catorze dias para responder antes que o comitê disciplinar tome uma decisão. Como está de licença, não tive que considerar tomar nenhuma outra atitude no momento.*

*Por favor, me ligue. Você não respondeu a nenhum dos meus e-mails anteriores sugerindo que fizesse uma reclamação quanto ao comportamento dele. Se não contar seu lado da história, não vou poder te ajudar.*

*O time continua se saindo bem, e espero sinceramente ver você patinando com os garotos em breve.*

*B.B.*

Ele mandou alguns e-mails depois, mas estou com vergonha demais para responder.

"As coisas não estão bem no trabalho", murmuro. "Talvez eu esteja desempregado antes do verão."

"Sinto muito, amor", ela sussurra. "Isso sempre pode acontecer com qualquer um, mas imagino que seja mais assustador no primeiro emprego de verdade."

Um arrepio de terror percorre meu corpo só de pensar nisso. Quando consegui o trabalho, pensei "Pronto!". Meu futuro estava todo planejado.

Até parece.

"Se não der certo no time, estou perdido. Nenhum outro vai me querer. E meu visto era específico para aquele trabalho. Não posso ficar à toa esperando que alguém me contrate. O que vou fazer?" É a primeira vez que digo isso de fato. Soa ainda pior na cozinha dos meus pais do que na minha cabeça.

Ela estica o braço para apertar minha mão. "Acontece. Não leve para o lado pessoal."

Ah, mas eu levo. Como mais poderia levar?

"Wes sabe disso?" Quando balanço a cabeça em negativa, a pena em seu olhar se intensifica. "Você tem que falar com ele. Agora parece um bom momento para isso."

Mas não é. "A entrevista vai ser transmitida esta noite. Ele me mandou uma mensagem dizendo que não tem problema se eu não assistir."

"Ah, a gente vai assistir", minha mãe diz, animada. "Como não?"

Meu estômago revira de nervoso por Wes. E se o entrevistador foi um babaca? E se ele editar o material de modo que Wes pareça um babaca? Fico mal por ele. Nunca quis esse tipo de atenção.

Minha mãe termina o chá e olha para o relógio. "Não vamos ter que esperar muito. Hora da pipoca?"

Quarenta minutos depois, estou sentado no sofá ao lado dela, com as mãos inquietas e suadas. Meu pai está na poltrona reclinável, lendo o jornal.

Talvez eu não devesse mesmo ver. A mensagem de Wes dizia: *Não foi tão ruim, e eu não disse nada pessoal a seu respeito. Prometo. Mas não veja se vai se sentir desconfortável. A vida é curta demais pra isso. Te ligo depois. Estou com saudade.*

O celular está no meu bolso, me torturando. Estou morrendo de saudade. Mas, sempre que me imagino explicando minha situação profissional, quero vomitar. Ser demitido é mais vergonhoso do que ouvir meu nome na tv. E se eu não conseguir encontrar outro trabalho? Vamos terminar de maneira horrivelmente lenta quando ele se der conta de que vou ter que voltar aos Estados Unidos para trabalhar?

Vou me arrepender de ter recusado a oportunidade de jogar em Detroit só para ser demitido em Toronto?

Sou jovem demais para ter uma crise de meia-idade, droga.

Então o rosto de Wes surge na tela, parecendo congelado de susto. De jeito nenhum vou deixá-lo na mão agora.

"Opa", minha mãe diz ao meu lado, então se endireita no sofá. "A gente te ama, Ryan!"

"Você sabe que ele não consegue ouvir, né?", meu pai pergunta por trás do jornal aberto.

Mal respiro durante os dez primeiros minutos da entrevista. A história do braço quebrado me mata, porque nunca a ouvi antes. Acho que conheci Reggie. Tenho quase certeza de que levou Wes para o acampamento no primeiro verão, e voltou para buscá-lo.

Até agora, acho que nunca entendi totalmente como Wes está sozinho no mundo. Quer dizer, quando estamos juntos, ele não está sozinho, então como eu saberia?

Ah.

Merda.

193

*Merda.*

Ele está sozinho *agora*, por culpa minha.

Conforme a entrevista avança, eu me afundo cada vez mais no sofá. Minha mãe solta uns ruidinhos sempre que Wes faz uma piada autodepreciativa ou menciona o pai.

Quando ele diz que sou sua família, quero me socar.

Depois, o entrevistador pergunta se Wes quer se casar, e minha respiração para por completo.

"Então por que não aproveitar pra subir no altar?", ele brinca. Então ri sozinho, como se já estivesse convencido de que é um sonho impossível. Ostenta o mesmo sorriso confiante de sempre no rosto. Mas agora sei quanta dor esconde atrás dele. Estava lá esse tempo todo. Mas eu não enxergava, porque meu namorado é ótimo em parecer confiante.

Meus pais me encaram.

"O que foi?", pergunto.

Minha mãe morde o lábio. A mulher que sempre sabe o que dizer fica em silêncio uma vez na vida, o que só faz com que eu me sinta pior.

Não aguento mais. Levanto e entro no meu quarto, então sento na cama de solteiro. Quando Wes passou o Natal aqui, foi estranho acordar e vê-lo dormindo na cama ao lado. Parecia estar mais em paz do que nunca.

Droga. O que fiz com a gente?

Estou pronto para fazer algo a respeito, se não for tarde demais. Pego o celular e encontro o antigo e-mail em que Wes me mandou seu itinerário. Merda, ele fica em Dallas por pelo menos mais um dia. Eles têm um jogo amanhã à noite. O jatinho não vai levar o time de volta a Toronto até a tarde seguinte.

Mas sempre tem a FedEx.

A ideia me faz levantar para revirar o armário do meu antigo quarto. Na prateleira de cima, debaixo do equipamento de proteção de futebol americano de Scotty, encontro algo que vai servir.

Uma caixa.

Não está em condições perfeitas. Alguém escreveu algo nela, mas tem o tamanho mais ou menos certo, de uma caixa de charutos.

Tiro meus cards de hóquei antigos dela e examino o interior vazio. Quero que Wes saiba que estou com ele. Quando receber isso, vai entender. Sempre foi nosso modo de dizer o quanto nos importávamos. Sinto até vergonha por não ter feito nada do tipo em tanto tempo.

Da última vez que um mandou uma caixa para o outro, Wes estava perto do lago Champlain, uma semana antes de nos mudarmos para Toronto. *Minha nossa.* A verdade me atinge como a brisa gelada que vem do lago Ontário. Fui eu que quebrei a corrente. Não ele. *Eu.*

Passei os últimos meses sentindo que eu era o único que se esforçava pelo nosso relacionamento, enquanto ele era o novato. Achei que lavar suas roupas me tornava melhor na coisa toda.

Só que não.

Mas ainda posso consertar. Sei o que fazer.

Os minutos passam enquanto encaro os cantos vazios da caixa, me perguntando o que restou de mim para colocar ali. Houve um tempo em que nossos problemas eram tão pequenos que caberiam dentro dela.

A derrota persegue a confiança dentro da minha cabeça enquanto tenho ideias e as descarto prontamente. Uma brincadeira não vai ser o bastante desta vez. Já dei a Wes Skittles para uma vida inteira. Agora preciso dar a ele algum *sinal.*

Precisa ser importante. E tem que caber nessa caixa.

Certo.

Estou desesperado e quase pronto para desistir quando uma ideia me vem. É tão óbvia que solto uma risada para o quarto vazio.

Pego o celular e ligo para minha irmã.

"Jamester!", ela diz. "Você viu? Ah, meu Deus..."

"Jess", eu a corto. "Pode ir ao shopping comigo? Acho que preciso da sua ajuda."

"Hum... você acabou de dizer que precisa da minha ajuda? Parem as máquinas!"

"Cala a boca. Você está livre ou não?"

"Me pega em quinze minutos."

Coloco os sapatos e abro a porta do quarto com tudo só para deparar com minha mãe do outro lado, prestes a bater nela. "Posso pegar o carro emprestado? É importante."

"Claro", ela diz, sem hesitar. "Vou pegar a chave na bolsa."

# 28

## WES

Ganhamos nosso segundo jogo consecutivo fora de casa. Mas, enquanto todo mundo sobe animado no ônibus, só me jogo no meu assento, olho através da janela e ostento o que Blake apelidou oficialmente de minha expressão "Garoto Enxaqueca".

Mas tenho o direito de ficar desanimado, porque Jamie não apareceu. Nem sei se assistiu à entrevista, porque não respondeu à mensagem de texto que mandei depois que foi ao ar. Depois do silêncio da parte dele, escrevi para Cindy e Jess, mas ambas responderam dizendo que não tinham certeza se ele havia visto.

Gostaria de não ter que voltar a Toronto amanhã. Só queria pegar um avião para a Califórnia para ver Jamie, mas sei que a diretoria vai me matar se eu fizer isso. Frank me disse esta manhã que minha entrevista teve uma audiência impressionante. O departamento de mídia do time foi inundado por outros pedidos de entrevista, e Frank quer que eu fique em Toronto durante a próxima sequência de jogos em casa. Preciso estar "disponível" caso ele marque uma coletiva. Não sei por que isso importa, já que não planejo falar com outros jornalistas, a menos que seja sobre hóquei. Minha vida pessoal não vai ser alvo de discussão no futuro próximo.

"Para com isso, Garoto Enxaqueca." Blake me dá um soco no ombro, então leva um dedão e um indicador a cada canto da minha boca para me forçar a sorrir.

"Foi mal", resmungo.

"Foi mesmo. Você está me chateando. Sabe que só fico feliz se estou feliz."

Eu o encaro. "É a coisa mais idiota que você já disse."

"Não. Já disse coisas piores."

Verdade. Por sorte, meu celular vibra, me poupando de ouvir qualquer discurso motivacional que tenha preparado para mim. Olho para a tela e vejo um número desconhecido da região de Boston. Me arrependo imediatamente de ter ficado entusiasmado com a interrupção. Tenho o número de todos os meus amigos de Boston na agenda, então ou um repórter conseguiu meu celular de alguma forma ou, pior, alguém ligado ao meu pai.

Atendo mesmo assim, porque estou cansado de ouvir a voz pessimista na minha cabeça. "Alô?", digo, em um tom reservado.

"Ryan?" A voz do outro lado soa estranhamente familiar. Um barítono profundo com uma aspereza reconfortante. Merda, de onde reconheço essa voz?

"Sim. Quem é?"

"Minha nossa, garoto. Você não mudou seu número depois de todos esses anos? Nem consigo acreditar que deu certo."

Franzo a testa. "Quem..." Então paro, com a nostalgia me atingindo. *Garoto.* A mãe de Jamie às vezes me chama assim. Antes disso, eu costumava ouvir o termo saindo da boca de... "Reggie?", digo, em choque. "É você?"

"Claro. É bom ouvir sua voz. Faz tempo."

Desde que terminei a escola, me dou conta. Reggie se aposentou quando eu estava no último ano. "Tempo demais", digo. "Como você está?"

"Ótimo. Amando a aposentadoria. Mas não liguei pra falar de mim." Ele faz uma pausa. "Vi sua entrevista na TV." Outra pausa. "Ele não me dava nem um centavo."

Engulo em seco. "Quê?"

"Seu pai. Você disse que se perguntava se ele pagava um extra pra que eu torcesse por você nos jogos. Ele não pagava." O tom de Reggie é infinitamente gentil. "Quase fui demitido por aquilo, na verdade."

Sou atingido por outra onda de choque. "Como assim?"

Ele solta um ruído de desagrado. "Motoristas devem esperar no carro. Na primeira vez que assisti a um jogo seu, comentei com seu pai como você tinha se saído bem. Ele ameaçou me mandar embora se eu entrasse numa arena de novo."

Claro. Meu pai é um completo babaca. "Mas..." Franzo a testa. De canto de olho, noto que Blake está atento à minha conversa. Não está nem tentando disfarçar. "Mas você continuou assistindo aos meus jogos."

Reggie ri. "Ninguém disse que eu era esperto, garoto. Mas pensei: como ele vai saber? Eu nunca mais ia comentar nada a respeito. Você também nunca disse nada, então..."

Então alguma barreira cai dentro de mim, inundando meu peito de emoções. Esse homem enfrentou a fúria do meu pai, colocou seu emprego em risco, só para me ver jogar hóquei?

"Nunca tive tanto orgulho de nada quanto de ver você jogando hóquei", ele continua. "Só queria que soubesse. Não podia deixar que pensasse que eu era pago pra isso, ou que era uma obrigação. Porque não era."

Minha garganta se fecha. "Ah. Tá."

"Também vi seus jogos universitários sempre que transmitiam. E esta temporada... garoto, você está quebrando recordes a torto e a direito." A voz dele sai mais áspera. "Estou muito orgulhoso de você."

Ah, merda. Acho que vou chorar. No ônibus. Na frente dos meus colegas de time e do técnico.

Pisco depressa, tentando impedir as lágrimas de rolarem. "Obrigado", sussurro.

"Você é um bom garoto, Ryan. Sempre foi." Quase consigo ver o sorriso torto no rosto enrugado de Reggie. "Só continua fazendo o que está fazendo, ouviu? Esquece seu pai. Esquece as críticas e as intromissões. Vive sua vida do jeito que quer, segue fazendo o que está fazendo. E saiba que sempre vai ter gente do seu lado, que se importa com você."

Pisco mais um pouco. "Obrigado", repito.

"Parabéns pelo jogo desta noite", ele acrescenta, antes de desligar.

Minha mão treme enquanto apoio o celular na coxa. Blake me olha, curioso. "Quem era?"

"Um velho amigo." Minha garganta está tão apertada que nem sei como consigo responder. "Só queria dar um oi."

Blake assente com fervor. "Diretamente do passado, hein? É legal demais. Bom, nem sempre. Às vezes é péssimo. Sabe quem me ligou do nada semana passada? Um babaca que conheci na escola. Sabe o que queria? Que eu comesse a namorada dele."

Eu estava totalmente preparado para ignorar Blake. Até ouvir *isso*. "Está falando sério?", pergunto.

"Tão sério como lepra." Blake me olha descrente. "Parece que o sonho da garota é dar pra um jogador da NHL. O cretino achou que seria um presente legal de aniversário."

"Nossa." Aperto os olhos. "Porra. Me diz que não concordou."

Blake só sorri.

Gemo. Alto. "Você é um cara muito doente, Blake Riley."

O sorriso desaparece e ele solta uma risada. "Ah, relaxa. É claro que eu disse que não. Não sou tão vagabundo assim."

"Claro que é." A voz de Eriksson chega até nós pelo corredor. Acho que não fui o único que se envolveu com a história de Blake. "Você é um cachorro, Riley."

Blake ladra em resposta.

Eriksson uiva, e Forsberg se junta a ele. Pouco depois, metade dos meus colegas de time estão uivando como um bando de idiotas. Eles só param quando o treinador finalmente levanta do assento e diz: "Calem a porra da boca, seus idiotas". Ele volta a sentar, então o ouço reclamar com o coordenador defensivo: "É como trabalhar com crianças".

Reprimo uma risada. Acho que ele está certo. Somos mesmo crianças. Crianças grandes demais, cheias de testosterona.

Ainda estou num bom humor surpreendente quando o ônibus finalmente para no hotel em que vamos ficar. Agradeço ao motorista e sigo Blake degraus abaixo, já soltando a gravata e desencanando do código de vestimenta. Frank não vai gostar do fato de estar relaxando fora da privacidade do meu quarto, mas não estou nem aí pro que Frank...

Droga. Talvez esteja. Tem meia dúzia de repórteres no saguão. Flashes disparam e alguns microfones são enfiados na minha cara. Reprimo um gemido. Não estou a fim de falar com a imprensa, e xingo Frank por dentro por não ter me alertado para o fato de que a entrevista para a TV ontem à noite ia atrair jornalistas pro nosso hotel.

É claro que eles não fazem nenhuma pergunta sobre o jogo. Eriksson e Blake me olham com pena quando um dos repórteres chega perguntando sobre meu "relacionamento gay". Estou a segundos de retrucar que é um relacionamento como qualquer outro e não precisa ser acompanhado pelo adjetivo "gay" quando de repente sinto a mão de Blake no meu ombro.

"Bar", ele murmura.

Cerro os dentes. Dane-se. Não preciso beber agora. Só preciso desaparecer.

Balançando a cabeça, resmungo: "Não estou a fim de beber...".

Blake me corta. "*Bar*", ele diz apenas, mais firme desta vez.

Franzo a testa e viro para onde fica o bar. Meu coração pesa e se alivia ao mesmo tempo.

Jamie.

Jamie está aqui.

Ele está sentado a uma mesa de canto, e seus olhos castanhos percorrem a multidão até encontrar os meus. Meu coração dá um salto e aterrissa na garganta.

O que está fazendo aqui? Como vou chegar a ele sem dar à imprensa a oportunidade de tirar uma foto que certamente vai constranger nós dois?

Fico dividido entre correr até ele e mandar uma mensagem para me encontrar lá em cima, mas Jamie decide por mim. Enquanto observo com os olhos arregalados, ele levanta graciosamente da cadeira e chega cada vez mais perto. Seus passos longos atravessam o chão de mármore rapidamente. Seu cabelo loiro fica bagunçado quando passa a mão por ele. Na outra mão, ele segura alguma coisa. Olho melhor. Porra. É a caixa. Ou melhor, é *uma* caixa. Não aquela que passamos de um para o outro inúmeras vezes no último verão, mas parecida.

Eu o encaro, me perguntando o que isso significa, me perguntando por que não está na Califórnia, por que veio para Dallas...

Merda. Os abutres sentem o cheiro de carniça.

Cabeças curiosas se viram na direção de Jamie enquanto cruza o amplo saguão. Um flash dispara, mas ele não se detém. Continua com os olhos sérios fixos nos meus enquanto diminui a distância entre nós. De repente, está à minha frente, seus olhos castanhos brilhando animados conforme se aproxima e...

Me beija.

Pânico e alegria despertam dentro de mim enquanto seus lábios tocam brevemente os meus. Nada de língua. Nenhuma paixão evidente.

Mas, quando ele se endireita, é impossível ignorar o desejo em sua expressão. Meu Deus. Espero que as câmeras não captem o brilho da luxúria em seu olhar. Jamie parece ignorar por completo o foco em nós.

"Oi", ele diz, baixo.

Miraculosamente, consigo encontrar minha voz. "Oi. O que... o que está fazendo aqui?" Ao meu lado, Blake exibe um sorriso tão largo que fico surpreso que seu rosto não rasgue no meio.

"Podemos, hum, conversar a sós?" Jamie olha em volta, finalmente notando todas as pessoas que nos encaram.

"C-Claro", gaguejo.

Blake leva a mão ao meu ombro. "Tem um elevador nos fundos." Ele aponta com a cabeça gigantesca para o outro lado do bar.

Jamie não perde tempo. Pega minha mão e me puxa naquela direção.

Eu o sigo, desviando das mesas altas até ver as portas do elevador. O toque de sua mão na minha é tão gostoso que esqueço de apertar o botão até que ele aperta meus dedos. "Qual é o andar?"

"Hum, nono. Acho." É o mesmo hotel de ontem, mas, quando se passa em tantos quanto eu, fica difícil guardar. Procuro pelo cartão na jaqueta.

Jamie sorri e aperta o botão.

# 29

## JAMIE

Um minuto depois, estamos entrando no quarto 909. Quando a porta se fecha atrás de nós, tenho um momento de incerteza. Não estou voltando atrás. Sei o que quero fazer. Só não sei como.

Nunca disse a ninguém que queria que passássemos o resto da vida juntos. Sei que Wes me ama, mas ainda é uma conversa arriscada.

Então dou uma volta pelo luxuoso quarto de hotel, com seus móveis elegantes e modernos e as janelas que vão do chão ao teto. "Quarto legal", digo, reparando na vista.

Quando viro para Wes, ele está me observando. "Ficou mais legal agora." Ele tira o paletó e o joga numa cadeira. Não acendeu as luzes, mas seu lindo rosto é iluminado pelas luzes do centro de Dallas. Ryan Wesley de terno, senhoras e senhores. Há poucas visões tão impressionantes quanto essa.

Percebo que o estou encarando. E continuo segurando a caixa. "Tá", solto. "Te fiz uma coisa com a ajuda da minha irmã e peguei um avião. Mas agora estou com medo de que você ache maluquice."

"Bom..." Ele pigarreia. "Prometo não achar. Só estou feliz de te ver." Wes chega mais perto e envolve meu corpo com seus braços. "Achei que não fosse voltar. Talvez fosse bobagem, mas..." Ele enfia o rosto no meu pescoço e inspira fundo para sentir meu cheiro.

Certo. Então vou começar com um pedido de desculpas. Apoio a mão livre em suas costas. "Sinto muito por ter sido um babaca. Foi... péssimo." Quanta eloquência!

"Não precisa se desculpar. Você não fez nada de errado. Só entrei em pânico."

"Fiz, sim." Respiro fundo e me inclino contra ele. "Estou com problemas no trabalho. Estraguei tudo e não quis te contar. É vergonhoso. E estava preocupado com dinheiro. Então te afastei. Foi péssimo da minha parte."

As mãos quentes dele passeiam pelas minhas costas. "Lindo, você estava triste demais pra conseguir pensar direito. Se estiver se sentindo um pouco melhor agora, nada mais me importa."

Meu primeiro impulso é contrariar seu diagnóstico do problema. Não quero ser o cara que desmorona. Mas *fui* esse cara. E talvez minha mãe esteja certa quanto aos esteroides terem mexido comigo. Independente da razão, eu perdi o controle por um tempo. Não é justo com Wes ficar negando isso. "Acho que estou um pouco melhor agora", digo apenas.

"Ótimo." Ele aperta a pegada. "É tudo o que eu quero. É tudo o que importa."

Não tenho nenhuma dúvida de que ele está sendo sincero. Não sei como tive a sorte de encontrar alguém que me ama tanto quanto Wes. Quantas pessoas conseguem isso?

Então é hora de criar coragem.

Dou meio passo atrás, forçando Wes a me soltar e olhar para a caixa que seguro. Ele vai achar ridículo.

Respiro fundo e decido que tudo bem. Não importa. É um gesto importante, e eu vim até Dallas para me desculpar, não?

Fico encarando a caixa como se tivesse uma cobra venenosa.

"Vou poder abrir isso aí um dia?", ele pergunta, com uma risada.

Sem dizer nada, eu a entrego. Ele sente o peso na mão e então me olha. "Não é pesada", diz. "Não faz barulho." Wes levanta a tampa e vê o papel de seda com que embrulhamos. Provavelmente quebrou, o que faz a ideia toda parecer ainda mais idiota do que já é.

Só quero me esconder atrás de uma dessas cadeiras de couro de mil dólares.

A mão enorme de Wes puxa o papel de seda. Ele aperta os olhos para seu conteúdo. Então leva a caixa até a janela, para ver melhor. "É... feito de Skittles roxas?"

"É." Minha voz sai áspera.

Wes pega a forma circular de uma polegada de espessura entre dois dedos contra as luzes da cidade. "É uma...?" Ele se interrompe, como se tivesse medo de estar errado.

"Um anel", digo. "Você... eu..." Minha língua parece lixa na boca. "Na entrevista, você disse que queria..." Respiro fundo. "Casar um dia. E acho que deveríamos fazer isso."

No segundo depois que digo isso, ele se mantém tão imóvel que parece uma estátua de um museu de cera. Continua segurando a aliança — em toda a sua glória tosca — no alto. Eu e Jess precisamos de muitas Skittles e muita paciência para descobrir qual das inúmeras colas que ela usava em seus artesanatos funcionaria e por quanto tempo teríamos que esperar antes de adicionar mais uma bala. Pareceu tudo muito fofo e engraçado na hora.

Agora eu não tenho tanta certeza.

Wes afunda o queixo, e meu estômago se contorce. Ele está na contraluz, de modo que não consigo ver seu rosto. Dou alguns passos para mais perto, ainda que tenha medo de ter estragado tudo. Preciso ter certeza.

Wes abre a boca, mas nada sai. Então seus olhos se arregalam, brilhando à luz da janela. "*Sério?*", ele pergunta.

Tiro aquela bobagem da mão dele e devolvo à caixa, então a coloco sobre a mesa. "Sério. Quer dizer, não agora, se precisar de um tempo pra se acostumar e..."

Duas mãos fortes pegam minha camisa e me puxam para seus braços. "Não preciso..." Ele inala fundo, parecendo engolir o choro. "Não preciso de tempo para pensar. Quero casar com você este verão, antes que mude de ideia." Seus braços se fecham à minha volta, extinguindo todo o espaço entre nós. Wes apoia a cabeça no meu ombro. Sinto seu peito se sacudir algumas vezes enquanto tenta se controlar.

"Ei", sussurro. "Não vou mudar de ideia."

"Mas..." Ele pigarreia de novo. "É uma decisão muito maior pra você do que pra mim. Você pode ter, tipo, esposa e filhos. Uma família."

"Eu tenho uma família, lindo. Das grandes. Nunca paro pra pensar em mudar para uma casa maior e ter filhos."

"Mas poderia", ele diz, com a voz áspera. "Queria te dar um tempo para se acostumar com a ideia de ficar comigo sem... isso."

"E por que sem?", aponto.

Ele pisca. "Se decidirmos ter filhos um dia, não é impossível. Podemos adotar. Contratar uma barriga de aluguel."

Belisco a bunda dele de leve. "Para de agir como se estivesse me condenando a uma vida infeliz e sem filhos."

Isso o faz rir.

"Eu te amo", digo, firme. "Nunca deixei de te amar, mesmo quando tudo parecia sem vida. Quando vi sua entrevista, precisei vir. A passagem não foi muito, hum, econômica, mas..."

Wes se afasta para me olhar. Parece abalado, mas está bonito como nunca aos meus olhos. "Vou mandar uma garrafa de uísque para aquele jornalista. E uma caixa de charutos cubanos."

Então ele me beija. O gosto é de lágrimas e *Wes*. Mergulho nele. Porra, como senti falta disso. Ele me beija como se tentasse marcar um ponto. E agora sei que ponto é.

Estamos destinados a ficar juntos. Por que não tornar isso oficial?

De repente, meu corpo decide que estamos destinados a ficar juntos de uma série de maneiras. Me jogo contra seu peito rígido e aprofundo o beijo. Ele segura meus quadris e geme.

Um nanossegundo depois, estou arrancando sua gravata e desabotoando sua camisa. Ele desce o zíper do meu jeans e me conduz para a cama. Antes que eu possa piscar, estou de costas, sem camisa e com a calça nos tornozelos, enquanto a boca quente de Wes chupa forte meu pau.

O prazer passa dele pro meu saco. Enfio as mãos em seu cabelo bagunçado e meto na boca dele, motivado pela ânsia e pela paixão que coloca no boquete. Wes lambe, chupa e mordisca cada centímetro meu, e eu gemo quando lambe o próprio dedo antes de enfiá-lo na minha bunda.

Diante da penetração provocativa, projeto os quadris pra frente. Wes ri e entra mais fundo com o dedo, até que a pontinha esteja tocando minha próstata. Meu corpo todo treme. Formiga. Queima. Ele passa um tempo enlouquecedor me torturando com sua boca e seu dedo — não, *seus dedos*. Está com dois enfiados em mim agora, esfregando a próstata e fazendo pontos brancos surgirem na minha visão.

"Wes", murmuro.

Ele levanta a cabeça. Seus olhos cinza estão embaçados pelo desejo. "Hum?", pergunta, preguiçosamente.

"Para de me provocar e enfia esse caralho em mim, caralho", solto.

"Dois caralhos? Precisava mesmo disso?"

"Um é substantivo e outro é interjeição." Minha voz está tão tensa quanto cada músculo do meu corpo. Vou explodir se ele não me fizer gozar.

Sua risada aquece minha coxa. "Adoro a língua, cara. Dá pra usar de um jeito tão criativo."

"Vamos mesmo ter essa conversa agora?", rosno quando ele enfia os dentes na parte interna da minha coxa. Seus dedos ainda estão dentro de mim, mas imóveis.

"Sobre o que prefere falar?" Ele pisca pra mim sem nenhuma inocência, sabendo muito bem que estou no limite.

"Nada", solto. "Prefiro não conversar!"

"Tsc-tsc", Wes faz. "Isso não depõe a favor do nosso futuro casamento. Comunicação é a chave."

Eu o encaro. "Então manda sua boca começar a se comunicar com meu pau, cara. Se não me fizer gozar nos próximos cinco segundos, vou..."

"Vai o quê?", ele zomba, e eu gemo em desalento quando ele tira os dedos. Rindo, Wes sobe pelo meu corpo, segura meus pulsos e os leva acima da cabeça. "Me diz o que fazer, Canning."

"Eu..." Perco o foco. É difícil pensar com ele esfregando a parte inferior do corpo, ainda vestida, contra meu pau duro. Tento me soltar, mas Wes é forte demais. Ele mantém meus pulsos presos perto da cabeceira da cama com uma mão, enquanto com a outra acaricia meu peito nu, os dedos passando com toda a leveza num mamilo.

Wes pressiona seu corpo contra o meu até me deixar rosnando de impaciência. Não posso mexer as mãos. Não posso arrancar a calça dele e pegar seu pau. Não posso fazer nada além de ficar aqui deitado enquanto esse homem enorme e lindo se esfrega em mim como se eu fosse uma boneca inflável.

Suas pálpebras estão tão pesadas que só consigo ver uma fresta cinza brilhando pra mim. Então ele lambe os lábios, fazendo um arrepio percorrer minha espinha. Conheço esse olhar. *Amo* esse olhar.

Wes abaixa a calça. Seu pau duro e grosso bate no meu abdome. "Quero tocar você", imploro.

"Não." Seu tom é de ordem. Só intensifica minha excitação. "Tenho que te segurar pra que não fuja de novo." Ele me dá outro beijo demorado só para deixar claro. Quando finalmente solta meus pulsos, sai da cama antes que consiga segurá-lo. "Não se mexe", Wes sussurra. Eu me mantenho imóvel, observando quase fascinado enquanto ele atravessa o quarto até onde deixou a carteira. Então a abre e pega um de seus sachês de lubrificante, que sempre vêm a calhar, depois volta para a cama.

"Braços acima da cabeça."

Obedeço. Ele joga meu jeans de lado e se acomoda entre minhas pernas, voltando a segurar meus pulsos em seguida. Com a outra mão, lubrifica o próprio pau, então o leva até o ponto que espera por ele.

"Me fode logo", imploro.

A diversão passa por seus olhos. "Não vou te foder."

Agora estou gemendo de novo. Merda. Se Wes planeja me torturar mais, vou perder a cabeça...

"Vou fazer amor com você", ele conclui.

Minha respiração acelera.

Sorrindo, Wes desce a boca até a minha. Nossos lábios se encontram ao mesmo tempo que ele desliza para dentro de mim. A queimação prazerosa me faz arfar, mas Wes engole o som com um beijo doce e leve que acompanha as estocadas doces e suaves de seu pau. Ele me preenche. Me completa. Meu pau é uma lança contra minha barriga, e eu luto contra a pegada firme de seus dedos em meus pulsos.

"Preciso me tocar", imploro.

Wes morde meu lábio inferior de leve. "Quem faz isso sou eu, lembra?" Então seu punho me envolve e dá uma batida rápida enquanto ele me penetra mais.

O orgasmo me pega de surpresa. Achei que eu fosse durar mais, pelo menos uma dezena de batidas, mas não. Já estou gozando. É maravilhoso e meu mundo inteiro se reduz a ele. Meu melhor amigo. Meu amante. Meu... noivo. Nossa, nunca pensei que essa palavra me daria tanto tesão, mas dá. Meu pau lateja mais forte, e outro jato atinge minha barriga à mera ideia de passar o resto da vida com esse homem.

Wes continua fazendo amor comigo, lenta e languidamente, tirando o máximo de cada segundo. Quando enfim goza, não é em uma explosão forte de prazer, mas com um balançar gentil dos quadris e um gemido leve de satisfação. Então ele cai em cima de mim, seus lábios provocando os meus com um beijo carinhoso depois do outro, suas mãos acariciando meus peitorais e meus ombros antes de ir para os meus cabelos.

Então ele para com os carinhos e só ficamos deitados, um corpo pressionando o outro. Wes me envolve com seu corpo, cada um de nós ocupado com seus próprios pensamentos. Passo os olhos pelo relógio. É 1h37. "Você deve estar cansado", sussurro. Faz poucas horas que saiu do jogo. "Quando o ônibus vai embora?" Pelo seu itinerário, sei que pega um avião amanhã de manhã.

"Hum... sete e meia?"

"É melhor a gente dormir", digo, ainda que esteja bem acordado.

"Ou você pode me contar o que está rolando no trabalho."

Gemo. "Eu conto, prometo. Mas tem que ser agora? Não posso só aproveitar esse momento de felicidade completa?"

Sinto sua risada na minha nuca. "Achei que você tinha chegado à felicidade completa com o que te fiz agora há pouco."

"Você está gostando de brincar com as palavras, né?" Levanto e entro no maior banheiro de quarto de hotel que já vi. Me limpo e pego uma toalha úmida para levar para Wes, então volto a deitar na cama com ele.

"Sério", Wes diz, limpando o tanquinho perfeito. "O que você pode ter feito de tão horrível?"

"Prensei Danton contra a parede."

"Finalmente!"

"Não. Eu não deveria ter feito isso. Preciso ter algum autocontrole. Estamos tentando ensinar aos garotos a ter espírito esportivo. Então por que ignoro os conselhos do meu chefe sobre como lidar com Danton e parto pra porrada? Foi a coisa mais idiota que já fiz na vida."

Wes fica em silêncio por um momento. "Aí é que tá. Você não costuma agir assim. Eles não têm motivos pra achar que faria isso de novo. Bota a culpa nos remédios. Diz que foi uma infelicidade, levanta a cabeça e entrega a reclamação que Bill vive te pedindo."

"Então posso salvar meu trabalho ou minha consciência, mas não as duas coisas."

Ele beija minha nuca. "Salva seu trabalho, lindo, e dá um descanso pra sua consciência. Acha mesmo que os garotos vão ficar melhor se você deixar aquele babaca vencer?"

E é aí que eu me dou conta pela centésima vez nas últimas vinte e quatro horas do quanto amo Wes. Ficar deitado aqui, com seu corpo nu esmagando o meu, remoendo o desastre que é minha carreira, é melhor do que qualquer terapia. Tenho motivos para confiar nele. Talvez nem sempre abordemos os problemas do mesmo jeito, mas ele é muito esperto.

"Vou passar lá segunda e admitir meu erro", decido. "Quero aquele trabalho de volta. E mereço isso."

Sua mão acaricia meu quadril. "Claro que sim."

Ficamos em silêncio de novo. Depois de um tempo, concluo que Wes está dormindo. Então ele me surpreende ao falar. "Podemos discutir seu outro tópico favorito?"

"O fato de que você é péssimo nas tarefas de casa?"

Ele ri. "Então o *outro*."

"Que é...?"

"Dinheiro."

"Por quê, meu Deus?"

"Porque, quando a temporada acabar, vamos fazer uma festa de casamento e depois uma viagem *espetacular*. Quero poder planejar sem que você se preocupe com o custo. Ainda temos algumas duras semanas à nossa frente, não? Vai ser mais fácil encarar se meu protetor de tela for uma foto da praia pra qual a gente decidir ir."

Não sei o que dizer. "Não precisa ser caro."

Wes fica no meu pescoço por um momento antes de responder. "Privacidade custa dinheiro. E eu tenho dinheiro." Ele cutuca meu ombro, de modo que tenho que virar para encará-lo. "Sabe como fiquei rico?"

Balanço a cabeça em negativa.

"Acordei um dia e descobri que meu avô tinha morrido e me deixado uma grana. O babaca do meu pai não pode tocar nela. Meu avô sabia que ele era um cretino ganancioso." Ele sorri. "Foi tudo um golpe de sorte. Mesmo se eu tivesse ganhado cada centavo abrindo valas, não há nada que eu tenha que não queira dar a você. Nada mesmo."

Ele se inclina e me beija enquanto absorvo isso. Um segundo beijo vem, e um terceiro. Achei que já estava a par de tudo, mas parece que é possível aprender algo mais às quinze para as duas da manhã, enquanto seu namorado abre caminho lentamente para sua boca e acaricia sua língua com a dele.

Passei semanas demais me preocupando em não aceitar ajuda de Wes porque não queria parecer fraco. Enquanto isso, ele estava desesperado para me mostrar o quanto me ama.

A constatação arranca um suspiro do fundo do meu peito.

"O que foi?", ele pergunta, passando o nariz na minha bochecha.

"Te amo."

"Mas...?" Ele ri.

"Mas sou um idiota. Você meter o pau na minha bunda nunca insultou minha masculinidade. Mas o fato de você ter pagado a conta do hospital me deixou maluco."

Wes ri e mordisca minha orelha. "Se eu der um jeito para que o pagamento do aluguel inteiro saia da minha herança, você vai pirar? Porque quero fazer isso. Porque aí quando você fizer o mercado não vou ter que te pedir o recibo. A gente podia parar de controlar tudo. Não é assim que as pessoas fazem quando casam?"

"Acho que sim." As implicações de casar com Wes ameaçam explodir minha cabeça. Ele deve perceber, porque volta a me beijar. Acabamos dormindo assim — de rosto colado, emaranhados.

Quando o despertador de Wes dispara às seis e meia, gememos. Ele aperta o modo soneca e eu enfio o rosto no travesseiro. Ficamos ali deitados, meio dormindo, por um tempo, acariciando desajeitadamente a pele quente um do outro. Sexo parece uma boa ideia, mas estamos ambos um pouco cansados demais para conseguir concretizá-la. Quando o despertador toca pela terceira vez, ele reclama e levanta.

Eu não. Meu voo só sai em quatro horas. Volto a dormir ao som de Wes tomando banho e fechando a mala. Então, ouvimos uma batida forte na porta. "Trouxe vitamina C, pessoal!"

Wes abre mesmo a porta para Blake, filho da mãe. O quarto logo é preenchido por sua falação. Com vitamina C, ele quis dizer café, e o cheiro começa a me trazer de volta à consciência.

"Quem é o dorminhoco do dia?", Blake brinca, sentando no lado de Wes da cama. "Cafeína, Jay! Te trouxe um cappuccino."

"Fica difícil te odiar assim", murmuro no travesseiro.

"É o que todo mundo diz." Ele pega meu ombro nu com uma das patas e me sacode.

"Para com isso." Puxo mais as cobertas. "Ou não vou te convidar pro casamento."

"Pro... ai, meu deus!"

Foi claramente um erro tático enorme, porque agora Blake Riley — em seus mais de noventa quilos dentro de um terno — fica de pé e começa a pular na cama. Abro a boca para brigar com ele, mas é difícil pronunciar as palavras enquanto Blake grita "Do caralho!" e me sacode na cama como um par de sapatos numa secadora.

"Pa... para... com... isso!", consigo dizer.

Wes não me ajuda, já que por algum motivo está ao telefone. Ele desliga no mesmo instante em que ouço o barulho de algo rachando, como uma viga de madeira se partindo. A cama ganha uma estranha inclinação e Blake rola para o chão.

"Não se preocupa, eu não me machuquei!", ele grita de algum ponto no carpete caro.

Meus olhos encontram os de Wes, nossas expressões em uma mistura de diversão e horror. "Blake, você quebrou a cama", ele diz com um suspiro. "Vai ter que pagar."

"Não vai ser a primeira vez", ele diz, levantando do chão e ajeitando a gravata.

"Pelo menos não foi meu noivo que você quebrou. Estamos cansados de hospitais."

"É que estou feliz demais por vocês." Ele agarra Wes e o levanta do chão em um abraço.

Wes revira os olhos por cima do ombro de Blake. Quando seus pés voltam a tocar o solo, ele apressa o companheiro de time para fora do quarto. "Chama o elevador. Temos que ir."

Blake abre um sorriso amplo pra nós dois. "Dá um beijo de despedida nele, mas não vai ser por muito tempo!" Ele pega o próprio café e sai dançando para o corredor.

"Ufa", Wes diz, olhando em volta. É como se um furacão tivesse passado. De repente só restam silêncio e destruição. Ainda estou na cama, mas a inclinação é desconfortável. Meu namorado dá a volta para se sentar com todo o cuidado ao meu lado. "Tenho que ir."

Sorrio para seu rosto lindo. "Eu sei. Nos vemos à noite. A passagem mais barata tinha escala em Chicago. Então vou demorar um pouco."

Ele leva a mão ao meu cabelo e passa os dedos por entre os fios. "Não perca a conexão. Vou estar esperando." Então me abre um sorriso sedutor.

Meu pau se anima ao ouvir isso. "Não se preocupa." Eu o puxo para um beijo. Wes está com gosto de pasta de dente.

"Hum", ele diz, quando finalmente nos separamos. "Olha, o serviço de quarto chega em uma hora. Meu falecido avô quer que você se alimente bem antes de viajar."

Sorrio enquanto ele me beija pela segunda vez. "Agradeça a ele por mim."

Wes suspira e acaricia minha bochecha com o dedão. "Até mais tarde."

"Até."

Quando a porta se fecha atrás dele, ainda estou sorrindo.

# 30

## JAMIE

Deixo a mala na entrada, tranco a porta e cambaleio para a sala de estar como se tivesse passado um ano inteiro fora, e não só uma semaninha na Costa Oeste. Cara, é bom voltar pra casa. E o apartamento está com um cheiro incrível, uma mistura da loção pós-barba de Wes e... desinfetante? Será que alguém limpou este lugar enquanto eu estava fora?

Cara, é verdade. O piso está brilhando, a bancada da cozinha está impecável e não tem uma partícula de poeira que seja sobre qualquer superfície. De repente, me sinto como um dos três ursos depois da visita de Cachinhos Dourados: *Alguém andou limpando minha casa...*

"Wes?", chamo, cauteloso.

A resposta do meu namorado sai abafada: "No quarto".

Não, não meu namorado. Meu... noivo? Nossa. Ainda parece meio surreal.

Ele aparece um momento depois, com a calça de moletom ridiculamente baixa na cintura. Admiro seu peito nu, suas inúmeras tatuagens, sua pele dourada e lisa. Ele é maravilhoso. E parece ter recuperado parte do peso perdido. Não percebi ontem à noite, porque estava ocupado demais agarrando seu corpo, mas seus peitorais e seus bíceps estão notavelmente mais pronunciados do que há alguns meses.

"Como foi o voo?" Ele veste uma camiseta, cobrindo seu peito espetacular, e se aproxima para me dar um beijo.

Massageio a nuca. "Entediante. E peguei no sono numa posição esquisita, então meu pescoço está me matando."

Wes tira meu casaco e o joga numa das banquetas da cozinha. Uma vez na vida, não insisto para que use o mancebo na entrada. Estou feliz demais de vê-lo. "Vai tomar um banho", ele manda. "Vou preparar alguma coisa pra você comer, depois dou um trato nesse pescoço..." Ele pisca. "E em você."

"Isso...", digo, puxando-o para mim, "parece...", esfrego meus lábios nos dele, e ambos nos arrepiamos, "ótimo."

Sorrindo, ele dá um tapinha na minha bunda e me manda embora. Vou até o quarto e tiro a roupa, depois entro no chuveiro para tirar o cheiro de café velho que parece impregnado em mim desde que saí do aeroporto. O que será que Wes está fazendo? Amo o cara, de verdade, mas cozinhar não é o forte dele. Não consegue nem fritar um ovo sem queimar.

De fato, um cheiro forte assusta meu nariz quando saio, dez minutos depois. Encontro Wes envergonhado diante do fogão.

"Tentei fazer queijo quente", ele murmura.

Olho para a carcaça preta e destroçada que já foi o pão com queijo colada na minha melhor frigideira de ferro fundido. Então dou risada. "Tudo bem, lindo. Não estou com fome, na verdade. Vamos pular para a parte da massagem no pescoço." Dou um beijo na bochecha dele e desligo o fogo. "Mas valeu o esforço."

Seu rosto se ilumina. "Legal. E você viu que fiz faxina? Passei o dia todo preparando o apartamento pra você."

"Sério?"

Ele abre um sorrisinho safado. "Não. Passei duas horas e meia assistindo gravações de jogos com o time. Mas contratei uma mulher bem simpática chamada Evenka para vir uma vez por semana fazer faxina e lavar a roupa. Blake acha que ela tem poderes mágicos de limpeza." Wes pega meu ombro. "Podemos ficar com ela? Por favor?" Ele pergunta isso como um garoto que trouxe um filhotinho pra casa.

Como sempre, tenho o reflexo de dizer não, pensando no custo. Então me lembro de seu falecido avô e respiro fundo. "Claro."

"Eba!" Wes pega minha mão e me arrasta para o sofá. "*Banshee*?", ele sugere.

"Opa!"

Wes pega o controle remoto e o joga pra mim. Então corre para a cozinha para pegar dois refrigerantes, provavelmente porque ainda não estou liberado para beber. Mas nem reclamo, de tão feliz que me sinto por estar em casa.

Quando ele senta, colamos um no outro como dois ímãs se realinhando. A cabeça dele no meu peito, meu braço à sua volta, nossas pernas emaranhadas. Estou prestes a apertar o play quando Wes ri. "Acredita que recebi um e-mail do departamento de viagens cobrando pela cama quebrada?"

"Já?"

"E fica ainda melhor. Também recebi um e-mail do departamento de comunicação com um link para um site de fofocas. Eles têm uma foto nossa nos beijando, claro, mas também uma da cama quebrada."

"Quê?", eu grito.

Wes pega minha mão e a beija. "Pois é. Eles devem ter pagado um funcionário do hotel por essa pérola. Mas é só uma foto de um móvel, Canning. Me preocupo mais com o fato de que estão querendo me cobrar oitocentos dólares. Então mandei um e-mail para os dois departamentos dizendo para falarem com Blake, já que foi a bunda gorda dele que quebrou a cama. Você não vai acreditar no que me responderam..." Ele ri. "O clube vai pagar, porque não querem que o hotel fique sabendo que havia um *terceiro* cara no nosso quarto. O departamento de comunicação não tem problema com nós dois, mas não acham que conseguiriam lidar com um ménage à trois."

"Puta que o pariu", eu digo, enquanto Wes ri. "Você ficou interessado, né? Dá pra ouvir as engrenagens girando na sua cabeça. Quer convencer Blake a produzir fotos incriminadoras falsas."

"Você me conhece bem demais. E por que parar aí? Vou chamar Eriksson e Forsberg e encenar uma orgia. Que tal uma guerrinha de travesseiros pelados?"

Belisco a bunda dele. "Estou tentando manter um emprego em que treino *crianças*. Mas acho que não teria problema."

Ele se inclina e beija meu queixo. "Só estou brincando."

"Hum-hum." Aperto o play, mas um sorriso se mantém no meu rosto. A vida com Wes nunca é chata. Mesmo quando estivermos velhos, de cabelo branco e com a bunda caída, ele ainda vai ser engraçado, e ainda vai ser meu.

Tomamos o refrigerante e assistimos ao seriado. São sete horas, e deveríamos estar tirando o atraso de uma dezena de coisas — ligações, e-mails, contas. Mas ignoramos tudo, porque estamos sozinhos em casa, juntos, e é a única coisa que importa agora.

Wes está cheirando tão bem. A xampu cítrico e casa. Ele passa os dedos no meu cabelo. Quando ri do programa, o som reverbera dentro do meu peito. Desço a mão aberta pelo pescoço dele para chegar ao músculo do ombro. É tão gostoso que tenho que dar uma apertadinha. Traço o caminho da tatuagem saindo da manga da camiseta. Então a levanto até os peitorais, para descansar a mão na pele rígida da barriga.

O seriado continua passando, mas não estou prestando atenção. O corpo dele parece tão vivo e sólido contra o meu que tenho que me inclinar para a frente e beijar sua nuca. "Hum", solto. É ótimo estar de volta.

Mordisco seu pescoço, fazendo Wes suspirar e se derreter contra mim. "Eu é que deveria fazer uma massagem em você", ele me lembra.

"Já estou melhor." Agora me dirijo à lateral do seu pescoço, chupando de leve debaixo da orelha.

"Cacete", Wes diz. "Isso é bom." Ele vira de uma só vez, e em um segundo nossos lábios estão colados. O bafo quente de sua respiração no meu rosto é tudo de que preciso. Inclino o rosto para que nossa conexão seja ainda maior, e ele abre a boca pra mim. Nossas línguas se emaranham e ele investe contra mim, forçando um joelho entre os meus.

Tudo parece certo no mundo.

A mão de Wes desce pela lateral do meu corpo, então entra por baixo da camisa. Quando escorrega pelas minhas costelas, penso que seria melhor se estivesse sem roupa, porque quero sentir sua pele na minha. Mas não quero interromper o beijo, então isso vai ter que esperar.

"Te amo muito", ele consegue dizer por entre os beijos.

Solto um ruído ininteligível em concordância, então respiro e consigo produzir um encadeamento de palavras de verdade. "Vamos pro quarto?"

Ele geme em resposta, jogando os quadris contra os meus. Nós dois queremos a mesma coisa. Os beijos se aprofundam ainda mais. Estou muito ocupado entrando na boca de Wes para levantar e fazer algo a respeito da sensação gostosa no meu saco.

Então só ficamos ali, passando a mão um no outro, até que o interfone toca.

Wes grunhe, mas ignoramos.

Ele toca de novo. Wes se afasta, relutante. Ambos sabemos que quem quer que tenha tocado provavelmente já deve estar subindo as escadas. "Acha que Blake perdeu a chave?", pergunto, rouco.

Ele dá uma risadinha. "Provavelmente."

"Se aquele cara entrar, nunca vamos conseguir nos livrar dele."

Wes suspira e ajeita a calça. "Vai ver só vieram entregar alguma coisa." Ele diz isso com esperança na voz, mas ambos sabemos que não encomendamos nada.

Eu me recosto no sofá e tomo um gole de refrigerante enquanto Wes vai atender.

"Ah, obrigado", Wes diz. "Pode mandar subir."

"Quem é?", pergunto, alarmado.

"Katie Hewitt. Esposa de um cara do time. Aparentemente veio trazer lasanha."

"Oi?"

"Foi o que o porteiro disse. Estava todo, tipo, 'O cheiro é muito bom, sr. Wesley'."

"Mas por quê?"

Wes dá de ombros. "Acho que vamos descobrir já."

Ajeito o cabelo com as mãos pra não dar na cara que estávamos nos pegando.

Ouvimos a batida na porta. Wes a abre. "Oi, Katie. Oi, Hewitt. Achei que fossem aproveitar a noite de folga."

Wes dá um passo atrás para dar passagem a uma mulher com o cabelo bem grosso e brilhante e uma travessa enorme de lasanha. "Parabéns pelo noivado!", ela grita, então vira para o marido e o olha como se a tivesse traído. "Ben! Você não falou junto comigo!"

"Esqueci", Hewitt murmura.

Reprimo uma risada, mas ela acaba escapando quando Katie passa por Wes e avança para a cozinha como se fosse dona do lugar. Eu a ouço abrir e fechar o forno.

Levanto para cumprimentar os convidados. Katie corre para segurar meu rosto entre as mãos. Usa um esmalte bem vermelho e brilhante. Parecem garras envernizadas. "Parabéns pelo noivado! Estou *tão* feliz por vocês! Sei que ficaram fora uma semana, então imaginei que não tinham nada na despensa. Por isso meu primeiro presente de noivado pra vocês é comida." Ela sorri e me dá um abraço.

Essa mulher tem tanta energia que até assusta. "Obrigado", digo, genuinamente comovido. "Ficamos muito... Espera aí. Seu *primeiro* presente de noivado?" Quantos ela planeja nos dar?

Hewitt deve ter lido minha mente, porque ele suspira e diz: "Cara, vocês vão receber entregas semanais até o casamento. É melhor aceitar isso".

Wes ri. "Não precisa", ele diz a Katie, que o dispensa com a mão feita.

"Gosto de fazer compras", ela diz, firme.

"Ela gosta de fazer compras", o marido confirma.

Katie pega minha mão e me puxa até o sofá, então se joga ao meu lado. "Me conta. Como você está? Se recuperou totalmente? Tem pesadelos em que ainda está no hospital? Quando levantei os seios, os enfermeiros foram tããão antipáticos!"

"Ah." De repente parece impossível não dar uma olhada. Como ela disse que "levantou", fico imaginando um guindaste. "Já fiquei em lugares melhores. Mas minha mãe e minha irmã ficaram comigo quase o tempo todo. E estou ótimo. A tosse não passou totalmente, mas me sinto bem melhor."

Katie pega minha mão e a aperta de leve. "Fico tão feliz por você!"

"Obrigado." Olho em volta. Do outro lado do cômodo, Wes e Hewitt estão apoiados na bancada da cozinha, bebendo cerveja. "Cara, cadê a minha?"

Wes levanta a sobrancelha com piercing. Normalmente, fico morrendo de tesão quando ele faz isso, mas não gosto se é pra me negar uma cerveja.

"Isso é bobagem", argumento. "Tipo celulares e o sistema de navegação dos aviões. Uma coisa não interfere com a outra."

Katie ainda está rindo quando o interfone toca. Faço menção de levantar, mas ela sai correndo para atender. "Pode subir", ela diz para o porteiro.

Um minuto depois, tem mais três pessoas no nosso apartamento. Conheço o veterano Lukoczik e a esposa dele, Estrella, que trouxe uma travessa grande de coxas de frango. "Parabéns pelo noivado! Vou esquentar pra vocês!", Estrella diz, já se encaminhando para a cozinha.

Eriksson entra atrás deles, com um galão de suco de laranja e uma expressão acanhada. "Oi", ele diz, estendendo a mão para um aperto. "Katie disse para trazer comida, mas não sei cozinhar."

"Hum, não precisava mesmo", digo enquanto o cumprimento. Então o observo olhando para o apartamento. Fico curioso, querendo saber o que esperava. Se um apartamento gay deveria ter uma aparência específica, ninguém nos disse nada. "Quer uma cerveja?" Talvez eu devesse oferecer um cosmopolitan, de brincadeira. Tenho que me lembrar de comprar suco de cranberry para assustar os colegas de time de Wes.

"Claro. Adoraria."

Vou à nossa cozinha que agora está lotada. Wes, que continua apoiado na bancada, está no meu caminho, então dou um empurrãozinho em suas costas para que se mova. Quando o toco, as mulheres sorriem como se eu tivesse acabado de fazer algo fofo.

É estranho.

Pego uma cerveja e a passo para Eriksson por cima da bancada. Então abro mais duas, para Estrella e o marido. Faz uma semana que não entro na cozinha, e Katie estava certa: não tem nada na geladeira. Wes, é claro, comprou cerveja, mas nada de comida. Mas nem consigo me irritar com ele, de tão feliz que estou por me sentir eu mesmo outra vez.

Só preciso de alguns minutos para pegar pratos e talheres. Katie vem correndo me ajudar, ainda que seja uma tarefa simples. "Não queremos que você tenha trabalho", ela reclama. "Por isso trouxemos comida. Vai comemorar!"

Estou mais do que comovido. É muita consideração da parte dos colegas de Wes e das esposas deles virem nos cumprimentar e, mais ainda, nos *alimentar*. Estamos ambos um pouco atordoados. Dou uma olhadinha para ele e o pego fazendo o mesmo para mim. Nós dois sorrimos, então desviamos o rosto. Mal posso esperar para ficar sozinho com ele. Não apenas quero terminar o que começamos no sofá, mas também quero ouvir o que pensa dessa invasão inesperada.

Estrella me faz uma caneca do chá de ervas que minha mãe deixou quando veio nos visitar. Não sou muito de chá, mas tomo mesmo assim, porque ela parece desesperada para ajudar. Por algum milagre, ela usou minha caneca preferida, aquela que minha mãe fez pra gente. "Então você é da Califórnia...", ela comenta, colocando o chá nas minhas mãos. "Desculpa. Li no jornal."

Isso é meio esquisito. "Pois é. Sinto falta do clima de lá."

"Imagino. Sou de Madri. Luko e eu nos conhecemos quando estava passando um ano em Nova York, a trabalho."

"Ah." Ele tinha começado a carreira nos Rangers.

"Eu achava que Nova York era fria. Então mudamos pra *cá*."

"Pois é." Às vezes esqueço como essa vida é nômade. Essas mulheres têm que fazer as malas e se mudar toda vez que o marido é negociado.

Agora isso vai acontecer comigo também. Preciso de um segundo para pensar a respeito. Isso me machuca? Dou outra olhada para Wes, que joga a cabeça para trás para rir de algo que Hewitt disse. Preciso dessa risada e desse homem. Aonde quer que ele vá, também vou. Vale a pena.

"Você costuma ir aos jogos?", ela me pergunta. "Nunca te vi no camarote."

Dou risada. "Bom, Wesley ganha dois ingressos, mas sou o único que usa."

Seu rosto relaxa quando ela conclui sozinha o motivo. Então Estrella segura meu pulso. "No próximo jogo senta com a gente! As namoradas e esposas têm que ficar juntas, não acha?"

Me encolho por dentro. Eu tenho um *pau*, porra!

Acho que ela lê minha mente — ou talvez note minha expressão horrorizada —, porque faz uma careta. "E os namorados, claro."

"E noivos", corrijo com um sorriso. "E maridos."

"Mas é sério", ela diz. "Senta com a gente no próximo jogo. Tomamos mai tais e tem um monte de petiscos."

Dou risada, mas ela está falando sério. "Parece divertido." O cheiro de comida está delicioso, o que significa que tudo já deve ter esquentado. Pego dois panos de prato e abro a porta do forno, então coloco as travessas sobre o fogão. O movimento desperta a tosse. Deixo os panos de prato sobre as travessas pelando e saio da cozinha, tossindo contra o cotovelo dobrado sobre a boca.

Ao ouvir isso, Wes deixa a cerveja de lado e se aproxima. Já que não posso falar no momento, lanço um olhar severo para ele, que significa: *Te mato se me der tapinhas nas costas como se eu fosse uma criança.*

Ele se contém, porque é um cara esperto, e vai pegar duas espátulas na gaveta para servir a comida. Coloca a primeira na travessa do frango, então o vejo enfiar a segunda na lasanha, para cortá-la.

Tento desesperadamente limpar a garganta para avisar que tome cuidado porque está quente quando o vejo fazendo menção de segurar a travessa...

Não sou rápido o bastante. Ele toca o recipiente pelando.

"Caralho!", grita, se afastando.

Abro a torneira e o pego pelo cotovelo, puxando-o para a pia. Depois que confirmo que a água está fria, coloco a mão queimada nela. "Sério, lindo? Outra vez? Pano de prato não é decoração, é..."

"Uma bandeira, eu sei", ele diz, entredentes. "Esqueci."

"Como está?" Levanto o rosto e vejo que cinco pessoas nos observam fascinadas.

"Hum", ele diz, notando a mesma coisa. Então solta a mão e olha para ela. Está vermelha e tem uma bolha branca na parte inferior do dedão.

Pego sua mão e a coloco de novo na água. "Pelo menos não é a mão do taco."

Há uma onda de risadas nervosas enquanto Wes suspira.

De repente, o único som é o da água batendo na pia. A teimosia me mantém grudado em Wes. Quero gritar: *Às vezes homens se tocam!* Nunca nos viram juntos como casal. Vai levar um tempo para se acostumarem.

A porta abre de novo. É Blake, entrando com sua chave. "Opa!", ele grita. "Estou sentindo o cheiro de lasanha da Katie!" Ele olha para nós dois. "Ixi. O novato já se queimou de novo?"

Wes rosna baixinho. Katie e Estrella entram em ação, cortando a lasanha sem se queimar e distribuindo pratos.

Não tem lugar pra todo mundo sentar. Me sinto mal ao ocupar um espaço no sofá, mas Estrella me coloca ali com um prato e a xícara de chá. Ela e Kate conversam mais um pouco comigo. São bem legais, mas sinto como se estivesse sendo recrutado para um time.

"Hewitt!", Blake grita de seu lugar na bancada. "Ficou sabendo? Vou organizar o casamento."

Viro para procurar Wes. Meu olhar alarmado encontra o dele. "Sem chance", meu namorado diz ao colega de time. "É melhor você se concentrar em ficar de boca fechada durante a cerimônia."

Blake faz uma careta. "Eu ia me dar bem! Conheço flores e tudo!"

"Fala cinco flores que você usaria nos arranjos de mesa", Wes manda, enquanto reprimo uma risada. Duvido que ele próprio saiba nomear cinco flores.

"Hum... Rosas. Tulipas. Narcisos..."

"*Narcisos?*", Katie repete. "Deixe esse cara longe do seu casamento, Ryan. Posso te passar o telefone da assessora que Ben e eu contratamos."

"Não precisa", digo. "Minha irmã decidiu que é isso que ela quer fazer da vida agora. Então com certeza vai querer organizar nosso casamento."

Quando menciono Jess, a expressão de Blake muda por um instante. Estranho. Eles devem ter se odiado mesmo quando ela veio cuidar de mim.

Depois que comemos, todo mundo retira e lava a louça. Ninguém me deixa ajudar. Fico no sofá entre Hewitt e Eriksson. Nós três nos revezamos contando histórias de quando nos jogamos na frente do disco. Bloquear tacadas é tecnicamente a maior parte do trabalho do goleiro, mas os relatos deles são legais também.

"Não vou mentir: impedi a porra do gol com a bunda", Hewitt diz. "Fiquei com um hematoma do tamanho de uma toranja por semanas."

Eriksson ri. "Ei, você é um jogador da defesa. É seu dever sacrificar o corpo pela causa."

"Tenho uma melhor", digo. "Eu tinha dezesseis anos e era o último lance do jogo no acampamento de hóquei. Meu time estava um gol na frente, lutando para manter a vantagem. O ala esquerdo adversário dá uma tacada. Eu bloqueio, mas empurram um cara da minha defesa contra mim, e de repente estamos os dois emaranhados na área, com o disco à solta. De alguma maneira, perdi o taco *e* a luva. Então vejo o disco voando na minha direção de novo e nem penso: só dou um tapa no filho da puta com o braço desprotegido."

Eriksson e Hewitt parecem impressionados. "Cara, isso é loucura. Você quebrou algum osso?"

Suspiro. "Dois."

"Pesado", Eriksson diz, assoviando baixo.

Wes se aproxima por trás do sofá, entrando na conversa. "Está contando sobre a vez em que quebrou o braço tentando bancar o Super-Homem?"

"Isso", digo.

"Vou casar com um maluco", Wes informa aos seus colegas.

Desdenho. "Rá! Diz o cara que fugiu às quatro da manhã pra nadar pelado e cortou o pé. E não vamos esquecer as vacinas antitetânicas que precisou tomar quando estava tentando pular uma cerca e caiu, e quando pisou descalço num prego enferrujado porque estava bêbado. Nem o..."

"Tá bom, tá bom, você venceu", Wes diz, levantando as mãos em rendição. "Somos *ambos* malucos." Ele se vira para Blake, que começa a tagarelar sobre suas próprias aventuras nadando pelado, enquanto volto a falar sobre hóquei com Hewitt e Eriksson.

Quando Katie anuncia que é hora de ir embora, estou até meio tonto. Mas não posso negar que me diverti conhecendo os caras do time e suas esposas.

"Hum, obrigado por tudo", digo a Katie e Estrella quando as acompanho até a porta.

Uma por vez, elas me abraçam, como se fôssemos amigos que há tempos não se veem.

"Se cuida, Jamie."

"Me manda uma mensagem antes do jogo contra os Sharks! Vamos guardar bebida pra você!"

Me despeço rapidamente dos caras e, quando a porta finalmente se fecha atrás deles — até Blake aproveitou a deixa para ir embora —, encaro Wes. "Isso foi..." Não consigo terminar a frase.

Ele hesita, avaliando a expressão no meu rosto. "Eles têm boas intenções", diz.

"Eu sei. Não tem problema." Um sorriso se insinua em meus lábios. "Já estava na hora." Wes e eu sempre vislumbramos o dia em que não teríamos que nos esconder. Mas nunca pensei em como nos encaixaríamos. Ainda não sei bem como, mas não podemos negar que a noite de hoje foi um sucesso retumbante.

"É." Ele sorri também. "Foi legal. Pela primeira vez desde que a temporada começou, finalmente me senti..." Seu rosto se contrai, como se procurasse pelas palavras certas.

"Parte do time", concluo, com a voz gentil.

Ele assente. "É. Isso mesmo."

Sinto um aperto no coração quando levo as mãos às bochechas dele, acariciando a barba por fazer. "Você é", digo. "É parte do time. É parte dessas pessoas. É parte de mim."

Seus olhos cinza de repente parecem úmidos. "Eu te amo, Canning."

"Também te amo, Wesley."

Mas, no fundo da mente, me pergunto do que *eu* sou parte. Ou melhor: onde vou acabar. Wes é meu lar. É meu coração. Mas não pode ser tudo pra mim. As incertezas em torno do meu trabalho reviram minhas entranhas. Tenho que ir encontrar Bill amanhã, ver os garotos que têm jogado tão bem sem mim.

Não tenho ideia do que o dia vai trazer. Mas esta noite... Encaro os olhos maravilhosos de Wes, um sorriso se formando no meu rosto apesar da insegurança com o trabalho. Esta noite estou com o homem que amo, e isso é tudo o que importa.

# 31

### JAMIE

Entro no rinque às nove da manhã em ponto na segunda-feira. O cheiro familiar de gelo e suor me atinge de imediato, na boca do estômago. Esse trabalho significa muito para mim. Se o perder, sei que vou superar a decepção. Que não vai acabar comigo.

Mas vai ser um saco.

No metrô, ensaiei minha admissão de culpa. Estou pronto para dançar conforme a música. Então marcho direto para o escritório bagunçado de Bill Braddock e bato na porta aberta.

Quando ele levanta o rosto, parece surpreso. Depois sorri, sentado à escrivaninha.

O aperto no meu peito relaxa um pouquinho. "Tem um segundo?"

"Pra você? Claro. Fecha a porta, treinador."

Meu cérebro trabalha rapidamente para decodificar as frases curtas. Ele ainda está me chamando de "treinador", o que é bom. Mas, quando ouço o clique da porta, me pergunto se ainda vou ostentar o título quando a abrir de novo.

"Você parece melhor", ele diz, quando sento na cadeira à sua frente.

"Me sinto melhor", digo na hora. "Meu corpo finalmente está livre dos remédios. Comecei a me exercitar. As coisas estão voltando ao normal." Isso tudo é verdade, mas deve parecer que estou me esforçando demais para agradar.

"O médico já te liberou para o trabalho?"

Balanço a cabeça negativamente. "Cheguei de viagem ontem à noite. Te encontrar estava no topo da minha lista. Mas vou marcar uma consulta no primeiro horário disponível."

"Ótimo." Ele pega um disco — o único peso de papel que há na mesa de um treinador — e o gira nos dedos. "Peço desculpas mais uma vez por não ter ouvido quando me disse que seu colega usava linguagem depreciativa."

Meu primeiro impulso é dizer que não tem problema. Mas pensei um pouco a respeito e estou meio que puto comigo mesmo por ter deixado passar.

"Estou pronto para preencher aquele formulário", digo. "Gostaria de fazer uma reclamação oficial." Ainda que não me sinta pessoalmente atingido pelo linguajar de Danton, é meu dever impedir outro técnico de dizer "bichinha" a cada três palavras. Mesmo que acusar alguém me deixe desconfortável. "Estamos tentando criar jovens notáveis, e eles não deveriam ouvir uma figura de autoridade proferindo insultos."

Braddock assente com vigor. "É verdade. Vou ter que imprimir um novo formulário pra você. Mas, em vez de entrar com uma reclamação, talvez fosse melhor anexar uma carta em apoio a uma que já está em andamento."

Me esforço para entender do que está falando, mas é em vão. A única reclamação de que tenho conhecimento é contra mim. "Como assim?"

Ele sorri. "Alguém já fez uma queixa contra o linguajar de Danton. O comitê disciplinar vai considerar essa e a contra você no mesmo dia."

Sinto a coluna formigar. "E quem foi?"

"O time. Todos os jogadores. Você conhece esse lugar, as fofocas correm. Eles ficaram sabendo da queixa de Danton e ficaram inconformados. Invadiram meu escritório depois do treino pra te defender. Então expliquei nosso sistema disciplinar a eles, que expressaram seu descontentamento da forma apropriada."

Parece até que estou delirando. "Sério?"

Ele levanta a mão direita. "Juro por Deus. A reclamação deles tem oito páginas, detalhando cada palavra inapropriada, seja homofóbica ou racista. Tomei uma bela dose de uísque depois de ler. Não tinha ideia de quão feia estava a coisa."

Tive que cerrar os dentes para não dizer "Eu falei".

"Então..." Ele pigarreia. "Você pode fazer um relato da sua experiência para que eu acrescente ao arquivo. O comitê leva todas as queixas muito a sério."

"Incluindo aquela contra mim", acrescento.

"Sim. Mas tenho certeza de que vai levar em conta sua ficha impecável tanto aqui quanto no seu trabalho anterior, no acampamento. A queixa contra Danton e sua licença temporária por doença devem contar também. Talvez acabem optando por uma advertência. Pode ser o caso, numa primeira infração."

As palavras "primeira infração" fazem com que eu me sinta nervoso. Não deveriam se aplicar a mim. Nunca.

Bill encosta a ponta dos dedos das duas mãos e me avalia. "Queria falar com você sobre outra coisa. Uma sugestão que posso vir a fazer para o comitê quando considerar a queixa contra você."

"Pode falar." Se ele tem algum truque na manga para me livrar, sou todo ouvidos.

"Nunca treinamos nossa equipe para lidar com a diversidade, e quero começar a fazer isso. Em troca de arquivar a queixa contra você com apenas uma advertência, toparia conversar com nossos funcionários sobre sua experiência?"

"Minha... experiência?"

"Com homofobia. Você pode falar sobre como é ser um homem gay no esporte. Contar sua história. A cura para o preconceito é encontrar pontos em comum, não acha? Quero que a equipe compreenda sua perspectiva, porque provavelmente não é tão única quanto imagina. Você pode ajudar só compartilhando sua vivência no assunto."

Motivos para negar enchem minha cabeça. *Tecnicamente não sou gay, mas bissexual. Não tenho muita experiência com homofobia. Só faz algumas semanas que saí do armário. Não sou um especialista.*

E, mesmo que fosse, odeio misturar vida pessoal e trabalho.

Mas estou aqui para salvar meu emprego. Um emprego que amo. Então faço o que prometi a mim mesmo que faria. "Adoraria falar com a equipe", digo a Bill.

Ele sorri. "Ótimo. Voltamos a falar depois da reunião do conselho semana que vem. Nesse meio-tempo, consiga a liberação do médico. O time precisa de você. Suspendemos o sr. Danton enquanto a questão disciplinar não se resolve."

Eu me endireito na cadeira. "Quem está treinando os garotos?"

"Gilles está ocupado treinando o time dele e o seu, com a ajuda de

Frazier. Mas não se preocupe. Eles precisam de você, mas podem aguentar mais uma semana até que essa história esteja encerrada."

Ele aperta minha mão, e eu saio antes que me dê conta da confiança que demonstrou quanto ao meu retorno. Isso me anima. São apenas nove e meia quando atravesso o corredor molhado. Wes já deve ter chegado ao treino, mas ainda não entrou no gelo. Ligo em seu celular.

"Oi!", ele diz, atendendo ao primeiro toque. "Como foi?"

"Nada mal. Acho que vou conseguir escapar." Conto sobre a queixa que os jogadores fizeram.

"Minha nossa! Isso é incrível!"

"Né? Adoro aqueles garotos. Mas tem um detalhe. Bill quer que eu me voluntarie para falar com a equipe sobre minhas experiências com homofobia. Você sabe, porque sou um especialista." Dou risada só de imaginar. "Vai ser a palestra mais curta da história."

"Quer ajuda?"

Quase recuso por hábito. Mas me impeço a tempo. "Como assim?", pergunto.

"Posso contar a eles como era jogar hóquei quando ainda estava no armário. Passei o primeiro ano da faculdade me cagando de medo do que fariam comigo se descobrissem. Se ajudar você e seu chefe, posso aparecer pra conversar sobre isso."

Perco o ritmo e paro. "Sério?" Imagino a expressão em todos os rostos quando o novato de maior destaque de Toronto nos últimos dez anos atravessar a porta da sala de conferências.

"Claro. Por que não? Frank Donovan vai me pedir pra fazer o mesmo com a equipe do time em algum momento. Pode ser um treino."

"Tá. Nossa. Legal. Vou fazer o jantar pra você toda noite por uma semana se me livrar dessa."

"Canning", ele diz, com a voz mais profunda e lenta. "Me deixa escolher minha própria recompensa."

"Hum, tá. Pode ser."

Ele ri. "Te amo. Agora tenho que ir pro treino. Almoçamos juntos mais tarde?" Ele joga contra os Sharks esta noite, em casa. Aparentemente, vou beber um drinque com guarda-chuvinha com as namoradas e esposas no camarote.

Mas, primeiro, tenho o almoço com meu noivo. "Claro. Te vejo em casa."

Depois que desligamos, vou para o metrô aliviado, pensando em qual dos pratos favoritos de Wes devo fazer para o almoço.

# 32

**JAMIE**

Uma semana depois, o júri me declara inocente.

Tá, estou sendo melodramático. Não tem júri nenhum, só um comitê. Tampouco há um veredicto. É só uma "decisão oficial" de que minhas ações contra Danton foram tanto provocadas quanto exacerbadas pela medicação que eu estava tomando. Meu arquivo agora inclui uma advertência, mas nenhuma outra medida disciplinar foi tomada, para meu alívio. Por mais que Wes tenha passado a semana toda dizendo para eu não me preocupar, eu ainda imaginava que o pior poderia acontecer, e fico feliz por finalmente poder respirar de novo.

Meus passos são vigorosos quando entro na arena na segunda de manhã, puxando o ar fresco e sentindo o friozinho bem-vindo no rosto. Os garotos já estão no gelo, patinando para se aquecer. Não vejo Danton em lugar nenhum. Quando falei com Bill mais cedo, ele me disse que o cara ainda estava afastado, até que chegassem a uma decisão quanto à queixa contra ele. Não perguntei por que meu "caso" tinha sido resolvido primeiro. Só fiquei feliz com isso.

Os jogadores me notam quando me aproximo do gelo. Muitos deles acenam e alguns gritam "Bem-vindo de volta, treinador Canning!", mas só um desliza na minha direção. É Dunlop, que tira o capacete ao parar.

"Treinador!" As bochechas dele estão vermelhas do esforço. Ou talvez de alegria. Gosto de pensar que é a segunda opção.

"Dunlop." Eu o cumprimento com um sorriso largo e um tapinha no ombro. Então recolho a mão de imediato. Provavelmente vou ficar atento demais ao modo como o time interage comigo por um tempo. Wes diz que sempre tem um que não consegue superar a questão da sexualidade, não tem jeito. "Senti falta de vocês", digo.

"Também sentimos sua falta." Ele parece desconfortável. Seu rosto fica mais vermelho. "Está se sentindo bem?"

"Totalmente recuperado", garanto. "Mas tenho uma dica pra você: nunca pegue pneumonia."

Ele ri. "Vou tentar me lembrar disso."

Entro no gelo e patino um pouco, fazendo alguns círculos rápidos. Porra, como é bom estar de volta. Faço um sinal com a cabeça para que Dunlop me siga e vamos em direção à rede. O goleiro coloca o capacete, ainda com um sorriso bobo no rosto.

"Viu que quebramos nosso recorde de vitórias?", ele me pergunta.

"Po..." Me corrijo depressa. "Poxa, se vi! Quatro seguidas, né? Vocês estão com tudo. *Você* está com tudo."

Ele desvia o rosto, mas não rápido o bastante para evitar que eu veja o lampejo de satisfação em sua face. "Dois jogos sem deixar nada passar", ele diz, tímido. "E só levei um gol no último."

"Eu sei. Estou orgulhoso." Apesar da minha felicidade genuína com o time voltando aos trilhos, não posso evitar uma pontada de insegurança. Quer dizer, os garotos não tinham ganhado quatro jogos consecutivos comigo por perto. "Parece que o treinador Gilles ensinou alguns truques a vocês", digo, tentando manter o tom leve.

Dunlop franze a testa. "Como assim?"

"Assisti a alguns jogos. Sua confiança disparou depois que saí." Agora quem está desconfortável sou eu. Droga, por que estou jogando minhas próprias inseguranças no garoto?

Ele me olha estranho. "Acha que estou me saindo melhor porque você se afastou? Isso é maluquice, treinador. Sabe o que aconteceu quando ficou doente?"

É a minha vez de franzir a testa.

"Ficamos todos muito preocupados", Dunlop murmura, olhando para os próprios patins. "E eu fiquei, tipo, droga, tenho que melhorar, porque o treinador Canning não pode ter essa preocupação a mais. Com a gente perdendo os jogos e tal." Ele volta a ficar vermelho. "Achei que, se ganhássemos, poderia te ajudar a ficar melhor."

Tenho dificuldade de manter a boca fechada. O garoto melhorou porque não queria que eu me preocupasse com as derrotas do time? Fico envergonhado quando sinto os olhos arderem, então tusso como um homem e digo: "Bom, o que quer que esteja fazendo, não mude. Você está jogando como um campeão".

Um apito soa. Gilles está na linha azul, dando instruções a alguns atacantes. Quando me vê, sorri e acena para que me junte a ele.

Patino até lá, e os garotos com quem está trabalhando ficam em silêncio. Merda. Será que vai ser esquisito? Dunlop me recebeu de volta com muita tranquilidade, mas e se não for igual com os outros?

Tusso para limpar a garganta, então chamo o restante dos garotos. Todo mundo me encara, à espera. Bato as mãos. Na sequência, hesito.

"Então", começo, desconfortável. "Temos outro campeonato chegando, e precisamos nos esforçar ainda mais. Antes de começar, querem, hum, me perguntar alguma coisa?"

Faz-se um longo silêncio.

Finalmente, Barrie levanta a mão. Seguro o fôlego enquanto espero que fale.

"Ryan Wesley vai vir a um dos nossos jogos?"

Pisco, surpreso. Certo. Não estava esperando *isso*. Quando passo os olhos pelo rosto dos garotos, não vejo aversão ou nojo. Só curiosidade. Posso viver com isso. Por outro lado, se eu fosse casar com um cara qualquer, teriam mais problemas com isso? Talvez não seja algo com que eu deva me preocupar. Na verdade, melhor aceitar qualquer apoio que estejam dispostos a oferecer.

"Não sei", respondo. "Vou dar uma olhada na nossa programação e na dele para ver se é possível. Mas sei que Wes ficaria feliz em aparecer."

Todos os rostos se iluminam.

"Mais alguma coisa?", pergunto. Quando ninguém mais fala, volto a bater as mãos. "Certo, então vamos ao trabalho." E, simples assim, a expressão deles fica séria e os olhos ficam fixos em mim enquanto esperam o início do treino.

Cara, é bom estar de volta.

O treino termina às seis e meia. Quando estou indo para o vestiário me trocar, mando uma mensagem para ver se Wes já chegou. Ele vem me buscar esta noite porque vamos jantar com os caras do time, por isso trouxe outra roupa para o rinque. Em vez do jeans e do moletom com que entrei, visto camisa azul, calça cáqui e blazer marinho.

A mudança no visual chama a atenção de Gilles, que está vestindo uma camisa xadrez, como sempre. "Vai ao clube de campo ou coisa do tipo?", ele brinca.

"Vou jantar com..." Paro abruptamente. Estava prestes a dizer "colega de quarto", então concluo que é um hábito que preciso perder. Wes e eu não estamos mais no armário. "Com meu namorado", explico. Poderia ter dito noivo, mas não contei a ninguém no trabalho a respeito. Não quero soltar essa bomba no meu primeiro dia de volta.

Gilles de repente parece chateado. "Você deve ter nos achado uns idiotas por te levar ao bar e ficar conversando com aquelas garotas..." Ele suspira, parecendo tão envergonhado que tenho que sorrir.

"Ei, vocês não sabiam que eu vivia com um homem."

Isso o faz erguer uma sobrancelha. "Não, não sabíamos. Alguém se esqueceu de contar."

"Não era algo que eu podia sair falando", admito. "Wes... a carreira dele... A gente precisava manter o relacionamento escondido."

Gilles assente. "Entendo. Mas ainda me sinto um babaca."

Droga. Essa não era minha intenção. "Sinto muito. Era uma situação meio merda. Mas agora acabou. Saímos do armário." Fico visivelmente desconfortável. "Sei que tem gente que não consegue aceitar ou entender um relacionamento com..."

"Não sou esse tipo de gente", ele interrompe.

Hesito. "Não?"

"Não. Minha irmã tem uma namorada."

"Ah."

"Pois é. Meus pais até estão numa associação de familiares que apoiam a causa."

"Legal", digo, embora nem soubesse que isso existia. Devo ser o pior gay de todos os tempos. Alguém precisa me explicar como a coisa funciona. "Bom, obrigado por me dizer isso. E a verdade é que gostaria de ir ao bar com vocês de novo. Não gostei de ter negado tantos convites, mas foi um ano estranho."

"Ótimo." Ele sorri. "Mas só se você fizer dupla comigo nos dardos, porque Frazier não é tão bom quanto pensa."

Balanço a cabeça. "Eu só estava tão focado no jogo aquela noite porque era o único jeito de fazer a garota tirar a mão da minha bunda."

Ele ri. "Era seu, hum... Era Ryan Wesley no bar aquela noite, né? Não era coisa da minha mente bêbada."

A lembrança faz meu corpo se contorcer.

"Era ele. Foi bem esquisito."

"Bom, da próxima vez podemos simplesmente convidar o cara."

"Boa ideia."

Meu celular vibra na mão.

*Estou no estacionamento*, diz a mensagem de Wes.

*Já vou*, respondo.

Recebo outra mensagem na hora.

*Meu pau está tão duro agora.*

Reprimo a risada, e o som sufocado faz Gilles rir. "Divirta-se", ele diz antes de deixar o vestiário.

Escrevo para Wes: *Quão duro?*

*Acha que vou ser preso se tirar uma foto dele aqui no carro?*

Minha risada ecoa pelo recinto. *Com certeza. E você não pode passar a noite na cadeia. Temos planos pro jantar.*

Calço os sapatos sociais, enfio minhas coisas no armário e vou para o estacionamento, onde a SUV de Wes me aguarda. O chão está um pouco escorregadio, então tomo cuidado para não estragar os sapatos, mas fico feliz em ver que a neve está finalmente começando a derreter. No entanto dizem que dá azar comemorar. Ontem à noite, Blake me avisou que sempre tem uma ou outra nevasca em março. Às vezes até em abril ou maio. Ele chama de "o foda-se do inverno".

Wes me recebe com um sorriso atraente quando sento no banco do passageiro. Eu me inclino para beijá-lo, então volto os olhos para sua virilha. "Mentiroso", brinco. "Você não está nem um pouco duro."

Ele esfrega o local e passa a língua nos lábios. "Posso mudar isso agora mesmo. Me dá um segundo."

Dou risada. "Para onde vamos, no fim das contas?"

Wes sai com o carro e eu desfruto da visão de suas mãos fortes no volante. Me pergunto se ele sabe que tenho um fetiche por mãos.

"Em algum restaurante com estrela da Michelin de que Forsberg gosta. Tenho certeza de que vai ser incrível. E eles não vão deixar a gente pagar, então você meio que tem que pedir o item mais caro do cardápio. Aqueles cabeças-ocas..."

"Bom saber."

Vamos jantar com o time para celebrar o aniversário de Wes. Eles costumam comemorar na estrada, mas desta vez os caras toparam passar uma noite sem a família para que eu pudesse me juntar a eles.

Wes para em frente ao restaurante e desce. O manobrista o chama de "senhor" ao pegar a chave do carro.

Quando entramos, noto na hora que é um dos lugares mais chiques em que já estive em Toronto. A hostess nos leva pelo bar elegante e escada abaixo. Entramos em uma adega de verdade, com fileira após fileira de "prateleiras" triangulares construídas nas paredes de pedra para armazenar garrafas de vinho. No centro, há uma sala privativa com paredes de vidro e uma mesa posta para uma dúzia de homens que mal conheço. A maioria deles já chegou e está tomando a primeira bebida da noite.

"Eeeei!", uma porção de vozes grita ao mesmo tempo quando nos aproximamos. Me ocorre então que quem quer que tenha escolhido esse lugar é um gênio (e rico). Um time de hóquei jantando pode fazer bastante barulho. Então por que não fazer isso em uma câmara à prova de som no melhor porão de Toronto?

Estou à frente, então entro primeiro e espero por Wes. Ele está logo atrás de mim, com a mão nas minhas costas. "Boa noite, garotas", ele diz para a sala. "Onde devemos sentar?"

"Ali!", Blake grita, apontando para dois assentos no meio da longa mesa. "E que os jogos comecem!"

Sentamos, e um garçom com um terno melhor que qualquer um dos meus vem para anotar nossas bebidas. Considero pedir algo doce só pra zoar com os caras, mas acabaria tendo que tomar de verdade. Então só peço uma cerveja.

"Um manhattan pra mim. Seco. Sem fruta."

"Sério?" Wes nunca mistura bebida.

Ele dá de ombros. "É o que meu pai sempre toma. Quando entro num lugar como esse, sempre penso nele." Wes se recosta na cadeira e funga. "Sente esse cheiro? De couro antigo e dinheiro."

Eriksson ri. "Já conheci seu pai?"

"Não." Wes desdobra o guardanapo de pano. "E nunca vai conhecer. A gente só se falava umas três ou quatro vezes por ano *antes* da minha entrevista gay. Agora ele saiu do meu pé de vez."

Um silêncio chocado se segue.

"E sua mãe?", Blake pergunta.

"Não se atreve a dar um passo fora da linha. Mas azar o dela." Ele bate as mãos. "O que tem de bom neste lugar?"

Pedimos uma enorme quantidade de comida refinada. Escolho carne, assim como mais da metade da mesa. Blake pede costeleta de cordeiro, o que me deixa surpreso. "Você sabe que cordeiro é ovelha, né?"

Ele me olha como se eu fosse um idiota. "Cara. A melhor defesa é o ataque."

Certo.

Uma porrada de aperitivos chega. Alguém pediu três de cada item do cardápio para a mesa. Conversamos sobre como os playoffs estão se desenhando enquanto devoramos uma montanha de coquetéis de camarão, um oceano de ostras ainda na concha e uma enorme quantidade de tartare de atum.

É uma boa vida. De verdade.

## WES

A bebida está começando a fazer efeito quando Hewitt levanta e joga o guardanapo na cadeira. "Com licença um momento, rapazes." Ele sai da sala. O banheiro deve ficar no andar de cima. Não é possível que haja um aqui.

Esqueço que ele se foi até que retorna, alguns minutos depois. Minha reação é bastante retardatária.

Hewitt está usando minha camisa, aquele xadrez verde-claro que comprei em Vancouver.

"Isso... onde foi que conseguiu essa camisa?", pergunto, atabalhoado. Chego ao cúmulo de olhar para baixo para ter certeza de que ainda estou com a minha.

Ele dá de ombros. "Falei que minha mulher gosta de fazer compras. Ela deve ter visto a sua e gostado."

Eu poderia jurar que ele não estava com essa camisa antes. Mas o time todo está aqui, então talvez eu não tenha prestado atenção. Tomo outro gole do manhattan e sinto o álcool descer queimando pela minha garganta. Meu olhar vagueia pelo ambiente, absorvendo os rostos dos jogadores iluminados por velas e a comida e a bebida, excelentes. Meu pai adoraria este jantar. De verdade. Se não fosse um tremendo babaca, poderia muito bem estar aqui esta noite.

Azar o dele, como eu disse antes. E é verdade.

O sommelier chega, trazendo quatro garrafas diferentes de tinto consigo. "Ninguém escolheu branco, é isso mesmo?", ele pergunta.

"Claro que não", digo, alto. A festa é minha. "Até os gays precisam de um tinto forte com a carne."

O cara parece embasbacado, mas meus colegas quase se mijam de rir.

Eriksson levanta a mão. "Eu pedi peixe."

"Por sua conta e risco", alguém diz, então Eriksson é bombardeado por bolinhas de guardanapo de papel.

Só mais uma noite com os craques do Toronto.

Eriksson levanta. "Vou pedir alguma coisa do bar", diz, saindo em seguida.

Jamie está falando de estratégias de defesa com Lemming, e não quero interromper a conversa deles. Talvez meu colega de time consiga superar o desconforto com a coisa gay se estiver falando com outro defensor. Pego a garrafa de cerveja vazia da mão de Jamie e coloco uma taça de vinho tinto no lugar.

"Tá, eu aceito um marido desde que ele também fique repondo minha bebida", Forsberg brinca.

"Foi exatamente por isso que Jamie aceitou casar comigo", digo, com uma piscadela.

Jamie se estica para dar um tapa de brincadeira na minha cabeça e então volta ao que estava dizendo sobre a armadilha da zona neutra.

"Aliás", Hewitt diz, bárbaro com minha camisa, "como é que dois caras casam? Tipo, quem espera quem no altar?"

Jamie e eu trocamos um olhar assustado. Ainda não tivemos essa conversa. Vamos deixar os pormenores com Jess. "Hum", digo. "Canning? Alguma ideia?"

Ele dá de ombros. "Quem precisa de altar? A gente pode chamar alguém só pra fazer o casamento civil ou coisa do tipo, na casa dos meus pais. E então comer muita costelinha. Minha mãe é um gênio quando se trata de fazer carne no vapor."

Hewitt arregala os olhos. Quase consigo ver uma lâmpada acendendo sobre a cabeça dele. "Com dois homens casando, a comida é muito melhor do que num casamento comum."

"E a cerveja", alguém acrescenta.

"Mas precisa ter bolo", Blake argumenta. "Acho que nem tem valor legal sem bolo. Li isso em algum lugar."

Então Eriksson volta. Sem bebida. Usando — isso mesmo — a mesma camisa. A verde-claro "gay".

"Caralho", digo devagar. Cutuco Jamie pra chamar a atenção dele. "Você também está vendo isso? Estão fazendo uma pegadinha comigo."

Ele vira seu rosto lindo. Eriksson está ao fim da mesa, se movimentando como um fisiculturista fazendo as vezes de guarda de trânsito.

"Puta que o pariu!" Jamie ri. "Preciso tirar uma foto." Ele pega o celular. "Juntem aí, vocês três."

Jamie consegue sua foto. Alguns minutos depois, Blake sai e volta usando a mesma camisa xxxg ou qualquer que seja o tamanho que ele usa. Então me dou conta de que meus colegas de time gastaram uma centena de dólares cada um para fazer isso. É idiota ficar emocionado com a maluquice deles?

Cara. Virei uma manteiga derretida.

"Como foi que você conseguiu fazer isso?", pergunto a Blake.

Ele toma um gole de vinho. "Usei minha chave para entrar no seu apartamento e descobrir de que marca é essa camisa. Demorei meia hora porque precisei revirar tudo. Cara, você precisa aprender a desfazer a mala depois de uma viagem."

Jamie me dá um soco no bíceps. "Viu?"

"Aí só precisei fazer uma pesquisa no Google. Foi moleza."

Forsberg levanta. "Sou o próximo. E preciso mesmo mijar." Ele sai e volta alguns minutos depois com a camisa verde.

E, cara, quando você coloca um monte dessas camisas juntas em um espaço tão apertado... a cor parece um pouco chamativa. Mas deve ser a luz do restaurante.

Um a um, mesmo depois que os pratos principais chegam, os jogadores saem e voltam com A Camisa. Continuo bebendo, mais alegre e descuidado a cada gole de vinho.

Eles até trouxeram uma para Jamie, que é o último a sair e voltar usando verde-limão e com um sorriso enorme no rosto. "Agora precisamos mesmo de uma foto", ele diz. "Pedi pro garçom vir tirar."

E é assim que eu e Canning acabamos com uma moldura enorme na nossa sala com todo o time do Toronto vestido em algodão fino e espalhafatoso. Juro que a cor ficou um pouco mais forte na impressão do que na vida real, porque a foto meio que cega. Mas Jamie ri sempre que sugiro isso.

E ali estamos, uma dúzia de sorrisos manchados de vermelho por causa do vinho, acenando para a câmera como idiotas. Blake está no fundo, com o guardanapo de pano amarrado na cabeça como uma bandana. Minha mão está no ombro direito de Jamie, no centro da foto. O sorriso dele parece tão relaxado e genuíno quanto no dia em que o conheci. E eu... pareço centrado. Não é uma palavra que já tenha usado para me descrever. Mas tudo o que sempre quis está nessa foto: o homem dos meus sonhos e meus colegas de time. Troquei meu sorriso convencido por um tão luminoso que mal me reconheço.

Mas sou eu ali, com toda a certeza. Somos *nós*. E é perfeito.

TIPOGRAFIA Adriane por Marconi Lima
DIAGRAMAÇÃO Osmane Garcia Filho
PAPEL Pólen Soft, Suzano S.A.
IMPRESSÃO Gráfica Bartira, setembro de 2021

A marca FSC® é a garantia de que a madeira utilizada na fabricação do papel deste livro provém de florestas que foram gerenciadas de maneira ambientalmente correta, socialmente justa e economicamente viável, além de outras fontes de origem controlada.